RUNNING

[美] 查理·恩格 ——— 著

林贤聪 ——— 译

奔跑的查理

M A N

四川人民出版社

图书在版编目（CIP）数据

奔跑的查理／（美）查理·恩格著；林贤聪译.——
成都：四川人民出版社，2018.10
　ISBN 978-7-220-10946-1

　Ⅰ.①奔…　Ⅱ.①查…②林…　Ⅲ.①长篇小说－美
国－现代Ⅳ.①I712.45

中国版本图书馆CIP数据核字（2018）第188909号

Simplified Chinese Translation copyright
ByBeijing Land of Wisdom Books Co., Ltd
Running Man: A Memoir
Original English Language edition Copyright © 2016 by Charlie Engle
All Rights Reserved.
Published by arrangement with the original publisher, Scribner, a division of Simon & Schuster, Inc.

四川省版权局著作权合同登记号：图［进］21-2018-366

BENPAO DE CHALI
奔跑的查理

著　　者	查理·恩格
译　　者	林贤聪
出版策划	冀海波
出版统筹	石生琼　禹成豪
责任编辑	邵显瞳　林袁媛
装帧制造	VIOLET

出版发行	四川人民出版社（成都槐树街2号）
网　　址	http://www.scpph.com
E－mail	scrmcbs@sina.com
印　　刷	天津翔远印刷有限公司
成品尺寸	146mm×210mm
印　　张	11.5
字　　数	200千字
版　　次	2018年10月第1版
印　　次	2018年10月第1次
书　　号	978-7-220-10946-1
定　　价	46.80元

序

那声音一直在我耳边回响，可怕又刺耳，不断地朝我涌来。当警卫经过走廊又消失的时候，一个光头一直在敲打他的柜子，还有一个瘦骨嶙峋的家伙总是在喊着一些和耶稣有关的话。不管我有多疲惫，不管我把耳塞塞得多紧，我总能听见那些该死的声音。但让我心烦的不是声音本身，而是声音可能会引来的警卫。哪里有警卫，哪里就可能有麻烦。

每当这声音响起，一般都已经是清晨五点清点人数的时候了。从灰色运动裤做成的眼罩的一角向外望去，监狱里许多人喜欢整夜不关灯，有些人会读书写作，有些人则会到处徘徊做一些我并不感兴趣的事。而眼罩可以帮我隔离这些。

警卫路过了我所在的监狱分区，还好，不是来找我的麻烦。

我将眼罩拿开，拔出耳塞，静静地坐在上铺，我所在的分

1

区逐渐喧嚣起来，这个分区里住着两百多人。我的室友，科迪——一个友善的小孩，因买卖大麻被判刑十年，此刻依然在下铺酣然安睡着。我们头顶有一扇安装着双层玻璃的窗户，上面污渍斑斑，窗外是一个黑色的四方形天空。

在被送进贝克利监狱之前，我刚在北卡罗来纳州夏洛特市的一场大型AA（译注：嗜酒者互诫协会，Alcoholic Anonymous）会议上作为演讲嘉宾进行了发言。坐在点心桌前的时候，一个有文身的壮硕男人走到我面前，他告诉我，要确保自己在监狱里有个绰号。

"为什么？"我一边问，一边从盒子里拿出一块奥利奥饼干。

"给自己起一个绰号，这样当你出狱后走在街上，如果有人叫你的绰号，你就可以无视那混球，只管自己走。"

在被关押的三个月里，我遇见过叫各种绰号的人，比如，"松鼠""矮子""挡拆""花环""海狸""胶棒"，他们则叫我"跑男"。我是个中年白人，放风时在那肮脏的跑道边总会有人吞云吐雾，还会有人打球，而我却总是跑着步，从他们身旁经过。当我们回到牢房后，我会像傻瓜一样在水泥地板上原地跑上好几英里（英制单位：1英里=1.60934千米）。

"你根本不属于监狱，"一个绰号叫"黄油豆"的狱友在我跑了一个多小时后，对我说，"你他妈的应该属于疯人院。"

"跑男"，他们可不知道这绰号有多适合我。我一生都在奔跑——奔跑让我找到了某些东西，同时在奔跑中我也丢弃了某些东西。跑步使我戒掉了持续十年的毒瘾，并让我在接下来的二十二年里保持了清醒。跑步改变了我的生活，并为我的生命赋予了新的意义。在监狱外，极限跑步界的人都知道我是谁。我曾奔跑着穿越过撒哈拉大沙漠，并创下了多项纪录，我曾上过杰·雷诺（译注：美国脱口秀主持人）的节目，也签署过一些慈善项目的赞助协议，但现在这些都已成为过去。我也曾给满堂的听众做过演讲，这些听众包括制药公司的销售人员、战争英雄、公司高管和周末战士（译注：周末参加锻炼或劳动的人）。而在监狱里，跑步（包括思考跑步，阅读有关跑步的书籍，写有关跑步的文章）是我唯一还能做的事。

一天早上，大概快十点清点人数的时候，我正躺在床上读着《跑者世界》杂志上的一篇有关巴德沃特比赛的文章。每年七月，在加利福尼亚的死谷（美国西南部一个地区，是世界海拔最低和最干旱的地区之一）都会举行一场赛程长达一百三十五英里的马拉松比赛。许多人认为这是世上最艰难的跑步比赛，对此我并不反对。比赛的起点在海平面之下，终点则在海拔一万四千四百九十七英尺（英制单位：1英尺=0.3048米）高的惠特尼山峰顶。赛程中的沙漠柏油路的路表温度经常超过二百华氏度（译注：约93.3℃），这足以融化掉你的鞋底，至于脚底起水泡——必然是会发生的。以前我参加过五次巴德沃特马拉松比赛，其中四次完成比赛。我喜欢这场比赛和参赛者们。我一直认为自己是巴德沃特马拉松比赛家庭中的一员。

那天下午两点左右，出去跑步时我的脑海里想的全是巴德沃特。而在四点前我必须回到牢房，因此我有两个小时的时间去跑步，在热身的草坪上，我可以看见遥远山脊上的几幢房屋的屋顶。有时，我还能听见远处树木茂密的峡谷里传来的音乐。跑道是唯一可以使我几乎忘记了自己是在监狱的地方。

我开始奔跑，先是慢跑，然后逐渐加速。阳光照在脸上的感觉，让我在脑海中想象着巴德沃特——那热浪和诱人的地平线，还有弗尼斯克里克那朦胧连绵的山脉和斯托欧派威尔斯地区的沙丘沟壑，还有攀登汤斯山口时那漫长而荒无人烟的景象。

我想象自己沿着蜿蜒的山路向惠特尼山顶跑去，当我跑过一个个"S"形弯道的时候，我知道这艰苦的攀登之路即将抵达目的地。我清晰地记得那种痛苦——强烈的痛苦，引人深思的痛苦——那种痛苦能让你触碰到真正的自己，并且会让你思考自己到底应该成为一个什么样的人。

在跑了五英里后，我开始提速。渐渐地我听到心中传来了一种前所未有的声音，就像轮盘飞速旋转时发出的呼啸声，轮盘上的金属球则向着相反的方向滚动着，等这一切归于平静。你以为你知道这球将落于何处，但它却反弹了回来，跳到一个你意想不到的格子里。我看见这球弹跳着、飞跃着，最终，着陆。我停下了奔跑的脚步，上气不接下气，将双手放在脑后，抬头望向天空。不管如何，我都要跑完今年的巴德沃特。是的，就是这样。

我打算在这肮脏的跑道上跑够巴德沃特马拉松比赛的里程数，心中默默计算着距离，大约得五百四十圈，可能要在两天内跑够二十四小时。这样的话我可能不得不向他人寻求一些帮助，同时还得考虑到清点人数时的干扰。我又奔跑了起来，久违的幸福感充斥于心。每次参加大型跑步比赛时我都能体验到这种幸福感。而这一次，随着它到来的还有另外一种快感，毫无疑问，这是自由的快感——你不需要参赛费，也不用申请，没有拥挤的人群，没有警戒线，没有推特反馈，没有募资，也没有完成者的奖牌，更没有压力。我所要做的一切就是跑够一百三十五英里。在2011年7月13日的早晨，巴德沃特开赛的第一天，我将站在自己的起跑线上。

第一章

　　一九六二年，我出生在北卡罗来纳州夏洛特市郊外山区的一个偏僻小镇。从学会走路开始，我就是被放养着的。我的父母曾就读于北卡罗来纳大学教堂山分校（译注：简称UNC，下文同），大一参加暑期文学班的时候，他们在在课间休息抽烟时认识了彼此，那时他们才十九岁。父亲名叫理查德·恩格尔，那时候的他六英尺三英寸高（英制单位：1英寸=2.54厘米），身形消瘦，脸形精致，经常穿着紧身卡其裤和带扣的衬衣。他曾在UNC的传奇教练迪恩·史密斯手下打过篮球。母亲名叫丽贝卡·兰森，那时候的她五英尺二英寸高，棕色短发，黑色的眼睛，活泼任性，是位崭露头角的剧作家——她的父亲曾是美国跑步界的代表人物，后在UNC担任田径赛跑和越野赛跑教练一职。母亲学生时代并没有投身于运动场或跑道，十六岁的时候她成了一名未婚妈妈，也因此被送回了家。最后她生了一个女孩，并放弃了抚养权。数十年过去了，我依然没有找到那个同母异父的姐姐。

我三岁的时候父母离了婚。父亲一九六六年加入了军队，并被送到了德国，在接下来的四年里我未曾见过他。后来我发现父母之间还有一个协议——在我面前绝对不谈任何不好的事情——这也就解释了为什么自父亲离开的那天起，母亲很少谈论起他。离婚后的母亲将全部精力投入学校的工作和她的剧本之中，还有对她所受到的不公待遇的抗议中。在二十世纪六十年代中期的北卡罗来纳州，有许多令人恼火的东西存在。

母亲后来再婚了。她的新任丈夫可卡·艾瑞厄是位导演、制作人、演员、摄影师、画家兼雕刻家，他最喜欢的创作主题是我母亲的裸体。他是位绅士，来自传统的南方家庭，有着一个几乎不可能完成的任务，即替代我的"父亲"。我无视他的规定，嘲笑他对我的惩罚。十岁之前，我们一共搬过五次家，可卡和我的母亲一直在建立新的剧组，追求新的学位，纠正错误的事。每次搬到新家，邻居都会觉得我像一个怪人——长着一头齐肩的散乱长发，有一对嬉皮士一样的父母，周末的时候也不参加少年棒球联合会的比赛练习，而是参演激进的戏剧，参加反战抗议活动。当法院宣布废止种族歧视时，我正和一位说话轻声细语名为厄尔的黑人男孩交朋友呢，在我那些保守的白人同学眼中，我就变得更加古怪了。

　　读四年级的时候，我们搬到了达拉谟市乡间的一个单层房屋中，房屋很老旧，油漆剥落，门廊很低。母亲很喜欢这地方，她觉得这里非常有"个性"并且"骨骼强劲"，我也很喜欢这里。每个月我都会穿过奶牛牧场去房东那里，将一百美元的房租交给他们。每当我奔跑着穿过田野时，我都觉得自己像是詹姆斯·邦德，跳过带电的栅栏，跃过粪池，在公牛群之间穿梭前进。每次到达温布理家的时候，我都是气喘吁吁的，头发也被汗弄湿了，腿上满是泥浆，还沾着些草。有时他们会邀请我进屋，请我吃冷藏的牛舌三明治和摘自他们花园的黄瓜。

　　可卡和母亲在当地的戏院工作，他们自己写了这些剧本——一些很艺术化以及内容有些前卫的剧本。他们经常开派对，每次开派对的时候，我都会坐在房间里的椅子上，看约翰尼·卡森的节目，将音量开到最大掩盖屋外传来的噪音。我还会将门关上，因为总是飘进来怪味——大麻、香水，以及化学物品混合在一起的味道。我从来没有错过"今夜秀"节目，哪怕第二天要去上学。我喜欢约翰尼，但更多是因为艾德·麦克马洪才看的。我记得我曾幻想他成为我的父亲，用他那在节目中令人愉悦的声音，逗得我捧腹大笑。

　　"查理在哪？"他会用洪亮的声音说出他最关心的事，"我的小男孩在哪儿？"

　　当约翰尼和艾德的晚间节目结束时，我会走出房间，因为又渴又饿。记得有个晚上我穿过客厅去厨房。客厅里非常乱，地上到处都是空瓶子、吉他盒子，还有拖鞋。我在沙发前停了下来，一个女孩正躺在那里，一只手臂笨拙地垂在地板上，她正在酣睡。面前的矮桌上有两个打开的啤酒瓶，但都还有一半以上的量。我看了她几秒钟之后，继续前往厨房，打开了冰箱，发现里面只剩一罐奶粉——我讨厌这些演员——以及可卡自制的橘子酒。

唱片停止了播放。我回到客厅，将唱机的唱臂放到转盘上，将唱针放下。沙发上的那个女孩还在睡觉。我拿起一瓶啤酒，闻了闻，然后猛地喝了一口。酒有些苦涩，但我忍着又喝了一大口。喝完一瓶后我又拿起了一瓶。啤酒让我感觉到温暖和漂浮，还有冷静，就好像有人在我身上施了魔法，对我说："你看，查理，现在没有什么可担心的了。"

在那个潮湿的夏末晚上，伴随着唱机里传出的珍妮丝·贾普林哭泣般的声音，酒精在我的大脑里插下了一个小旗子，宣告对那块领地的所有权。

我们房子后面约半英里处，有一片茂密的树林，树林里有一个又冷又深的池塘，周围生长着许多松树、胭脂栎、杜鹃花。我经常会在池塘边逗留很久，看着水泡在飞碟般大小的浮叶间跳动，还有飞舞的蚊子在石头上跳跃，有时我还会用藤条杆钓鱼。感觉热的时候，我会脱下衣服，跳进水中游泳，然后躺在温暖的石头上，在斑斑点点的阳光下晒干自己的身体。这片树林是我的梦幻之地，我会在其中扮演我想要变成的任何人。

我幻想自己是马歇尔·马特·狄龙，是侦探乔·曼尼克斯，我还会在这里练习我的功夫动作。在这里我就是乔尼·奎斯特——我是如此喜欢《乔尼大冒险》——我幻想自己和聪明的本顿·奎斯特博士一起乘坐飞机从棕榈钥匙岛出发，去西藏，去加尔各答，去马尾藻海，去探寻一些超级大秘密，去完成拯救世界的任务。

一天午后，我像往常一样在池塘边玩着，突然听见一阵隆隆的雷鸣。绿色的风暴云在树顶沸腾着，叶子随风飞舞，发出呼呼的声响。一滴雨落在我身上，然后又是一滴，接着变成了倾盆大雨。我开始往家里跑，在树木之间急速猛冲，边跑边脱下短袖。跑出树林时，一束锯齿状的闪电击中了前方的地面。我跳过一个栅栏，又跳过一个满是水的沟渠，沟渠里的水正飞速流动着。抄近路穿过茂盛的草丛，看见母亲正站在门廊处等我。我挥舞手中的短袖，大喊着，母亲也挥手回应着我。

"我就在外面！"

"什么？"她喊道。

我跑到阶梯旁，脱下短裤，和之前已经湿透了的短袖揉成一团扔给了她。她抓住衣物后笑了起来。

"我就在外面！"我再次喊道。

浑身只穿着棉内裤的我再次冲到了门外，大声叫喊着，每一道闪电都让我兴奋不已。我绕着院子狂奔，一根长长的藤条勾住了我的手，我用力摆脱了它，举起手臂在雨中自由地挥舞着。我全身都湿透了，却感觉到了自由、平静和快乐。直到今天我还记着那种感觉，那种跑到筋疲力尽的感觉，它让我无所畏惧。

一九七三年夏，母亲决定举家搬到纽约的阿提卡去。早在两年前，她就被阿提卡州监狱的暴乱所激怒。在那场暴乱中有四十三人死亡，死者中的大多数是被三十英尺外高塔上的警卫射杀身亡的。在此之前母亲曾在北卡罗来纳州的监狱里和囚犯们待过一段时间，母亲将他们的生活经过艺术加工写成了一部剧。她申请并获得了为期一年的授权，这样她就可以在戒备森严的阿提卡监狱做同样的事。暴乱发生的那天正好是她的生日，她认为这是一个信号，是命运的安排。

母亲与我挤进了我们的黄色大众汽车，车内与车顶全是行李。可卡不和我们一起去，挥手与他告别后，我们便驱车一路向北驶往阿提卡。很多年后可卡告诉我，当时他不该同意母亲带着我北上。但当时他白天要工作，晚上则忙于戏剧创作，实在是无暇照顾我的生活。

我们在一家面包店楼上的小公寓内安了家，公寓里满是肉桂与新鲜面包的味道。母亲在唯一的卧室里的地板上铺了一张床垫，然后就睡在上面，而我则睡在客厅里一张破烂的沙发上。房子后面有一条铁路，每天早晨六点火车都会轰鸣着经过，还会鸣响汽笛。这火车也就成了我的闹钟。下雪天母亲被困在监狱无法回家的时候，我会逃课，在铁轨旁和其他孩子一起玩耍，这些孩子中有和我一样是逃学的，也有已经辍学的。他们中大多数人的父母都在监狱里担任警卫。

我们会在铁轨上堆叠硬币，等待火车碾压它们来打发时间。有时，一些年纪较大的男孩会给我们一些大麻或瓶装的酒精饮料。我并不喜欢抽大麻，它让我感觉迟缓，昏昏欲睡，不过我喜欢酒精饮料。有几次我喝得非常多，甚至在铁轨上呕吐了起来，但我并没有因此停止。每当喝醉的时候，我都会有一种解脱感，但这种解脱感来自何处？我并不知晓。

有一天，我们发现一个男人跟着一辆慢速行驶的火车跑着，跑着跑着他就抓住了车厢上的一个把手，然后翻身跳了上去。我们被惊得合不拢嘴，直直地看着火车渐行渐远最终消失。

那一刻我决定也要跳上一辆火车。但我并没有将这种想法告诉他们，因为我知道我可能会失败或临阵退缩。大约一周之后，我鼓起勇气跟着一辆火车跑起来，却发现实践起来要比看上去难得多。铁路基床的石头凹凸不平，轨枕之间的空间又非常大。我被绊倒了，倒下的地方距离车轮仅有六英寸远。我应该马上离开，但我并没有。我在心中计算着时机，如果我在跑步的时候每一步距离都和轨枕间距一样的话，我就能跟上火车的速度。

一个周六的早晨，母亲去工作后，我决定再去试一次。我穿上了父亲的旧士兵夹克，虽然对我来说有些宽大，但这是父亲留给我不多的东西之一。到铁轨旁后我便躲进灌木丛中，等待火车的到来。当我看见一列火车其中的一节车厢是打开的时候，我起跑了。当我的速度与火车不相上下时，我便鼓足勇气朝着那节打开的车厢跳去。一阵疼痛之后，我发现自己的身子一半在车内，一半则挂在车外，我感觉到一根手指正好抓在地板缝隙之间，借此我便将整个身子拉了进去。我转了个身，气喘吁吁，刚才的急跑使我的脑子嗡嗡作响。

成功的兴奋大约持续了五秒。空无一物的车厢不一会儿便让我感到无聊，而且车厢里还充斥着尿骚味。十分钟，二十分钟，三十分钟过去了，火车还在飞驰着。我感到非常无聊，所以我觉得自己必须从火车上下去，从开着的车门向外望去，我想要跳下去。我想象自己像电视中的演员一样，在撞到地面的一刻顺势滚起来。我看了看前方，希望能找到一片柔软的地方用于落地，但只看到了石头和又肮脏又干硬的茂密灌木——因为我的相对速度非常快。我唯一能做的事就是把自己挂在门旁的把手上，然后尝试着小心地落到地上。

抓着冰冷的钢铁，手心上全是汗，我摇晃着身体凭借惯性使自己摆到了火车外部。脚下的大地正在飞速地移动着，火车跑得很快，我不得不紧紧贴着车厢。我意识到如果我跳了，可能会被火车碾死。但此时我的脚也够不到车门无法回去。我的手在打滑。我把一只穿着运动鞋的脚伸向地面，想要这样感受火车移动的速度。我的手渐渐无力，已经无法再坚持挂在车上了，于是我放开了手，并发力快速向前奔跑以保持身体的平衡。不管如何，我成功地站稳了，看着火车离我越来越远。

"我成功了！"我一边减慢速度一边兴奋地叫道。我举起自己的双手欢呼着，觉得自己就像是个超级英雄——**是无敌的**。同时我也意识到，这里距离家可不是一般远。

急速奔跑使我的身体摇摆，我开始**在铁路上奔跑起来**，沿着它一路朝阿提卡跑去。我一直奔跑着，**想象着我家那丑陋的公寓建筑会在下一个拐角处出现**。偶尔我会停下来休息一下，或走一段距离，然后继续奔跑。我几乎跑了**两个小时**，最终我看到了家。回到家后我便瘫在了沙发上，没过多久母亲就回来了。

"我从楼下拿了两个肉桂面包，放了一天了，不过看起来还不错。"她边说边举起一个小纸包，"你今天过得如何？"

"不错。"我说。

"你做了什么？"

"什么都没做。"

如果把实情告诉她的话可能会有些麻烦。我从来没有和妈妈争吵过。我想把这事作为秘密保留给自己：搭乘火车，跳下火车，然后又跑了数英里回到家。

在读八年级之前，我的母亲问我是否想要和父亲一起在加利福尼亚生活，还有我的继母莫莉和继妹迪娜。我不知道这是谁的主意，我曾见过父亲几次，而且相处得很愉快：他带我去了迪士尼乐园还有沙滩。他不像妈妈一样充满深情，但我喜欢和他在一起。最重要的是，如果我移居到了加利福尼亚，我便可以参加有组织的体育活动，这让我很兴奋。我的母亲和可卡从来没有就此事达成一致：制服、练习、比赛，还有日程表。我告诉母亲我想去，但话说出口后我便感到这是件非常糟糕的事。

后来离开的时候母亲哭了，但不管如何，我还是能够理解她所从事的救济他人的工作。如果我不在她身边的话，她会有更多的时间用于她的工作。我知道那件工作对于她来说意味着什么。登机的时候我感觉到了罪恶感，困惑她为什么就这样让我走了。

到了加利福尼亚后，很快我就签约参加了波普·华纳的橄榄球队，尽管之前我仅在电视上看过橄榄球。那时我六英尺高，却瘦得像耙柄，体重刚好达到其最低限度——一百二十五磅（1磅=0.4535924千克）。我上场的时间非常少，但我喜欢那种身为团队一份子的感觉，我喜欢训练——特别是跑步。训练结束后，我会独自去操场多跑几圈，等着继母来接我。一次跑步的时候我发现越野赛跑的教练一直盯着我看。

"嘿！"从他身边经过时他叫住了我，"你看上去更像是一个赛跑选手，而不是橄榄球选手。你愿意跳槽到我的队吗？"

第二天我便转到了赛跑队。训练的时候我穿着橄榄球鞋，因为我没有跑鞋。在一段三英里的越野跑训练中，有一些男孩轻蔑地对我说："不错的鞋子。"但我并不在意，能跑步这让我感到非常高兴。第一次训练结束后，我便清晰地认识到自己应该属于何处。

我还记得我的第一次跑步比赛，当发令枪响起时，数十名男孩互相推撞着，都想争取一个好位置。在起跑的数百码距离内，我被绊倒了数次。我想要站起来继续跑，但就像被海浪拍打一样不断地倒下。一只鞋子踩在了我手上，鞋钉扎穿了我的皮肤。我抬头想看清到底是谁踩到了我——一个穿着亮绿色短裤的孩子正快速离我而去。当我终于站起来再次奔跑时，我仿佛得到了某种新的强大的能源，它如同火箭燃料一般，肾上腺素和愤怒一起冲击着我。

我向前冲着，追上并超过一名又一名选手。我就像是在飞翔，直到来到一条小溪前。因为之前从未参加过越野跑，我从来没有在跑步中弄湿过我的脚，所以我不知道该怎么办。我停了下来，身后的一个男孩撞倒了我。

"别停下，混球。"在刚要站起来的时候有人冲我这样喊道。我看到其他选手继续涉水而过，没有一人摔倒。

"加油，查理。"我的一位队友经过时对我说。

"加油，查理。"我对自己说。我再次站了起来，再次迈步奔跑，用自己的方式通过了溪流，重新上了小径后我加大了步伐。现在我再次有了移动的空间。赛道上的人越来越少，几分钟之后就只剩下我一个人在树林中奔跑。周围很安静，我甚至能听见脚踏在泥土上的声音，还有均匀的呼吸声。我感觉有一种优雅的动物在随着我奔跑。当我从树丛中来到一片开阔区域时，看见有六七个男孩在我前面奔跑着。在这群人中间，我看到了那个穿着绿短裤的孩子。我加速追赶他。

就在我接近的时候，他回头瞥了一眼并看见了我正在以非常具有攻击性的速度追赶着他。他也加速了，从右侧冲出了选手群。我尝试更加努力地去跑，但双腿却突然像灌了铅一样沉重，仿佛在泥浆中奔跑。绿色短裤以第一名的成绩越过了终点。他的鞋钉踩到我，虽然我的脚在流血，他也没减速。

我蹒跚着穿过终点完成了比赛，成绩是第十五名，我双手搭在膝盖下，想要让呼吸平稳下来。当我直起身的时候，我看见绿色短裤正在朝我走来。哦，该死。他想干什么？

"跑得不错。"他说，朝我微微点了点头，然后又走开了。

跑得不错。跑得不错。这几个简短的字改变了我的人生。我的努力得到了认可，我的坚持得到了认可。接下来那个赛季我再也没输过，并在青少年奥林匹克运动会的区域预选赛上获胜。在州级比赛时，我取得了第十三名的成绩。对于新人来说这是一个不错的成绩，但我还想要更多。我想要变得更快。

冬季，我加入了学院的篮球队，因为这样我可以保持更好的体形，有利于来年春季参加田径运动。第一次参加田径运动会时，我便赢了半英里赛跑、一英里赛跑，还有三级跳远。我的队友拍着我的背向我祝贺，我的教练说我是天生的跑者，还说如果我努力锻炼的话速度会变得越来越快。当我把三个奖牌拿给父亲看时，他看上去更多的是惊讶，而不是感动。那个赛季，我希望他能来看一场我的比赛，但他从没来过。在那个赛季，我战无不胜。

那个学年结束后，父亲决定搬回北卡罗来纳州，这样他就可以和他的兄弟一起开始新的工作。但我却感到很沮丧，因为我想在加利福尼亚参加青少年奥林匹克运动会，这样我就能有机会在比赛中击败那些曾在越野比赛中击败过我的人。

但父亲的决定是不可更改的。而我的教练告诉我，如果我能准时参加北卡罗来纳州的地区比赛，我就有机会参加北卡罗来纳州的青少年奥林匹克运动会。只要能跑步，我不介意搬家。最终我赢得了半英里和一英里比赛。我看见父亲出现在人群中，并对我说："做得好……但如果你能在第三圈把节奏提得更快的话，那么你还可以把成绩提高一至两秒。"

上高中时，我一直做着能让父亲感到骄傲的事。我参加了橄榄球队、篮球队、棒球队、田径队。我还在学校的电视台上做了一个早间新闻节目，自己写稿并参与采访。一年级和二年级时，我是班里的班长，三年级的时候我当选为学生会主席。三年级约有四百人，票选"最佳学生"时，我的票数位列前十。数家大学招募我去打橄榄球，而我很早就接受了梦想中的学校的邀请，它也是我们家族的母校——北卡罗来纳大学。

表面上，我是一个完美的孩子，是完美先生，但这些并不是我最想要的。每个新的成就和荣誉只能给我带来短暂的救赎感，之后我必然会感觉自己做得还不够多。和妈妈一起生活的时候，我感到我就是自己，但和爸爸在一起时，我并不能成为完全的自己。父亲并不认为这是不好的事。他会批评我，特别是当他喝醉的时候，他会用一些严厉的话来指责我，比如无力的上篮、糟糕的传球、用"a"代替了"A"。他总是将注意力集中在负面的东西上，并将其视为正直的表现。他的父亲也是如此，祖父的传统是：赞扬是留给女孩的，轻蔑和嘲笑会让你成为一个真正的男人。

三年级橄榄球赛季快结束时，在罗利（美国北卡罗来纳州首府）的州博览会上我因为拿着一瓶啤酒而被逮捕，教练给了我一场禁赛。父亲感到非常愤怒，和我发生了激烈的争吵。我决定逃离，还怂恿我的女友和我一起走。之前我们只是约会了几个月，但现在却在认真严肃地讨论出走这一事。

她是三年级学生，有许多不想失去的东西，但在那一刻一切都变得不重要了。我们往她的福特汽车上装了很多东西，然后就驾车驶往南方的代托纳比奇（美国佛罗里达州东北部一座城市）。在比奇，没有人会来检查我们的身份证，哪怕当时我们只有十七岁，我们依然可以肆无忌惮地喝朗姆酒。我找了份餐馆的工作，在假装了两周的大人后，我们便不得不选择回家。

我们打电话给我们的父母，让他们知道我们是安全的，同时这也让我们感觉压力很大。

回家后，父亲先无视了我几天，直到有一天下午我参加完橄榄球练习后开着车进了车库。那时他正在外面，他从车上拿下来一些东西。我假装在整理我的书和背包，希望他能回房间，留我一个人。但当我抬起头时，他双手交叉盯着我看，他的脸通红。我非常不情愿地从我的大众汽车里出来了。

"你到底在想些什么？"他缓缓地说道。

"别担心。"我说，"并不是你的问题。"

"这就是我的问题！"他叫道，"你把你获得奖学金的机会全毁了，你把你在大学打球的机会给毁了。"

"是的！我知道！"我也喊道，"我根本不在乎！"

他朝我走了几步，把一只脚抬起，好像要踢我一样。我躲闪了他，没有命中目标使他失去了重心，摔倒了。在他的脚飞在空中的时候，我看见了他的鞋底，听到了他落在柏油地面时发出的令人讨厌的坠地声。我不知道该怎么做，我跑回了车里，开着它上了街。在驶离之前我又看了一眼我的父亲，他正在挣扎着起来。

我知道他是对的，一切都糟糕透顶。错过了一些关键的比赛后，我失去了在大学里继续打橄榄球的机会。我本是久负盛名的UNC摩尔黑德奖学金的候选人，本有机会免费上这大学，但现在这些都被我给毁了。事情被我弄得一团糟。但我知道我可以在大学里救赎自己。我所需要做的一切就是努力学习，获得好的分数，远离麻烦。

第二章

十七岁的时候，我作为大一新生来到北卡罗来纳大学教堂山分校，最初还有点期待会出现"欢迎查理·恩格尔"这样的横幅欢迎我。但只花了几周的时间我就发现了一个不幸的事实——在这里我只是个处于平均水平的学生，最普通的那种。四千名闪耀的优秀学生汇聚于这个校园，其中有许多人比我聪明得多，也比我好看，我还得痛苦地承认，有许多人比我更具运动天赋。

我受邀作为临时队员参加了几场橄榄球赛，但开学后不久我便扭伤了自己的脚，不得不退出橄榄球队。我失去了机会，似乎不会再有转机。接着我努力想办法加入越野跑队。我可以继续家族的传统，让自己保持一个良好的体形。我觉得自己可以成功，但我怀疑自己是否有能力继续祖父的传奇。我参加了一个培训课程，而且这个课程就是以祖父名字命名的，但事实是逃避比承担失败更加容易。

入学第一个学期的几周之后，我到了十八岁，也学会了玩双陆棋。这两件事意味着我可以光明正大地喝酒了。此后我要么在市中心酒吧玩乐，要么就是在宿舍大厅弓着身玩双陆棋。我们把双陆棋当成一个酒令游戏——啤酒棋。我们设置了一套复杂的规则和条件，目的就是让玩家们烂醉如泥。转到么二，喝酒，转到双六，喝酒，转到两个零分，喝酒。失败者要喝酒，胜利者也要喝酒。我不知道我是否擅长这游戏，但我是冠军，是大学代表队成员，是首发成员，是最能喝的人。我找到了我能闪耀光芒的地方。

尽管我酗酒，但我还是会去参加JV篮球，教练是罗伊·威廉姆斯，我加入了球队。对于UNC的篮球史来说，那是一段难以置信的时期：迈克尔·乔丹、詹姆斯·沃西、萨姆·帕金森都是这所大学的代表球员，他们都曾在教练迪恩·史密斯的手下打过球。我知道我无力与这些人竞争，但我想成为这支球队的一部分，因此我决定成为球队经理，而不再是球员。我希望自己最终能升到代表队。我的家族有着这样的传统。我的叔叔在二十世纪六十年代也是代表队的经理。是的，我只能坐在板凳后面递毛巾和水，但我是给篮球史上最伟大的球员递毛巾和水。我是这支团队里非常小的一部分，当他们赢得一九八二年

NCAA冠军的时候我也感受到了疯狂的喜悦。

我爱这一切，但我更爱饮酒。我有时会迷迷糊糊的，在记录数据统计表的时候总出错。四名JV经理争夺一个公开的代表队经理一职时，我没有得到它，也没有资格得到它。

大二学年开始的时候，我的室友麦克和我参加了大学生联谊会。我们从一个房子跳到另外一个房子，一场接一场地参加派对，乐于向那些想要灌醉新人的兄弟们提供帮助。我决定申请加入Sigma Phi Epsilon（美国一个大学生兄弟会组织），成员是大学生运动员，成绩优异，总有美女围着他们，他们大多数都穿着牛仔裤和短袖，我非常喜欢这种穿衣风格，而不是穿着嬉皮士风格的休闲鞋和带有纽扣的衬衫。

我很高兴自己能成为这群家伙中的一员，他们会帮助我，哪怕是我弯腰吐在自己的鞋子上。后来喝酒的法定年龄提升到了二十一岁，酒吧不再是我能去的地方。但我有一个安全的地方可以饮酒，那就是兄弟会房子下那个发霉的地窖。

对于Sig Ep的男孩来说，自驾游是非常常见的活动。我第一次自驾游是去北卡罗来纳州的布恩，布恩处于群山之中，我们在那里滑了一天的雪，和阿巴拉契亚洲的兄弟们一起开了场派对。我们搬了一整桶的啤酒到租的车上，车上放着滚石乐队的歌，伴我们度过了长达两小时的旅途时间。

在去布恩的路上，史蒂夫，一个坐在我旁边的孩子，从口袋里拿出了些东西。

"想试一下吗？"他举着一个看上去像小型解码环的塑料装置对我说。

"什么东西？"

"让你飘飘然的东西。"

"哦，好啊，当然。"我说，其实我是不想暴露自己的无知。

我吸入粉末，然后闭上了双眼，像他一样将头往后仰着。

"谢谢你，伙计。"我说。

我坐着不动，等待着药物效果发作。大约过了二十分钟或两瓶啤酒的时间，我依然在等待着。也许是因为我摄入了太多酒精的缘故，或是因为这粉末质量不怎么样，我居然毫无感觉。如果这就是可卡因的效果，那谁会要它呢？反正我不需要。但是我知道饮酒的效果，酒精会产生意料之中的效果，会让人变得麻木。喝酒是可靠的，而我在这方面很在行。我的酒量比大多数人要好，很早我就知道了如何从喝高之中快速恢复，然后再次开始狂饮。当我感觉可卡因对我没效果的时候我很安心。我不想再碰它，或者让其他东西，让我从喝酒中分心。

两星期后，在教堂山闹市区亨得森大街的一间酒吧后面，一个朋友再次给了我一些可卡因。出于社交考虑，我用美钞圈着吸了两下。

当时的我并不知道自己在接下去的十年中会深深沉迷于寻找这魔法般的组合——可卡因、酒精、朋友、氛围，这些能让我重回人生巅峰的东西。

像很多二十世纪八十年代的同龄人一样，我认为这是无风险的放松娱乐，虽然价格有些昂贵。每到晚上，我都会和朋友们凑出一百美元，买可卡因，一起跳舞、喝酒。可卡因似乎能让饮酒的效果大增，因此我便更加喜欢这东西。我可以喝下一箱啤酒或者其它任何放在面前的烈性饮料，几杯龙舌兰酒或混杂在一起的酒，只要你说得出来的酒都没问题，喝完后我依然可以自己站起来。

　　我的朋友们也喜欢喝酒与吸食可卡因，但很快我发现了一个我们之间非常基本的差异。到了晚上的某些时刻，他们会想着还有论文要写，还有测试和课程要参加。他们会退出，回到床上睡觉，只留下我独自一人对他们的离去感到困惑。那时候一般凌晨两点、三点、四点，我才刚开始兴奋起来。

　　很快，共享一克可卡因已经无法满足我。我的嗜好正变得越来越昂贵，为了保证自己的供应，我开始销售它们。一开始，我只会和兄弟会里的兄弟及亲密的朋友交易。然后变得越来越大胆，我开始出售给朋友的朋友，到最后不管是谁接近我都可以从我这里买到货。我告诉自己，我并不是某种卑劣的人，为了买一辆精品车或名牌服装而这样做。销售可卡因可以让我获得更多的可卡因。这是一件逻辑上非常简单的事。

　　当然，手头的毒品越多，我用得也就越厉害。在兄弟会，我有自己的单间，没有人知道我是否在里面。白天的时候，我会独自一人待在里面，在里面吸毒、喝酒。晚上是正式的娱乐时间，我会到外面去参加派对。我的成绩一落千丈，过了一段时间之后我就再也不去上课了。

连续的狂欢只有在毒品卖光或没钱的时候才会中止。我因为懊悔猛撞自己到呕吐。我发誓永不再犯，我发誓要让一切重回正轨，吃得健康，努力学习，让这正在下沉的船体重新启航。在我整个转变计划的第一步几乎永远都是穿上鞋子，出去跑步。

每当我处于兴奋状态无法入眠的时候，我都会拉低鸭舌帽遮盖眼睛，然后溜出宿舍的门。我会在校园内的建筑间穿行，然后穿过一片墓地到达田径赛场和蓝色的跑道。我以一种痴迷的状态跑步，膝盖波动着，双臂摇摆着，双眼盯着前方。UNC的钟每十五分钟鸣响一次，然后每小时又会敲响一次。慢跑者来了又走，但我一直在跑。三十圈，四十圈，五十圈，我加快速度直到我的肺和脚开始燃烧起来。我参加的派对越多，对我的跑步能力伤害就越大。所受的伤害越大，我就越无法跑快。当我最终停下的时候，我从喷泉里喝了些水，直到我的胃承受不住，然后走到灌木丛中呕吐，直到我的喉咙破了皮。我知道我活该受这些罪。我恨自己在学校的失败，跑步就是我的忏悔。

第三章

　　我的快速堕落并没有逃脱兄弟会兄弟们的注意。他们知道，我正在陷入泥潭之中。我所欠的钱并没有到一定要当毒贩来赚钱的地步，当时警察已经开始调查我的情况了。我的朋友吉米背着我给父亲打了电话，告诉他需要把我带回家，不然情况会变得更糟。

　　当父亲没有敲门就冲进我的房间时，我还在进行着我的赎罪跑步，朋友喊我，我才回到房间里去。父亲看着我，摇了摇头。我知道他看见了什么——乱糟糟的，很久没刮胡子，又脏又臭，双眼通红。我避开了父亲的目光，开始往包里塞东西。在沉默中，我和父亲上了一辆租来的车，直接开到了机场。大学生活对我来说已经结束了。

　　当我的父亲、继母莫莉、继妹迪娜搬到加利福尼亚卡梅尔的时候我也跟着一起去了。他们都认为这是我所需要的——一个新的开始。莫莉和父亲在蒙特利买下了两家三一冰激凌店，并雇用了我，他们让我负责运营其中的一家。起初我先在伯班克接受经营培训，我叫它圣代冰激凌学校，两周培训结束后，我获得了一个证明，这证实我成了一个拥有证书的蛋糕师。

我非常感激父亲给了我这个机会。这是一次真正的信仰之跃，我并不想让他失望。开始一切都进行得非常好，但因为某些无法理解的原因，压力再次出现了，一种纠缠不休的需求。这种状况持续了数周之后，我又开始参加派对。为了满足对可卡因的需要，我从冰激凌店拿了三百美元出来，并销售了一部分可卡因，获得的钱足够我还上从店里拿的钱，剩下的由我自用。我一整夜都没有睡，第二天早晨早早就回到了店中，将钱还回了收银机。到后来我从店里拿了钱不再还回去。我知道这行为非常卑劣，但我还是做了。

有一天早晨，父亲来到了店中。我正在后厨数钱，准备开张。

"早上好。"当他来到办公室的时候我对他说。

"我知道你做了些什么。"他说。

我抬起头，他的表情严肃。

"我原本希望你能把那些问题解决掉，但显然你没有。"

"什么？"我说，"我就在这，不是吗？准时到了。"

"旧习不改，你什么都做不了，你能改吗？"

"不。"我说，看着自己的双手，"不，我想我做不到，对不起。"

我从他身旁经过，将店门钥匙和特许经营人的名牌放在了冰激凌柜台的玻璃上面，然后从前门走了出去。

我逃到了教堂山去看我的一些老伙计，他们还在勉强经营着学业，即使这是一个长达六年的学业规划。在一个深夜的兄弟会派对上，我见到了帕姆·史密斯。那时我刚从一个啤酒聚会回来，不管情况有多糟，我都会去快乐商店喝一堆酒，直到商店关门。当时帕姆有点害羞地走向我，面带着微笑，好像她已经知道了我的一些秘密。她要了一罐啤酒，而我也很高兴和她分享存货。她很苗条，及肩的长发，还有一双明亮而清澈的眼睛，哪怕是在凌晨两点看上去也闪闪发光。她穿着短裤，露着像运动员一样棕褐色皮肤的腿。我拿了一罐冰啤酒递给她。她伸手拿酒的时候，我闻到了花的芬芳，非常好闻，但不是很浓烈。

她说她即将在北卡罗来纳大学完成她的生物学学位，只需要再赚一年的钱给学校。我告诉她我住在加利福尼亚，正在待业中。她出生于旧金山湾区，在她还是个婴儿的时候就搬到了北卡罗来纳州，长大后就上了UNC。后来几天我们一直待在一起。她和我一样对焦油脚人（篮球队名）非常感兴趣，对于这点我非常喜欢。我讲了些笑话，惹得她发笑，这使我非常高兴。帕姆的祖母住在旧金山湾区，她告诉我偶尔她会去看祖母。分别的时候我告诉她，如果她来西部的话可以来拜访我。

大约在回到加利福尼亚一周之后，她给我打了电话。她说她刚买了张飞机票，正在赶来看我。我非常惊讶，也很兴奋。

帕姆和我一起待在我那位于卡梅尔的小公寓内。一天晚上，我带着她去杰克·伦敦之家，一个位于市区的酒吧。酒吧的酒保和我是好友，因此不管我坐在酒吧高脚凳上超时多久都没有问题。我们坐在那里，吃着鱼、炸土豆条，喝着蒙特雷郡产的夏敦埃酒。尽管我还想喝更多的酒，但我还是控制了量。晚餐后我们去了卡梅尔海滩，手拉着手，赤脚散步。我们对着那些能俯视岩石和大海的美丽大房子惊叹着，讨论着如果住在里面，每天所看到的晨景会是怎样的。这一切看上去是那么普通而又现实，但却是我从来没有体验过的事。我的生活一直都非常混乱脆弱，就像一根易断的线，随风摇荡着。有一个正常人对我有兴趣让我感觉很棒。

总的来说，帕姆使我相信我是讨人喜欢的，尽管事实并非如此。我爱她，但我猜更多是因为我爱自己。现在回忆起这段往事，我发现这段关系的基础并不牢固。但除了与她之外我再没有过类似的经历。我只是想和某个想和我在一起的人在一起。

一起待了十天之后，我们决定搬到亚特兰大去。在此之前母亲邀请我们去和她一起住，直到我们有能力自己支付住房的费用。那时，母亲和可卡已经分居了，她和她的搭档朱莉一起住。当她告诉我她是"蕾丝边"的时候，我感到非常震惊。以前我就经常感觉在我们家徘徊的一两个女人与母亲的关系似乎要超出朋友之上。另外我还知道母亲写了一些有关男同性恋的戏剧。其中有一部戏剧名为《沃伦》，是有关她好友沃伦·约翰斯顿的，后者于1984年死于艾滋病，该剧是世界上最早讨论这种疾病的戏剧之一。

帕姆在艾莫利大学的基因研究所找到了一份工作，而我则在倍力健身找到了一份销售员的工作。母亲和朱莉像我一样喜欢喝酒，因此很多夜晚我们都是聚在厨房的桌旁一起痛饮度过的，一边讨论戏剧和艺术，还有可怕的艾滋病。我喜欢看母亲坠入爱河的高兴样子，她对能再和我一起住在一个屋檐下感到非常兴奋。我的销售工作非常顺利，卖出了很多会员卡，帕姆和我开始有能力支付住所的费用。但对我来说，有钱并不是一件好事。

我再次沉溺毒品，连续消失数日后，再出现的时候一副瘾君子的颓废样，带着懊悔恳求帕姆的原谅。每次我都会对她说，这是最后一次，绝不会有下次了，结束了，我坚决地表示着。但不久之后大脑中就像有一个洞需要填补的感觉又会重新回来。

有一天晚上，帕姆睡着后，我溜到了房子外面，沿着街朝酒吧走去。我知道酒保那儿有可卡因销售。我的计划是买一两罐啤酒，吸两管可卡因，然后回家。但事实上我在其中沉溺了整整两天，一边喝酒一边吸可卡因。当把钱花光时，我便会步履蹒跚地回公寓，全身散发着恶臭，浑身发抖，饥肠辘辘，心烦意乱。到家的时候发现帕姆并没有在家。走到厨房，翻了翻家里的厨柜，打开一包曲奇饼，然后把它全吃了。拿起罐装的牛奶往嘴里灌，然后又撕开一盒水果糖，抓了好几把往嘴里塞，撒得厨房工作台和地板上到处都是。过了会儿听见公寓门被打开了，帕姆和母亲走了进来。

我带着恐慌跑到浴室。我不能让母亲见到这些。她还不知道我是一个多么糟糕的人，失控的畸形怪人。我打开淋浴，脱下衣服，走了进去，渴望热水能抚平我皮肤的龟裂，想要我狂跳的心脏冷静下来，更想将这噩梦清洗掉。

"查理！"帕姆透过紧闭的门对我叫着。

我听见母亲也在喊："你还好吗？"

我不好。我恨我自己。我恨我对那些关心我的人所做的一切。我恨我又要再次为自己所做的一切向帕姆请求原谅。我甚至无法在我的生活中看到一丝光芒。

我将我的手向后，然后重重地砸到淋浴室的门上。玻璃碎了，散得到处都是。血从我的指关节流出，沿着手臂滴到了地上。我靠着淋浴室的墙壁下滑坐到地上，哭泣着。我的身体堵住了地漏，水越来越多，被血液染成了淡红色。帕姆和母亲就在淋浴室外面低头看着我。帕姆哭泣着，而母亲则用手捂住嘴巴，她的眼里满是恐惧。

她们将我从淋浴室里弄了出来，搬到床上。数小时之后，当我醒来的时候，发现自己的手臂和脚上都缠着绷带，在我右眼下还贴着创可贴。我听见帕姆和母亲在隔壁房间轻声交谈。我只依稀只听到几个单词："毒瘾""需要帮助""危险"。我不想听到这些东西，所以又再次让自己沉睡了过去。

我让一切在正轨上运行了不到两个星期，又再次脱轨。当我又一次经历了长达三天的沉沦之后回到家，我发现帕姆正在打包她的东西。

"你要干什么？"我说。

"我无法像现在这样生活，查理。"她说。

"对不起！"我说，"我发誓，这是最后一次。我不会再犯了，我发誓。"

"我要走了。"她说。

"不，你不能走。"我说，"我想变好，但我一个人做不来。请你留下来吧，帮帮我。"

帕姆看着我叹了口气。

"你不会改变的。"她说。

"会的，会改变的，只要你给我点时间，我会改变的。我想你和我在一起。"我说。

"为什么？这样我就能看到你自杀了吗？"

"留下，和我结婚。"我脱口而出，"求你了，我们结婚吧。"

母亲和朱莉为我们举办了告别单身派对。请帖上写着：这是一个"酒吧进货"送礼会。客人被期待带着顶级红酒而来，非常完美的派对。为了让我的新生活以温和的方式开始，婚礼小而简单，在帕姆的家乡北卡罗来纳州的韦弗维尔举行。这是我记忆中唯一一次母亲和可卡、父亲和莫莉在同一个地方出现。我很高兴看见他们在一起，即使我们从来没有过一个传统大家族的感觉。婚礼上我喝了几罐啤酒用以减缓我的紧张感，但我知道我必须克制自己，集中注意力证明自己，向我的家人和帕姆证明我已经为婚姻准备好了。

蜜月回来后不久，我开车去了一趟酒吧，要了几罐啤酒，几杯龙舌兰酒，然后……什么？我不知道我去了哪里，不知道和谁在一起，也不知道是怎么回的家。几天后我再次清醒过来的时候，我感觉自己就像是在地狱。帕姆和母亲正在餐桌上等我。

"我们很担心你。"我的母亲说。她一手拿着加了冰的波旁威士忌，另一只手拿着香烟。她说她有一个加入了 AA 的朋友，这个 AA 非常有效果。

"我们认为你也应该试试。"帕姆说。

我不太清楚 AA 是什么，但我能猜出一些，应该是一个帮助我戒掉酒瘾的地方，让所有人不再来烦我。另外，我还有另外一个理由去参加它，减少酒精的摄入能帮助我更好地控制可卡因的使用。

会面地点是在医院的自助餐厅里。我坐在一个位置上，而帕姆则双臂合抱着站在房间后面。在我接受治疗的时候，母亲和朱莉待在外面抽烟。一个接一个的人走到房间前面接受对话。在他们诉说自己酗酒的故事时，很多人都哭了，这让我感到有些尴尬。有一个人说他撞死了他的狗，还有一个人说他在参加家庭教师协会会议的时候当众大吵大闹。许多人因为酗酒失去了工作，失去了爱的人，被人欺诈，得了疾病。还有一些其它的故事，听他们讲述这些故事让我觉得非常不安。这些人中还有些人提到了使用毒品和酒精，就好像已经把这些东西抛到了脑后，就像是一件已经过去的事。非常明显，这并不是为我而说的。

我所需要的一切就是一个新的开始。我说服帕姆一起搬回蒙特瑞半岛，在那里我得到了一份全职销售丰田车的工作。开始的三个星期里，我没有卖出一辆车，几乎马上就要被赶走了。彼得，我的意大利经理，挥着手对我大吼大叫。每天他都把我拉到一边，教授我推销商品的经验。"别建议买车的人去看那些比较便宜的车，"他说，"不要让他们那么快地离开展示厅。还有你要试着放松一点。"

终于，我卖出了一辆车，然后一辆接一辆地卖出。我学会如何用笑容让客户放松，让他们喜欢、信任我，然后带领着他们去看闪耀的新车。几个月之后，我成了这家代理商的最佳销售员之一。甚至我还获得了丰田公司的大奖"国家级销售竞赛奖"，它证明了我是美国顶级销售人员中的代表人物。作为优胜者，我可以获得一辆卡车或者等值的现金。我选择了现金。

帕姆聪明地拿走了我的现金支票。她知道这一万美元可能会让我再次陷入麻烦。我们用这奖金买了我们第一所房子。在我二十六岁的时候，我变成了一个拥有房子的人，像是完成了人生表格上的某样成就。毫无疑问的是，毒品上瘾者是不会买房子的。我们的经纪人是我经理的表兄弟，他带着我们看了许多非常棒的地方，但没有一个是我们能够支付得起的。然后有一天，他打电话和我说，有一个对我们来说称得上完美的房子，一个九百平方英尺的平房。房子建在许多高压线下，但杰夫对我们说用不了多久，我们就不会再注意到那些嗡嗡声了。

我们并不喜欢它，但因为当时的蒙特瑞房地产市场非常火爆，每个人都说它像防弹衣一样坚不可破，而我们看起来也不会在那儿住很久，就将其视为一个不错的投资。卖方接受了我们的报价。接下来我们要做的就是去银行申请贷款，我们填写了申请表提交了。抵押经纪人警告我们，以我们现在的收入，还有过短的工作经历，以及极低的首付，事情可能并不会那么顺利。但当他和我握手的时候，他倾身向前对我说了接下来二十年我经常会从抵押经纪人那听到的话。

"喂，别太担心了。"他说，"我会把申请的一切都弄齐整，贷款一定能拨下来的。"

在向银行提交文件与信息的几周之后，我们的贷款便获得了批准，我们正式成为一所房子的主人，同时也身负巨债。还贷的压力成了我在丰田公司赚更多钱的动力，我连着几个月每个月都卖出了十三辆车。因为我优异的销售成绩，我得到了一些奖金和红利。我将这些钱存了起来，想着有一天能给帕姆一个惊喜。但所存的钱不停地呼唤我，最后我决定把它们取出来。我工作如此努力，难道就没有权利放松一下吗？

我掉到了一种模式之中，大多数日子下班后我都会去酒吧喝几罐啤酒。开始的时候只是两罐啤酒，然后变成了六罐，最后变成了十罐，直到有一天我完全喝醉了。这时又有另外一个声音在我心里响起：难道我就不能享受更多的东西吗？这更多的东西是指可卡因，我无法忽视的东西。我再次吸毒，经常夜不归宿，第二天上班迟到，工作时经常处于宿醉未醒的状态。那时要不是老板、帕姆的仁慈与宽容，估计很早我就会失去这份工作。不管何时面对他时，我都会对他说这绝对是最后一次。但是在承诺后的第二天我就有可能会再次举杯痛饮龙舌兰，并感觉轻松，让负担感完全消失。

周末一直都是汽车经销商最忙的日子。在一个周六，我上班迟到了一个小时，并错过了每周销售会议。老板把我叫到了办公室。

"恩格尔，你到底怎么回事？"他说，"你看起来就像是一只站在石头上的鸟。你的笑容看起来像狗屎一样。你昨晚一直在市区饮酒吗？"

我安静地接受训斥。我相信他是不会开除他最好的销售员的，我只会遭受一些惩罚，一切都会没事的。

"我应该把你赶回家，但这对你来说太轻松了。"他说，"我要让你一整天待在这，在外面一直站着。你不能吃午餐，也不准和任何客户说话。你是一个不错的销售，我想你留在这里，但这是你最后一次机会了。现在从我的办公室滚出去。"

尽管酗酒和吸毒，但我依然参加了一个当地的跑步俱乐部，每周都会跑上数次。至少我还有足够的自我意识，我想让自己看上去不错，而跑步对我来说是最有效率的方式，它能让我保持体形，让我拥有肌肉。我的脊椎按摩师杰伊也是我的跑友之一。他跑过好几次马拉松，他曾经建议我也去尝试一下。他知道我有毒瘾，他认为这样一个目标可以让我得到净化。

在大苏尔马拉松举行的前一周，我决定参加。在这之前我也有过几次跑步距离超过十英里的经历，但这次跑步我想应该是十分困难的。帕姆不太信任我，但看到我为了训练停止喝酒时，她看上去非常高兴。杰伊告诉我别在马拉松比赛前一天跑步。我接受了这个建议，但我也因此无所事事，东坐坐，西坐坐，感觉非常焦虑。我决定出去喝一杯，只是为了放松一下。数小时后，我出现在了罐头工厂街的一家酒吧的洗手间里，在那里吸着毒，和我的朋友迈克一起。

"我今天要去跑马拉松。"我对他说，一边抹去了鼻子上的灰。

"你神经错乱了吧。"

"真的，我必须要在五点半前赶去卡梅尔，坐巴士去起点。"

他看了一眼手表，眼睛睁得大大的。我也看了看我的手表。

"该死。"我说，现在已经是凌晨两点了。

我跑回家，冲了个澡，刷了两次牙，朝脖子和腋窝喷了些古龙香水。然后又喝了几杯水，服了几片阿司匹林，登上往大苏尔的最后一班车，赶到了卡梅尔。路程中有一段起伏不平的路面长达二十六英里，曲折的沿海公路差点折磨死我。我的胃在不停地翻滚，左脚踝也有些抽痛，肯定是晚上扭到了，我还极度想撒尿。更让我生气的是，坐在我旁边的人一路上喋喋不休。我所能做的一切就是忍住不吐在他身上。当我最终从巴士上下来的时候，身上只穿着一件汗衫和跑步短裤，早晨气温只有四十华氏度。我感觉非常恶心，还有些害怕，毒品的后劲儿让我有些混乱，全身感觉冰冷。

在过去几年，我掌握了战胜呕吐的技术，我认为现在就是使用这种技术的时候。我走到一个灌木丛内，让自己放松下来。我感觉好多了，我强迫自己吃下一根香蕉，喝了点佳得乐。我随意走着，扩音器正在放国歌。比赛就要开始了，周围都是些立正姿势的工作人员。在我喝完第二瓶佳得乐的时候听到了枪声。很明显，比赛开始了。但我没有在起跑线旁。

我冲上了跑道，跟在最慢的那一批跑者后面，这批人大约有三千人。当拥挤的人群慢慢散开后，我开始提速。从红木林冲出朝着青山跑去的时候，阳光透过迷雾照射下来。我甚至能从我的皮肤上闻到酒精的味道，估计我周围的人也能闻到。跑到九英里的时候，我穿过了一座长桥，然后朝飓风点跑去，这是一段两英里的上坡路。杰伊提醒过我这段路。风速约三十五英里每小时，或许是四十。正当我逆风而行时，我的胃出现了第一次绞痛。我努力地爬上了山，穿过了另一座桥。当我到达马拉松的半程标志时，我停下呕吐了起来。一个人经过我旁边时询问我是否有事。

"没事。"我说，"我只是喝高了。你也喝了啤酒吗？"

他笑了。

"高地旅馆，在二十三英里处！"在他远离的时候他回头叫道，"在那里会有个派对。"

他以为我提到啤酒只是在开玩笑，但我真的喝了。大约在跑到二十一英里的时候，我脑海里全都是冰啤酒。最后，当我转过一个弯时，看见前面有一群人正坐在草坪躺椅上，在他们身边放着许多便携式保温盒。

"还有三英里。"其中的一人大声向跑者喊道，"但你们现在就能喝一些解渴。"

一些跑者喘息着挥了挥手，大多数人都继续向前跑着，并没有对路旁的人表示谢意。

我停了下来。

"谁能给我一罐啤酒。"

有人递了一罐给我，我拉开它，然后将其饮尽。这群人欢呼着。我鞠了个小躬，然后又喝了一罐，打了个嗝。在和众人击掌之后我再次上路，在接下来的一英里比赛中我感觉有些奇异，我的状态比早上更好。路上的风景是如此的美丽，岩石岬、扭曲的槐树、铺满黑沙的弯道。蔚蓝的太平洋一直延伸到地平线，在那里有一道模糊的浅滩，笼罩在白棉花般的雾中。

赛道开始向内陆转去，经过了一个加油站，那里有乐队正在演奏。人群欢呼着，挥手向我们致意。路的一旁有一些孩子，他们手上拿着盛有草莓切片的托盘供跑者食用。我闻到成熟的果浆味，突然感觉一阵恶心。脚步顿时错乱，我跌倒在路旁，更难受的是我的胃开始再次翻腾。我站起来，摇晃着向前走去，将下巴上的呕吐物抹去。孩子们张着嘴直直地盯着我，其中的一个说道："恶心。"

我有些头晕，浑身无力。但我还是完成了比赛。我先是走着，然后再次加速跑了起来。像是在火上跑步一般，我的股四头肌尖叫着抗议。前方就是二十五英里的标志。我经过一个牧场，牧场上有几匹马被关在带着倒刺的围栏里，一排橙色的罂粟花被风压得几乎倒在地上。我继续前进着，爬过一个陡峭的小山，穿过卡梅尔河上的桥。终于，我看见了终点线。我希望自己看上去昂首挺胸，因此我抬高了脚步，努力摆动着手臂，表现着我坚定的风格，使自己看上去更像是一个运动员，而不是一个混蛋。

用了不到三小时三十分钟的时间我就完成了赛程。一个工作人员把一个"完赛者"奖章挂在了我的脖子上。人群围绕着我，其他跑者也在呐喊着，挥舞着拳头，其中有一些人甚至还哭了。而我的感觉呢？我感觉到了满足，是的，我做到了，我向帕姆、我的朋友，还有我自己证明了我还可以坚持完成某事。我还感到了救赎，我完成了一件艰难的事，一件我不用必须去做的事。但我还有另外一种感觉，这感觉把其他所有的感觉全部压倒。那是一种压倒性的绝望。我刚刚跑了二十六点二英里，这可是一个马拉松的距离，我应该感觉在飞。但我的快乐在哪里？作为跑者我的极限在哪里？

在搬到新居数月之后，我的岳父贺拉斯来拜访了我们。他是一个北卡罗来纳乡下长大的男人，有着非常棒的乡味幽默感。他很热情，热爱社交，我非常喜欢他。贺拉斯曾是一位重度酗酒者，但在一次心脏手术之后他便戒掉了酒。我决定在他拜访期间不喝酒也不吸毒。

拜访的最后一天我们去了市区，贺拉斯邀请我们去蒙特利广场酒店共进晚餐。那天我刚好卖了两辆车，得到了两百美元的奖金。在下班去见帕姆和贺拉斯的时候，我的一位同事，一位也吸毒的同事，对我说他手上有些货。我感觉可以庆祝一下，但贺拉斯还在这里。我知道聪明的做法是趁现在买一点，存着等到贺拉斯回家后再吸。

五分钟之后，我开车驶往餐厅，并吸了两管。然后在停车场，我又吸了两管。进入餐厅的时候我睁大双眼，说着胡话。我想帕姆肯定知道我正在兴头上，但她并没有说出来。

可卡因并不是一种对食欲有帮助的东西，我强迫自己吃了晚餐。我对贺拉斯笑着，称赞着食物的精致，然后用布质餐巾优雅地擦了擦嘴，并赞同了帕姆对海湾盛景的赞美。

"我很快就回来。"当我再也坐不住的时候，我说，"去洗手间。"

我朝洗手间走去，然后改变方向去了吧台，在那里点了两杯龙舌兰酒。现在我知道我可以撑过晚餐了，哪怕贺拉斯还点了甜点。

当我们回到家时，我打了个大哈欠，然后说要早点上床睡觉。我盯着天花板，等待帕姆来到床上。她也喝了点红酒，上床后立刻就睡着了。当我听到她规律的呼吸声后，我蹑手蹑脚地出了后门，来到了一英里外的保龄球馆。在那里有一个离我家最近的酒吧。我知道自己正处于非常糟糕的状态。我清楚地知道自己正在黑暗的街道上，去我不应该去的地方，但我却无法控制自己。酒鬼加瘾君子就是这样活着的，在他们自己狗屎一样的人生里，他们既是明星也是观众。

凌晨五点的时候，我步履蹒跚地回到了家，希望其他人都还没有醒来。当我快到家门口时，我很震惊地看见帕姆和贺拉斯正坐在厨房的餐桌旁。我绕道去了花园，偷偷溜了进去。当我注意到我的那些跑步衣服放在洗衣机旁时，我灵光一现，快速脱下牛仔裤还有衬衫，穿上跑步短裤和背心。我快速跑了几分钟，让自己有些气喘，然后走到了外面，再从后院进入了厨房。

"早上好！"我说，一边集中所有的精力来营造一种精力充沛的假象。我抓过一张纸巾擦脸，站在那，上气不接下气。

我看见他们正盯着我。

"我们三点就起来等你回来了。"帕姆平静地说，"我把所有的事都告诉爸爸了。"

一九九一年一月，我同意去灯塔之家，一个维多利亚风格的疗养院，它周围的风景非常棒，而且距离我们家也不远。我之所以这样做，一部分是我对帕姆和家人的妥协，一部分是我承认适度的练习会给我带来好处。为期二十八天的戒毒开始的前一天晚上，我参加了派对，狠狠地爽了一把。当帕姆离开的时候，我跟跟跄跄地进入了治疗中心。她把我的行李箱放在了路边。

填完了表格之后，我被送到了内科门诊部，我被要求做一些检查。在门诊部，我和其他人一起在候诊室等待着，这些人中有带着孩子的母亲，有老夫妇，也有孕妇。我感觉自己的头上好像有一个闪烁的标记，写着"瘾君子"三个大字。我不安地坐在椅子上，随意浏览着一本美国退休者协会的旧杂志，撕自己的死皮。终于，我的名字被叫到了，然后我进了一间检查室。

年轻的护士高兴地问着我问题，还询问了一些关键的生理状况。不用被说教一通，这让我如释重负。当检查结束时，我感谢了她，然后转向门。但她用手抓住了我，我转向她。

"你知道的，如果你不想继续的话可以现在就离开。"她说，"你只是有些弱，缺乏某种性格特质。"

正如他们所说的，但这话我对自己已经说过上千次了。她好像是通过听诊器听到了我的心声。我曾怀疑自己是有缺陷的，而现在我从医生那里确认了这件事。我冲出检查室，逃出诊所大门。

我想让自己返回灯塔之家。但我却被另一个方向几个街区外的沙滩所吸引着，那里有一家名叫"塞哥维亚"的廉价酒吧，我曾在那里度过不少时间。手拿一罐啤酒，沿着海滩散步，这就是我现在所需要的东西。

但我知道逃离这里会成为一个重大的错误。帕姆和我的老板都将会陷入狂怒。他们清楚地做出了声明，如果我没有遵从治疗中心的规定，完成二十八天的康复治疗，那么我将不会再被欢迎。

我必须完成治疗。我艰难地走上山，强迫自己回到灯塔之家。

现在我必须戒掉毒瘾。在此之前，我曾多次尝试突然完全停止使用毒品。但我知道那将会出现什么情况——发抖、焦虑、激动、流汗。我活该遭受这些痛苦。周末我会躺在床上翻阅AA的手册（这本书就放在房间的桌子上），或是在附近散步。只会在用餐的时候出现，而且对吃东西一事有着奇怪的兴趣，我感觉喝下炖汤，吃下面包卷和饼干会让我好受一些，能把痛苦的感觉压住。

周一，我接受了第一次心理咨询。此前我从来没有和临床心理学家交谈过，我有些害怕。进入办公室后，这是一个由木板隔成的房间，位于房子的前部。阳光从大窗户倾泻而入，从窗口望出去可以看见半月形的草坪，种植着马缨丹和松树。

我的心理咨询师是一个看上去干净整洁的大约三十岁的男人，戴着眼镜穿着一件带扣短袖。他介绍自己名为约翰，我同他握了握手。他戴着一只耳环，金色的耳环上镶嵌着一颗棕色的宝石，看起来像一只眼睛。我在他对面的一张沙发上坐了下来，从一个大水罐里给自己倒了一杯水喝了下去。

"那么，先介绍一下我自己。"他说，"我已经保持清醒五年了，在我还是个孩子的时候我就沾染上了酒和毒品。大学的时候我彻底失去了自我。酒驾，做毒品生意。"

我很惊讶他对我说的这些话，我还以为只会要求我说呢。我放松了一点。

"听上去似曾相识。"我说。

我们讨论了我的状况、我的工作，及吸毒时长。

"你认为自己是一个瘾君子吗？"约翰问。

"我不确定。我只知道当我开始喝酒的时候就停不下来。"

"你想要保持清醒吗？"他问。

"我想是的。"

"为什么？"

"因为我知道自己需要改变，如果我想拯救自己的婚姻和工作的话。"我说。

"好的，但你是否想要保持清醒呢？为你自己的那种，不是为了你的婚姻和工作。"

"我喜欢喝酒，也喜欢吸可卡因时的感觉。但后来，我需要喝得更多，吸得更多才能达到期待的兴奋度。我很担心，自己为了逃离可能要摄取得越来越多。"

"逃离什么？"

"我不知道。"我说，神经质地笑了笑。

他等待着我继续说话。

"人们总是告诉我，我有一个很棒的人生。一个爱我的妻子，一个我擅长的工作。但我却感觉不到快乐。我感觉不到任何东西。就好像我正在尝试变成别人认为我应该成为的样子，检查人生清单，完成上面的任务。

"别人认为你应该成为什么样的人？"

"一个比我现在更好的人。"我说。

"谁这样认为？"

"每个人，我的父亲，我的妻子，还有我。"

"这些东西能让你感到快乐吗？"他问。

"我不知道快乐是什么东西。"

"当你卖车卖得比其他人更多的时候，你能感觉到快乐吗？"

"不，完全感觉不到。我只是感觉到释然而已。"

"对什么感觉到释然？"

"我还有能力继续伪装，阻止其他人发现真实的我是什么样的。"

"真实的你是什么样的？"

"就是，当我看见人们或哭或笑或满心快乐时，我会想，为什么我无法感觉到这些呢？我没有感觉。我只是假装拥有它们。我观察别人面对这些事物时的反应，然后得出自己应该对事物做出什么样的反应。"

约翰笑着看着我。

"见鬼，难道不是吗？"我说。

"不是的，并不全是。"他说，"这是大多数瘾君子都会有的想法。"

"真的？"我问。

"所以，我们通过使用毒品与酒精让自己感觉到感觉。"

我感觉到强烈的如释重负和感激。

"是的，太准了，我就是那样做的，就是这样。"

"对你来说，你在什么时候会感觉到最真实的感觉？"

我想了一分钟。

"当我跑步的时候。"我说。

"和我说说看，当你跑步的时候你会感觉到什么。"

"就好像掏空了我的大脑和内脏。所有的一切都变得安定下来。我的心也不再彷徨。我能集中精力，你知道吗？把所有糟糕的事都给丢到一边去。"

"这听起来很不错。"

"是的。"我说。

"所以当你跑步的时候你会感觉到快乐？"

"快乐？我不知道，但我想是的。"我说，"我感觉到了强大，和更多的控制力。"

"你喜欢那样吗？强大，又有自控能力。"

"是的，我的意思是指除此之外，我人生中的其他事情从来没有给过我这样的感觉。我感觉自己非常虚弱，难以置信的虚弱，就像失去了脊椎。你知道吗？如果我是强大的，我就能停止酗酒，停止这一切。"

"这难道不是你人格上的某种缺陷吗？"他说。

"完全就是。"我说。

"不。"约翰说，"并不是，你必须要了解这点，上瘾是一种疾病。"

我紧盯着他。从来没有人对我说过这种话，这意味着也许事情变成这样并不全是我自己的错。

在之后的四周里，我多次接受了一对一的咨询，最终我明白了不管酒精与毒品让我产生怎样的需求，都不是我真正所需要的。我没有任何毁了自己的理由。当我体内的那些神秘的生命编码，被酒精激活时，我整个人就会被欲望所接管。科学尚无法定义它，爱也无法打败它，哪怕是赌命的誓言都无法阻止它，这就是上瘾，而我将永远是一个瘾君子，咨询师对我如是说。但，这也是关键所在，我并不一定需要像这样活下去。

在这里的最后一个星期六，我被允许离开疗养中心和一位朋友去跑步，一个七点五英里的比赛，比赛地点在萨利纳斯市外，目的地是欧莱森峰，上面有一个美丽的公园。在治疗期间我只跑过一次步，我感觉自己有些变胖了，体形也变了。发令枪一响，我冲到了前面的第一集团，并跟着跑了一英里。开始的时候我感觉还很好，直到开始攀登陡峭的山，我意识到我遇到麻烦了。我试了所有的招数：眼观前方，减小步幅，甩动胳膊，但都没有用。乳酸正在我的肌肉里堆积，我大口地喘息着。我什么都做不了，开始减速慢跑，看着一个个跑者超过我。到最后，我仅有走路的力气。

但我并没有感到挫败或丢脸，哪怕一个年纪比我大的妇女慢跑到我旁边，对我说："坚持下去！你可以做到的！"我感觉到了一些其他的东西，一些新的东西——我感觉到了洁净。在那一刻我感到我自己的身体是自由的，一种摆脱了毒品与酒精的洁净的自由。没有什么东西掩盖我身上的痛楚，使我的努力覆上阴云。赛道在到达顶点的时候变平了，我再次跑了起来。在我穿过终点回到人群之中时，站在微风之中，我看着灰绿色的群山不断地向蒙特利海湾延伸。马上就是干燥的冬天了，蓝色的羽扇豆还有几周就要凋零。但这景色自有它的美丽之处，而且非常适合当时的我——贫瘠、荒凉。

第四章

　　二十八天期满后我离开了灯塔之家，回家后我专注于让自己更加清醒。我参加了每日AA会议，还让自己投身于跑步之中，并不是因为我有多爱跑步（爱上跑步是后来的事），而是因为它能让我和其他人一样有一个切实的证据——证明我在变好。

　　我参加了纳帕谷马拉松，一部分原因是我想看一个清醒的人跑完长距离比赛时会有什么样的感觉，还有一部分原因是我想看自己是否有资格参加波士顿的马拉松比赛。我的母亲见证我跑出了三小时零七分的成绩，五周之后，我出现在了马萨诸塞州霍普金顿的起跑线上。又一周之后，我再次参加了大苏尔马拉松。这一次我是一个清醒的人，我还加入了一个由十三人组成的小队，我们用松紧绳将彼此绑在一起。在短程趣味比赛中，蜈蚣小队是比较常见的，比如在旧金山长达一万两千米的长跑中。我们决定成为大苏尔马拉松的第一支蜈蚣小队。有三名队员中途退出，但我们依然有十名成员在三小时三十分钟内完成了比赛，这一成绩就是我们的目标。我们甚至在中途一起小便了两次。一张我们蜈蚣小队的照片出现在了跑者世界杂志封二上。我的朋友为我欢呼，甚至我的父亲看上去也被我坚持跑步和保持清醒的努力所感动了。

清醒的感觉实在是棒极了。在四十五天的时间里，我跑了三次马拉松，而且成绩都相当不错。在家中和在工作的时候我也表现良好。我实施了一个十二步骤法，持续了五十天，六十天，八十天，直到第九十天我都保持着清醒，这似乎是一个关键的转折点。我将其误解为毕业了，更是以为我的"生命"中已经有了一个名为清醒的东西。然后，出于某些我永远无法理解的原因，我逐渐偏离这种状态。我不再打电话给担保人（译注：帮助戒除瘾症的人），并退出了ＡＡ会议。

取而代之的是，我将全部注意力集中到了金钱上。我们得到了一个毁灭性的消息，即奥德堡（译注：美国陆军基地）将被关闭。服役军人和他们的家人曾是当地经济的引擎。如果没有他们，当地的房价会直线下降，而丰田的销售人员也将变得多余。

我不得不寻找其他的谋生方法。我的朋友乔告诉我有一个"汽车车身凹陷修复"的新技术。冰雹会在汽车上砸出一个个凹陷的坑，而这种技术将为汽车经销商和保险公司省下大笔的钱，让他们不用再为其支付巨额的维修费用。乔决定要去俄克拉荷马市学习这项技术，并邀请我同行。帕姆和我的父亲对此表示反对。

"你好不容易才找到了你擅长的事。"我的父亲说，"为什么要放弃呢？"

帕姆则提醒我，我刚"清醒"不久，现在做出这样的决定并不明智。像以往一样，我认为传统观点并不适用于我，最终我还是选择了与乔一起去俄克拉荷马市学习这种新技术。

每天的培训结束后，我们班里的大多数人都会去喝两杯，而我则会径直回汽车旅馆。培训的最后一个夜晚，这些家伙说服了我一起去庆祝毕业。当时我想着只是去看看，应该不会出什么问题。我要了杯水，坐在吧台边，一个人猛地将一杯龙舌兰放在了我面前。我盯着它看了几秒。我想喝，我真的想喝，但我知道我不能。

但从另一方面来说，这难道不是一个证明我能像普通人一样喝酒的机会吗？我觉得我应该展示一下新的我，一个知道自己极限，懂得控制自己的我。我拿起酒杯，仰起头，一股美妙的温热感瞬间便传遍了我的全身。我脑中的保险丝快速燃烧，从头到尾地燃烧着。我又叫了一杯，然后又叫了一罐啤酒，又叫了瓶啤酒，又叫了一杯……该死，我不知道之后又发生了些什么。

第二天早晨醒来的时候，因为余醉未消感觉很难受，还因复饮感到不安。我为了保持清醒状态努力了六个月，却毫无抗争地轻易放弃了。我为自己的行为感到羞愧，但好在，帕姆并不知道，父亲也不知道，而我也不打算告诉他们。当时我的想法是以后再也不去喝酒了，便觉得没必要将这事情告诉他们。

回到加利福尼亚后，我迫不及待地给一些经销商打电话想试试学到的新技术。一天，我走进了本田经销商在加利福尼亚最大的销售中心的经理办公室。我对这位经理说，我这里有一个服务，能帮助他节省大量的钱，我想免费为他展示一下。他感到好奇，便把一辆停在门口、身车上有一些凹陷的车的钥匙给了我，并给了我一个空闲的车位。我要求隐蔽，因为我所用的技术几乎是严格保密的。

我开始干活，但几分钟后我就意识到为期两周的培训时间太短了，应该弄成三个月。我无法将我的手持工具从开着的窗户伸下去触碰到凹陷，我必须要把这门拆掉。不久之后，车门便被我分解成几部分置于地上。我终于能把我的工具放在了凹陷后面，但我蹩脚的修复尝试只是麻烦的开始。当看见经理向我走来查看情况时，我马上上前和他谈话，以阻止他接近汽车。

"差不多要完成了！"我说，"再等一会儿。"

我不知道要做什么，感觉有些不舒服。我望向房间内的其他人，然后起身，经过经理办公室的时候，我发现钥匙盘就在门里面。我知道车位上每辆车的钥匙都有一个相应的编码。这给了我一个主意。我走到外面，记下了那辆紫红色雅阁车的钥匙编码，以及我正在修理的车辆钥匙编码。我将损坏的车重新组装了起来，开到了离展示厅尽可能远的地方。然后我便用偷来的钥匙开了一辆新的一模一样的车停到了店门口，就在这时经理刚好从门内出来。

"看，弄好了！"我从车内出来的时候说。

"哇，这太奇妙了。"经理说，"我简直不敢相信。看上去和全新的一样。"

他握了握我的手，并问我是否能马上修理更多的车。

"我很想，但我有些累了。"我说。

他想要付钱给我，但我告诉他这次是免费的。我回到了家，之后再也没有接听他的电话。

乔也发现他不会修，所以我们就打电话给那些培训我们的人抱怨。他们邀请我们在南达科塔州的拉皮特城见面，他们将要去那里修理大量受损的车。他们向我们保证，这次我们一定能学会，我半信半疑，好在我们之前已经支付过费用了。我收拾了一下，然后用了两天的时间开车径直驶往目的地。

几周之后，我的技术得到了提升。当完成修理后，这些车真的看上去和新的一样。对此我感觉很骄傲，而且我在拉皮特城也避免了麻烦，除了有天晚上和众人一起去了莫尔·黑格尔德和克林特·布莱克的音乐会。我记得我喝光了某人递给我的一瓶酒。然后一切就陷入了黑暗，我一直喝到了第二天早上，赤着脚，和当地一个名叫"仙人掌羽毛"的家伙及其同伙一起跑到了一个巨大的水泥管道里。他们每个人都有好几瓶红酒，卖了一些给我。他们其中一人穿着我的鞋子。当时我就是一个慷慨的酒鬼。再一次，我毫不在乎地把我的清醒全部扔到了脑后。再一次，我陷入了持续酗酒的状态。我再次感到了罪恶感，但我只是想发泄一下，谁又会因此受到真正的伤害呢？但我并没有吸毒，这给予了我酗酒的正当理由。

我在拉皮特城又待了几周，直到我们得到一个消息，丹佛刚遭受了有史以来最大的冰雹灾害。成千上万的车被高尔夫球那么大的冰雹砸得坑坑洼洼。乔和我第二天就收拾行装，朝科罗拉多州奔去。我们长时间地工作，赚了一大笔钱。我每天的收入大约有一千美元，但相比于快乐与安心，这些意外之财让我感到忧虑和急躁。现金对我来说一直意味着可卡因。当我拥有大量钱的时候我的意志是非常脆弱的。为什么不来一点呢？我会对自己说，并不是去吸一整夜，不用太担心，只是小小娱乐一下而已，你已经如此努力工作了，放松一下吧。

在周五工作结束后，我告诉其他人我回旅馆了，但这是一个谎言。我直接去了一家酒吧。几杯酒下肚之后，我便对酒保说我是来游玩的，想知道哪里能找到一些乐子。他告诉我附近有一个夜吧，还告诉我附近会有一个派对，深夜的时候可以去参加。付钱的时候，我询问他这城市是否有什么地方我是应该躲避的。

"不要去科尔法克斯。"他说，"那里有许多混蛋。"

我感谢了他英明的忠告。

科尔法克斯距离城中心超过二十英里，所以我花了一些时间才找到他警告我别去的地方。最后，在奥罗拉，我看到了几条有着特别气息的街，街道上房子的窗户都封着，短住旅馆，贩酒的小店，典当铺，还有在角落勾搭在一起的人，他们在等待像我这样的傻瓜经过。

从一个陌生人那里获得上好的可卡因是一种技艺。如果我只是停下来，直走过去向他们购买，那买到的必然是劣质品，里面可能会混合着轻泻剂甚至是老鼠药。我需要找一个当地的人才行，一个能带着我，让我避免被抢劫或陷入糟糕情况的人。我开着车转了一圈，直到发现了一个穿着牛仔裤的年轻女人。看上去很安全，她可能只是想出来散步，享受这个美好的夜晚。

我在她旁边停了下来，吸引了她的注意力。我将副驾驶的窗户摇下告诉她我的目的，她冲我点了点头，然后她说她乐意帮我去找想要的东西。

她上了车，指引着我穿过几个路口后便到了附近的一个地区。她一直看着后面，好像我们被跟踪了似的。黄昏的余光被黑暗吞没，我感觉自己变得有些焦虑。

"快到了吧？"我尽量让自己的声音听起来放松一点。

"继续开。"她说，"那里，就在那里。停到那个垃圾桶后面。"

我照她说的做了，一会儿后，一群黑人从黑暗之中出现，敲了敲我的窗户。对方拿着一把枪。我到了什么地方？我摇下了车窗，就在这时，贾丝明伸手抓住了我的裆部，并用力地拧住。我想要叫，但我还是忍住了。那个大家伙看上去被逗乐了，我的裆部被钳着，我没有做任何反抗。那个黑人说着一些含糊不清的话，其内容大概是："你这混球到底来这儿炫耀什么？"

我稳定了一下自己的声音，然后表示自己是想来买一些可卡因，想要八份，如果他有的话。

"我还以为你是条子，但没有条子会蠢到来这里买粉。"他说，对贾丝明点了点头，然后她松开了我的裆部。

"这就是我有的货。"这个男人说。

他打开了他的手，向我展示了十二个淡黄色的石头。天啊，药丸（译注：强效纯可卡因浓缩品）。我可从来没有尝试过可卡因药丸，也没想过要去尝试它。但我并没有谈判的权利。我给了他二百五十美元，而他则把毒品给了我。我升起了窗户，但在它完全关起来之前，他将枪伸了进来。我想他想杀了我。

"记得回来，下次会有更好的货。"

我离开了现场，心脏跳得厉害，转向贾丝明。

"我跟你说过我要的是可卡因，而不是可卡因药丸。我不吸这该死的东西。"

"如果你喜欢可卡因，那么你肯定会更喜欢这个。"她说，"如果你不喜欢它，我可以接手，谈判一下……你懂得吧？"

我把车开到路边，在一个坏掉的路灯下停了下来。她从包里拿出了一个小玻璃烟斗，有些焦黑，一端像是塞了一块黑色的布瑞罗垫（译注：一种百洁垫）。我给了她一个药丸，然后她便用手指灵巧地将药丸装入烟斗，手法之精巧让我有些迷惑。

"操！"她说。

她将烟斗递给了我。我犹豫着。我吸可卡因将近九年了，我很喜欢那东西，也知道要如何处理它。它是让人堕落的东西，但我还能掌控它。恐惧和自我意识使我远离药丸。只有低贱的人才会吸它。我是一个马拉松跑者，看在上帝的分上，我从来没有吸过药丸。

"就试一试。"贾丝明说。

我从她手里接过了烟斗。我特别想吸一口。

"就来一点儿。"我说。

我取出药丸，像她一样把药丸装进了烟斗。然后拿起打火机，把烟吸进了肺里。一瞬间，我的头像是爆炸开了一样。当时我唯一的意识就是想要吸得更多。

很快我们就用完了第一批货，不久之后，我们又去了那个大垃圾桶。在之后的四小时内我们又吸了四次。那个大家伙和我现在是好朋友了。他知道不用抢劫我，因为他深知一点，用不了多久，我就会把钱乖乖地拱手奉上。

第二天，我的现金用光了。贾丝明变得有些焦虑，问我是否有信用卡。我说，当然，但不到银行柜台是无法取出那些钱的，而我现在的状态根本无法去银行。

"我们不去银行。"她欢呼道,"我们去商场!"

我让贾丝明开车,她在一个角落停了车,外面有一些在闲逛的孩子。其中一个亮出了一把枪,然后又是一把,天啊,他们每个人都有一把枪。我买可卡因也有数年时间了,却从来没有见过一把手枪。贾丝明下车,同那些男孩聊了一会儿。然后他们全部看着我,这让我有些紧张。过了会儿贾丝明走了回来,那些孩子跟在她后面。

"好了,全搞定了。他们会和我们一起。你给他们每个人买套起始者夹克衫,他们就会帮你解决燃眉之急。"

男孩们上了车,然后我们就开车去了樱桃溪购物中心,一个非常棒的商场,一周前我曾在这里买过裤子。他们知道我们应该去哪个商店。在这些男孩争论谁应该得到一件印有奥克兰突袭者队标志的夹克衫时,我假装在看袜子。最终,他们每个人都挑了一件夹克衫,我带着他们去了柜台,拿出了我的美国运通金卡付款。这些孩子穿上他们的新衣服后,大摇大摆地走出了商店。回到车上之后,他们互相争论到底谁给我可卡因。最终他们中的一个给了我价值约一千美元的可卡因药丸,足够我吸好几天。

到黄昏的时候,我就把它们全吸光了。甚至连贾丝明都警告我,让我别吸得那么快,休息一下,留一点之后用。但对我来说不存在"之后"这种说法。我知道我是个糟糕透顶的人。我已经连续两天没去工作了,也很多天没和帕姆通电话了。我想尽可能久地让这种兴奋保持下去，因为当这种兴奋结束的时候，我不知道我能还剩下些什么。

我睁开双眼，喉咙干涩无比，嘴唇破裂浮肿。从床上坐起来，我意识到贾丝明已经走了。我走到窗边，看了一眼下方的停车位，那里只有厚厚的积雪，我的车早已不翼而飞。该死，我穿上牛仔裤，摸了摸口袋，发现空空如也。没有钥匙，没有现金，没有药丸。我有些失魂落魄，甚至感觉有些恶心，我颓废地坐回到肮脏的床单上。就这样安静地过了一会儿，我跳了起来，我必须得离开这里，不能再待在这里了，却发现连我的夹克衫也不见了。

外面正冰雪连天，我心情沉重，离开房间，朝着科尔法克斯东部走去，身上仅穿着一件短袖、牛仔裤和跑鞋。走了几个街区之后，我找到了一个付费电话。完美，我会打电话给警察，告诉他们我的车被偷了。他们会帮我找到车，然后开着它回家。这电话亭里有股尿骚味，但至少我不用再待在外面忍受风雪。我拿起话筒，准备拨打"911"。但在按到最后一个"1"的时候，我挂掉电话并盯着电话看了一会儿，然后又拿起话筒，再次拨了"91"，然后又猛地把话筒放了回去。在想什么？混球。我对自己说，你不能打电话给警察，没有人会打电话给警察。

我走出门，再次进入了暴风雪。又走了几个街区之后，我发现了一个熟悉的红白色标志。当接近的时候，温迪餐厅广告牌上那长着雀斑的女孩让我流泪。我走了进去，看着墙上的菜单。我已经有四天没有吃东西了。抓了一把纸巾擦干自己的脸和手臂，一对带着两个孩子的夫妇坐在一个隔间内看着我。扔纸巾的时候，我在垃圾桶里看见了一个盛有色拉的塑料盘。我把它拿了出来，用湿纸巾把它擦干净。然后我走向自助色拉台，开始往盘子里装生菜、白番茄、碎奶酪和油炸面包丁。

"喂。"一个穿着制服的人对我挥舞着肥胖的手，"滚出去。"

屈辱——巨大的屈辱，我灰溜溜地回到了人行道上。雪花落在我的脸上、我的手臂上，沿街走着，我不知道自己到底应该做些什么。我可以拦辆车，也可以打电话给帕姆，但她帮不了我。没有人能帮得了我。我是否可以就此倒下，任凭大雪将我埋没？也许我的家人会认为这是一个意外——我迷路走丢了。

我鼓励自己继续走着，双眼被扑面而来的雪遮蔽着，来到了一个十字路口。突然在我的左边，约半个街区的距离，我看见了一辆丰田4Runner车，样子非常像是我的。我半信半疑地朝它走去——它就是我的车。我想象着自己坐在里面会有多么的温暖，我是如此渴望坐在里面。

走近之后清楚地看到了车顶上的行李架，非常像是我的。然后便是车上那北卡罗来纳州的金属车牌。我开始朝它跑去，一个推着购物车的妇女正在积雪中挣扎着，她看见了我。我打开了驾驶室的门，看见了我放在乘客座上的CD，还有我以为已经丢了的太阳眼镜，这就是我的车。就在我进入车的时候，我听见了那个女人的叫声。我开始倒车，空的啤酒罐在车里滚动着，我把车从路边开了出来。

"太棒了！"我叫道。

我无法相信这让人难以置信的运气。坐在自己的车上，那久违的温暖、自由向我袭来。突然从车后传来了尖锐的叫声，像是猫叫。我转过身查看，视线停在了后座上。那里有一个婴儿，约有十八个月大，穿着蓝色的防雪装，正用黑色的大眼睛盯着我，张着嘴巴，哭泣着。

必须要回去，我将车转了个弯，朝着发现车的地方开去。

"没事的。"我对哭泣的婴儿说，"没事的。"

我看见了那个女人，她正背对着我，手放在头上。当我靠近的时候，她转过了身，我们的眼神交汇。我开过去，然后停了下来。她朝车跑了过来，打开后门，猛扑进去将孩子抱走了。

这事不久之后，帕姆来到了丹佛，她没有问我消失的事情，她猜得出到底发生过什么。帕姆陪着我完成了所有的工作。而且她有了更大的理由让我重回旧路，我也有了更多的理由让自己保持清醒，这理由就是——帕姆怀孕了。最近我们没有采取避孕措施，因为我们终于想要开始组建一个完整的家庭。我想帕姆认为如果我当了父亲的话会变好。成为一个爸爸，我喜欢这想法，只是没想过会来得如此之快。我有些害怕，我知道自己不能再搞砸了。一九九二年二月，我们卖了房子——尽管蒙特利的房市正处于萧条期——搬回了亚特兰大。两个月后，一个和我一样从事凹陷修复业务的好友从佛罗里达给我打来电话，告诉我一场风暴带来了棒球大小的冰雹，砸坏了奥兰多成千上万的车。他已在凯迪拉克经销商那里接了大单子，工作太多，超过了他所能处理的程度，所以想请我去帮忙。帕姆鼓励我去。我们极度需要钱，而她可能也想要有段独处的时间。

我也准备离开一段时间，因为我需要逃离纠缠不断的罪恶感，因毒品和酗酒所产生的罪恶感。一个婴儿即将出世，我需要保持清醒，但每隔几周，我都会沉沦几天。没有任何确凿的证据能证明我在变好，我希望自己能有些改变，但我却无法摆脱自己的欲望。当我在佛罗里达令人窒息的热浪中长时间地修理凹陷的时候，依然在不断地重复着这个过程。我是个瘾君子，我是个糟糕的丈夫，还正在成为一个糟糕的父亲。我根本没有资格让一个孩子降临于世。

在第一个星期，每天工作结束后我就独自回到自己的房间。但我的焦虑和自我厌恶感不断升级，最终我感觉自己需要发泄一下。不是毒品，我对自己说，只是几罐啤酒。一个完美的计划，除了一个简单的事实，在喝了几罐啤酒之后我就再也没有回过家。几个小时后，我喝得烂醉如泥，开始驾车去寻找城市的阴暗面。

我觉得自己应该结交一个朋友。没过多久我就发现了她，一个又高又瘦削的浅肤色的女黑人，穿着一件紧身短裤，踩着细高跟鞋。

我将车在她旁边停了下来。

"有事吗？"我说，她看了我一眼。

"你有什么事？"

"附近有什么好玩的吗？"

"你是警察？"她问，"你看起来像个该死的警察。"

"我不是，我只是想找些事做。"

尽管我已经知道她会怎么回答，但我还是问她从哪里可以搞到可卡因。

她靠在打开的窗户上。

"你以为这里是比弗利山（译注：位于美国加州洛杉矶县西边的地区）吗？在这附近没有粉，但可能有药丸。"

我摇了摇头，我知道如果吸药丸，那事情肯定会变得非常糟。我犹豫了一秒，尽管我内心在犹豫，但我知道我将做什么。"

"用一百美元能弄到多少？"我问。

她从口袋中拿出一个玻璃烟斗和一个打火机，然后掏出了一个奶油色的药丸，将其放在了烟斗上，举到我面前。

"我要看你先吸一点儿。"她说。

我知道她是想测试我到底是不是警察。她认为我是一个警察，这让我有些高兴，虽然我的行为举止看起来更像是巴尼·法伊夫（译注：虚拟故事中的人物，后同），而不是桑尼·克罗克特。

"这钱我可不出。"我说，从她的手上接了过来，"这个要算你头上。"

我举着打火机靠近烟斗，听见熟悉的嘶嘶声，在药丸融化的时候吸着那烧焦的味道。多巴胺刺激着我的大脑，我发出了呻吟。

　　"好的。"她说，"我想我们可以做些交易。"

　　她上了副驾驶座。她的名字叫莫妮卡，身上有着酒味、花香味和一些其他的味道，这味道让我想起了狂欢的酒宴。

　　"沿这里下去。"她说，"向这边转，然后在那边停下。"

　　车停在了一个角落附近，那角落里大约有七八个年轻小伙，他们在互相交换着东西，目光不停地观察着四周。我停下了车，莫妮卡靠在窗口和他们中的一人交谈着，同时有另外两个人围着我的车慢慢地转着。几分钟后，我拿到了我想要的东西，我们在这街区转了一下，停下来，来了几管。

　　这些药丸足以让我们度过整个夜晚，但不到三个小时我们就把它用光了。在莫妮卡的指引下我们将车开到了另外一个街区，到了一家廉价汽车旅馆，旅馆的门都开着。我们上了四楼，在一个黑色的木板房内得到了我们想要的东西。莫妮卡和我继续狂欢着，不断地从药丸上凿下碎块。

　　更晚些的时候，又有一个女人出现了。她说话的语速太快了，还在房间里跳来蹦去，让我感觉有些恶心。她坐下的时候非常地用力，以至于电视都被摇动了。每次她靠近我时，我都会起身走开。为了避开她，最终我去了洗手间。莫妮卡和她轻声地讨论着，但通过门我可以清晰地听见她们的谈话。

"他还有多少现金。"那烦人的女人说道。

"没钱了。"莫妮卡说，"只有一些药丸。"

莫妮卡听起来像是在保护我，但我并不相信这一点。她只是不想和别人分享。

"让他吸一剂狠的，说不定他就会昏过去或者是死了。然后我们再把其他东西带走。"这新来的女孩说。

我打开了浴室门，站在门口。两个女人都看着我。

"你看起来需要这个。"那个新来的女人说，并示意莫妮卡给我烟斗。她们给了我大剂量的可卡因，我接了过来。她们以为是在骗谁呢？我可是超人。

"该死……"莫妮卡说。

"真是个疯子。"她的朋友摇着头，然后起身离开了。

"也许你应该慢慢来。"莫妮卡对我说。但这话却刺激了我，我并不是一个会慢慢来的人。她甚至在我面前脱去了衣服，明显是说我们可以做爱，但我想要的一切只是吸毒。

在接下来的几天，每当可卡因吸光后，我们就会再出去买。有时在阳光明媚的白天出去，有时在星辰稀疏的夜晚出去。直到一天，莫妮卡独自一人出去买酒很久没有回来。我意识到她可能已经走了。我坐在床上一动不动，盯着门口看。过了会儿，我通过窗帘向外窥视，看见一个黑人男子，毫无疑问，他正要潜行到我的门口。我调高了电视的音量，却依然能听见脚步声、警报声、尖叫声，还有一种像是鸟叫声，但我确定这不是鸟叫声，而是一种暗号。我看着门上的窥视孔，感觉有人在通过它在向内看。当莫妮卡回来时，我几乎因为感到安心而哭泣了。她给了我一套牙刷和牙膏，毫无疑问这是出于她自己的善意，我已经好几天没刷过牙了。

在房间里的第三天还是第四天，电视里播放了一条特别的新闻，说一些白人警察打倒了罗德尼·金，但却被判无罪。结果这引发了洛杉矶大暴乱，很多城市也被波及，包括奥兰多。一个当地的新闻摄制组正出现在屏幕上，地点就在附近：商店的窗户被打碎，街上到处都是愤怒的暴民。

"喂，这是我家所在的街！"莫妮卡说，"离我们这就几条街。

突然，有人猛敲门，我被吓得差点昏过去。

"莫妮卡！"这是一个男人的声音，"莫妮卡，把门打开！"

"克拉普。"她说着去打开了门，这让我恐惧万分。两个我从来没有见过的大男人进入了房间。我有些疑惑，只能猜这是莫妮卡告诉他们的，如果他们有货就卖到这里来。但事情似乎并不是这样的。他们带来了非常恐怖的气氛。我买了一些他们的货，希望他们能离开。当他们最终离开时，我们吸了刚从他们那里得到的可卡因，立刻，我知道被骗了：简直就是坨狗屎。

"混蛋。"莫妮卡说，但我确定这是她和他们一起设下的陷阱。我只有一个办法能让自己感觉好一点，那就是更多的毒品，上好的毒品。我们开车到了邻近街区，一个我们之前买过货的地方。但一切都变了，成百上千的人都跑到了街上，一辆汽车正在燃烧着。我可以感受到它在散发着危险的能量。我们得到了想要的东西，然后急匆匆地回到住处。电视正在播报新闻：洛杉矶，一个白人卡车司机被人从他的卡车中拉出，有人击打着他的头部。莫妮卡和我坐在床上，盯着电视屏幕。

面对这样的情况，我们唯一能做的就是尽可能待在房子里。但是不久我们就用光了存货，不得不出去再买些存货。这时床边的电话响了，我伸手去抓话筒，却碰倒了一个玻璃水杯。

"什么事？"我问道。

"快从那里离开！"

莫妮卡，我只能意识到她并不在这个房间，而且她在电话里对我大叫道。

"现在就离开，就是现在。昨晚卖给你假货的那些家伙正在去你那边。他们想抢劫你，杀了你，伙计。"

她调低了声调，说："对不起。"

我坐在床上整个身体都在战栗。我需要来一剂好让自己能够思考。我在房间内疯狂地搜索着，翻遍了旁边的桌子，在肮脏的地板上爬来爬去寻找毒品，我还翻遍了所有的口袋。但没有找到一丁点儿的毒品，但，令人惊奇的是，我找了我的车钥匙。我跑出了房间，趴在栏杆上向下看着，我的车正停在唯一还亮着灯的车位上。

我跑下楼梯，躲在阴影之中，因为传来一些愤怒的声音。我观察了一下四周，但并没有看见人，我在车辆之间轻轻地向着我的4Runner挪动着。虽然我还处于恍惚的状态，但我知道当按下钥匙上的解锁键后，车会发出声音，车头灯还会亮起来。我不可能在不出声的情况下打开车门。

我再次听见了那愤怒的声音，抬起头。昨天的那两个健壮男人正从左边的楼梯往上走呢，手上拿着棒球棍。周围很安静，他们的说话声可以听得很清楚。

"这白人男孩真够蠢的，我保证他不知道自己到底吸了什么。我打赌这笨蛋肯定会打开门，邀请我们进去，就和上次一样。今晚我们得到了免费券，这要感谢罗德尼·金。"

我看着他们朝我的门走去。窗户旁边的灯没关，窗帘也是开着的。他们中的一人从窗户向内看，另外一人则转身搜索着停车位。

我非常害怕，一不小心按到了解锁按钮，车头灯亮了起来，四个门的锁都解开了。车一响，我就听到有人喊道："嗨，在这里！"

我慌乱地坐进了车，将钥匙塞入并扭动了它。什么都没发生。车并没有启动，但那两个男人已经下了楼，举着棒球棍正朝着我冲过来。突然，我想起来了，关掉警报才能启动汽车。我按下了按钮，再次扭动钥匙。引擎声响了起来，但同时立体声也在车内响了起来，就好像有人在车内高声尖叫一般。这是九寸钉乐队的歌《头像洞》："头像一个洞，像你灵魂一样黑，我就算是死也不会给你控制权。"

我把车猛地向后倒，保险杠碰到了后面的车，我压根管不了那么多了。将油门踩到底，车屁股的玻璃因为棒球的猛击而破碎。我尖叫着逃离，轮胎号叫着，汽车急速地奔驰了起来，我这才回头望了一眼。那两人中的一人把棒球扔向我的车，但并没有什么用。

　　通过后视镜，发现那两人正在上他们自己的车，就是刚刚被我撞掉保险杠的那辆车。我不停地警视着后视镜，看看对方的车是否会追上我，就像电影《迈阿密风云》里的场景，他们没有追上我。危机看起来好像是解除了。我调低了音乐声，观察了一会儿情况。我的后车窗上有一个大洞，毫无疑问，晨巡的警察会怀疑我的。但我可以把窗户降下来把它隐藏起来不让人看见。我按下了按钮，窗户呻吟着，降到一半就卡住了。哪怕我松了开了按钮，马达依然鸣叫拉扯着。

　　"我的天啊！"我叫道。

　　马达继续拉扯着，我闻到了烟味。过了会儿，这声音停止了，就好像尾窗接受了它无法再向前进的事实。几秒钟之后，我的车头灯灭了，厄运真是接踵而至。一切归于沉寂，引擎也停止了。当时我就像一个滑翔员失去了平衡。我努力打着方向盘将车停靠在路右边，但是方向盘被锁住了，刹车也失去了作用。车在惯性的作用下，缓缓地移动着，最终停在了路边。

　　我想要将那粉碎的窗户遮掩住，这样就不会引来别人的注意。我已经连续吸毒、喝酒四天了。现在是凌晨四点，我可能是半径十英里内唯一的一个白人，而且全国都处于冲突之中——由种族主义引发的暴力与蓄意破坏。

现在我只能徒步前进了。

在开始走之前，我认为现在是一个做清洁的好时机，如果车变得干净的话，那么就会给警察留下些好的印象分。我把几个啤酒罐和一个空的伏特加酒瓶——我什么时候喝过这个——扔到了路旁的草丛之中。然后我发现我的玻璃烟斗正放在驾驶员位置上。这东西怎么掉到这里了！在烟斗的下面有一块硬币大小的烧焦的编织物。我摸了摸我的裤子，发现裤子上有一个洞，非常吻合座位上的那块布。我将手指伸进那个洞，发现有一块皮肤被烧伤了。

在确认过没有其他地方被烧到后，我把烟斗扔进了路边的草丛中，然后朝着一个有光的方向走了去。低着头大约走了十分钟后，一辆SUV减速停在了我旁边。我瞥了一眼，看见副驾的窗户降了下来。司机位置上坐着一个袒胸露背的肥胖白男人。我感觉有些恶心，因为他腰部以下也是赤裸的。

"要坐吗？甜心。"他用非常尖锐的声音说。

我无视这个男人，快步前行着。但这车继续在一旁跟着我。

"甜心？"他再次说道。我拒绝和他有任何眼神上的交流。

"狗屎。"他用比较沉重的声音叫道，然后加速离开了。瞬间，我的感觉由恐惧变成了气愤。这个基佬居然骂我狗屎？你给我回来，让我踢烂你的肥屁股，你这肥猪。我继续走着，感到有些烦躁。我觉得必须赶快离开大街，然后睡一觉，并为我四天的缺席找一个借口。

走的过程中，我内心里不断说着——可以称之为圣诞老人的恳求的话——类似"如果你能帮我脱离这麻烦，我将永远不会再陷进去"这样的誓言。世界一直在给我机会，哪怕我失败了，一次又一次地沉沦在毒品之中。

几分钟之后，前方出现了一个大型的广告牌。我简直不敢相信——那是梅西·凯迪拉克——是我之前工作的地方。我的运气实在太好了，好得我根本不敢去相信。这场灾难马上就要结束了，我相信这是强大、仁慈而全知的圣诞老人给我的指引。

我终于知道自己身在何处。从这里，我可以回到我的旅馆。两天之后，我在一个拖车场找到了我的车子，支付了两张交通罚单及拖车费用，总计六百多美元。修理汽车大约花费了一千美元。

帕姆假装什么都没有发生过，因为她知道我会否认，会找各种理由推脱，而她懒得去计较这些骗人的鬼话。我的老板原谅了我，他知道我有吸毒的问题，但我也是他最好的技师，我为他赚了很多钱。

当我的儿子出生时，我是怀着敬畏之心看着他的。我感到了转变，就好似我用了一生的时间去找寻我的生命之光，而此刻他就这样安静地显现在了我面前。我知道我的感受，我爱他，我很高兴——布雷特。

我下定决心永远不再去酗酒，也不再去吸毒。我十分确定这一点。我空洞的内心在此刻是如此充实，我怎么会把毒品再放到我体内呢？我和帕姆还有布雷特一起待在家中度过了极棒的一周，然后我回到了堪萨斯州的威奇托市，那里刚遭受了冰雹袭击，有大量的车需要修复。不久之后，我创办了自己的公司，并雇用了几个人，包括加勒特和谢恩，他们曾经都是瘾君子，但到现在他们已经保持清醒将近一年了，和我一起工作。我们一起住在威奇托市一个配有家具的公寓里。

我喜欢这份工作，当一个工作完成时，我可以从中感受到满足感。我总是讨论着布雷特，而且讨论他越多，我就越清楚地知道我可以保持清醒越久。我是如此感激他——布雷特，就是他将我带离了生命的黑暗区。

七月十日的时候，帕姆带着布雷特来看我。我在旅馆租了一间套房，停止工作了几天。我记得我和帕姆躺在床上，布雷特就在我们中间，他的胳膊和腿在空气中游着，就像一个颠倒了的海龟。爱意已经将我淹没，我想要用我的力量做一切能保护家庭安全和幸福的事。

因此我做了一件连自己都惊讶的事。在送走帕姆和布雷特后，我开车沿着威奇托市东北部的街道开着。这车看起来好像是在自己转弯。我做了并没有想去做的事，但我知道我接下来一定会去做。做了那么多工作，这么棒的父亲，我应该让自己放松一下吧。

六天之后，我坐在停车位的地面上，麻木地看着警察搜索我的4Runner，上面还有几个弹孔。我知道有一个带枪的毒贩，他用枪对我开过火。我只记得将油门踩到底，沿着街飞速逃离。我还模糊记得当我因付不起房钱而蹒跚踏出一个每晚十五美元的旅馆时，我意识到自己的车不见了。

　　有意思的是我自己打电话报了警，说我的车被偷了，他们已经发现了它。现在正在搜索里面的东西，我想窃贼应该把那东西留在了里面，包括我用来吸药丸的烟斗。这样的场景在我的心中引起了强烈的冲动，我用了全部的力量才克制住自己——不让自己跳起来，把那东西从警察手中夺过来踩烂。

　　几年前，通过灯塔之家的治疗之后，我便接受了它的所有内容，除了它所包含的"更强大的力量"部分，我是一个无神论者，我认为"更强大的力量"和"神"都是那些无法自救的弱者才需要的东西。我不需要外部的帮助，我是个强大的人。只要给我指定目标，我就能到达彼端。

　　但最终我发现我的方法并没有起效。即便是刚出世的儿子也无法阻止我吸毒。我的妻子、父亲、生意，还有我的自我意识都无法阻止我。我已经二十九岁了，此刻我正坐一个排水沟上，低着头，穿着脏兮兮的衣服，我的手指都是黑的，布满了水泡。这是我人生中第一次低下头祈祷，并不是那种类似"就救我这一次就好"的讨价还价式祈祷，而是一个真正的祈祷，一个简单的祈祷。我祈祷毒品和酒精远离我，我祈祷给我生路。

警察将我送回了家。但精神萎靡、面容不整的我，却知道有件重要的事发生了——我清楚地感觉到"瘾君子监狱"的大门打开了，我从那所监狱逃了出来。我并不明白这是怎么发生的，但我穿过了这门。

那天晚上我参加了一个AA会议。大多数发言者的故事都是常见的一些关于酗酒者或吸毒者所遇到的一些精神痛苦。

但是其中一个男人所述说的"激情"作用让我印象深刻。

他说我们必须要找到一样我们喜欢的东西，一种能与我们精神相连的东西。

"我们一直以来都把时间花在如何从瘾品中逃离出来。现在，我们需要用一些其他的东西代替这些东西。"他继续说，"一些有意义的东西。"

第二天，起床后我穿上了尘封已久的跑步服。走出公寓大楼，城市街道的温度正在逐渐升高。转身进入一条边道，调了一下计时器，我便放开了步奔跑了起来。我不停地跑着，我的脚感觉有些摇晃和虚弱，呼吸非常费劲，汗水也开始涌出。我跑了约二十分钟，然后转身往回跑，回程的路上火热的顶头风不断地煎熬着我。就在我接近公寓的时候，我感觉到有些恶心和奇怪的寒冷。突如其来的感觉使我弯下了腰，不断喘息着。一个开着小货车的女人停下来，问我是否还好。

"只是有些太热了。"我回答说，思考着我说的话。

"但还是谢谢你。"我虚弱地说。

那天我又去参加了三次AA会议，并在接下来的六个月中，每天至少参加一次恢复会议。我给自己找了一个担保人，让他督促我。约翰并不相信我的大话，他对我说如果我不按他所说的去做，那么我就必须要重新再找一个担保人。我遵从他的要求，每当夜深人静我感到动摇和绝望的时候我就会给他打电话。

每隔几周，我就会坐飞机去看帕姆和布雷特。帕姆明白这是我必须要做的事，为了拯救我的生活，我必须离开原来的生活，去努力拯救自己。我把时间花在工作上、参加AA会议上，还有跑步上。我沿着河独自奔跑，穿过麦田。我独自跑着，有时候还会和其他人成群地跑着。我想起那个男人在AA会议上所说的有关寻找激情的话——某些非常重要的事物，为了不失去它，你会做任何事的事物，它非常珍贵又极具力量，能帮助你压倒内心的冲动。

逐渐地，我发现自己已经找到了这种事物——跑步。我喜欢跑步，也热爱跑步。没有其他东西能让我保持如此清醒，如此的精力集中，如此的快乐。在之后六个月里，我再也没有迷失过一天。加勒特和谢恩戏谑地说我成了另外一种瘾君子。每当我跑步回来的时候他们会取笑我，热情地讨论着我最近的顿悟，对人际关系的顿悟，对自身清醒的顿悟，对生意的顿悟。在经历长时间艰难的跑步后我的情绪会处于一种兴奋的状态，它是如此纯洁与甜蜜，比任何东西带给我的快乐都要强烈。毒品与酒精已经从我的生活中出局了，跑步成了我最重要的东西。

第五章

　　我在威奇托待了三年，这期间跑过了很多场马拉松，参赛地点很多，有杰克逊维尔、得梅因、派克斯峰、达拉斯、卡尔加里、瓜达拉哈拉、蒙特雷、坎昆、毛伊岛、火奴鲁鲁，而且这名单还将继续增加。我在参加亚特兰大马拉松的时候庆祝感恩节；我在参加新奥尔良马拉松的前一天，即四旬斋前的最后一天，参加了当地举行的狂欢节；我在维珍尼亚滩参加马拉松时也参加了他们的圣帕特里克节；还有在波士顿的爱国者日；在从事冰雹修复工作的时候，只要附近有什么比赛的话，我就会放下工作去参加。通过跑步，我保持了清醒。一个接一个的比赛，我强迫自己通过临时的啤酒帐篷（在终点处的设施），回到自己房间，洗澡，换衣服，然后再去参加ＡＡ会议。

在家的时候，我会沿着河边宽阔的小径跑上数英里，或是在山间的单行道上跑步。有时我也会开车去石山公园，先绕着山底跑一圈，然后开足马力沿着陡峭的山路跑到由光秃秃的岩石构成的顶峰。跑步让我（也可能包括帕姆）保持神志清醒。

每次外出跑步的时候，我尽可能地把自己跑得筋疲力尽，跑步的时候我一直这样做。我渴望将精力消耗尽，否则我就会感觉到忧虑。当时对于如何跑得更快，山坡反复跑，及赛前减少运动等方面的知识我几乎一无所知。步调并不在我的词典之中，从我的比赛成绩就可以看出我的无知。我会在赛程的前三分之一全力去跑，然后在终点前最后一英里的时候发现自己已经无力冲刺。那是一种非常无助的感觉，乳酸燃烧着，痛苦随之而至，感觉自己可能会随时倒下。

我跑得越多，就越在乎自己的成绩。我努力让自己在三小时之内跑完马拉松。我的成绩非常接近这个目标，但在一次又一次比赛后，我发现自己总是无法达到这个目标，每次都超时几分钟。在圣地亚哥的马拉松上我几乎做到了——用时三小时零一分，难以置信的成绩，一个让人骄傲和兴奋的成绩，但我却有些不高兴。

"这顶头风。"我说，"还有我脚后跟的大水泡……"

在我抱怨不利因素联合起来对付我的时候，布雷特想要坐在我的肩膀上，我把他举了起来。

布雷特拍着我的头，叫道："爸爸。"

"如果我开始的时候表现好一点……"

"爸爸！"布雷特再次叫道。

"我就可以……"

"爸爸，爸爸！"

"怎么了？"我有些不高兴地问。

"爸爸，你感到快乐了吗？"布雷特问。

他的问题让我停止了抱怨。

"你感到快乐了吗？爸爸？"

"快乐？是的，一段很棒的时光。"

我之所以这样说是因为这是他想要听到的，但我知道这并不是事实。

晚上洗澡的时候我想起了布雷特的话，上床之后布雷特的话还在我的脑海里徘徊。也许我哪里做错了。之前我都是强迫自己跑，没有想法和目的，当然也没有快乐可言。我生病的时候跑步，受伤的时候我也会强迫自己去跑步，在跑步上我花费了许多时间。只要有一天没有跑步我都会感觉到害怕。如果致力于跑步的信念动摇了，那么就意味着我致力于保持清醒的信念也正处于危险的境地。这也许会成为我意志力上的一个危险的缺口——我不想让糟糕的情形再次上演。

一直强迫着自己去跑步是不行的，我必须要在跑步中寻找到快乐。这是关于跑步的时候我会有什么样的感觉，而不仅是在跑完之后有什么样的感觉的问题。我必须要聆听身体的声音，是时候做些调整了。我想出了一个新的计划，有时会尽全力跑，有时会轻松地跑。我甚至允许自己在某些天休息。执着于三小时以内完成马拉松的想法不再困扰我了。如果真做到了，那就做到了，不必再去执着。曾经为了实现它，我甚至有些发狂。此外，我还有许多重要的事要去做。1994年9月29日凯文·恩格尔出世了——我的第二个孩子，从出生的那一刻起他就非常的平静。现在我有两个儿子了，一个成功的生意，一个快乐的妻子，还有超过三年以上的清醒。

一年多之后，我终于突破了三小时这一界线。1995年10月，圣保罗的双城马拉松中，我耗时两小时五十九分零二秒完成了赛程。这也让我有资格参加第一百届波士顿马拉松比赛，这是一项特殊的赛事，我一直渴望参加。自那以后，我几乎每次成绩都在三小时以内。我找到了自己的理想状态，通过允许自己休息从而达到的这种状态。

在双城赛跑结束了几星期之后，我接到了一个来自澳大利亚布里斯班的汽车拍卖公司经理的电话。他有大量的汽车被一场冰雹所破坏，想要雇用我去修理。1995年11月下旬，在凯文即将满周岁之前，我和工作组乘坐飞机去了大洋彼岸，这是一次长途旅行，我们计划在夏天的时候回来。

很快，我在当地找到了一个AA会议并参与了进去。当地还有一些跑者，他们每天都会在当地的运动商店聚会，我开始和他们一起训练。一天，在和他们跑完之后，我注意到商店的公告栏上有一张宣传单，写的是在一个国家森林里举办的五千米越野赛跑。这听起来非常有吸引力，一个离开城市的机会，可以丰富我的跑步比赛短袖收集，在赛后观光一下风景，甚至能让我第一次见到袋鼠。我拿了一张赛事说明，然后在自己的日程表了做了标记。

比赛的当天我起得非常早，这样我才能开两个半小时的车赶到纳南戈。对于一个有趣的比赛来说，早上七点起跑有点太激进了，但也许这就是澳大利亚人的行事方式。我并不介意。朝阳撒在灌木丛上，让草原变得干燥起来。我开车穿过一个别人告诉我是袋鼠郡的地方，因此我时刻关注着路两旁的情况。什么都没有，可能它们都还在睡觉。

然后我就看见了一只，就在我的面前。我猛踩刹车，但为时已晚，传来了一声令人害怕的碰撞声。我把车停到一边，打开警示灯，从车中出来，我以为自己会看见一个被撞死的有袋动物。但并没有，只有一只看上去有些晕眩但完好无损的袋鼠正以谴责的眼神看着我。

我道歉了，希望自己的声音听上去足够镇定，然后走向它。它看起来有些惊慌，所以我又后退了。然后我听到灌木丛中传来嘈杂声，抬起头，一打以上的袋鼠正在穿过马路。在车灯的照耀下就像一群红色的暴露狂，又像从外星来的迪斯科舞蹈演员组成的剧团。我看着他们跳着离开，然后我回头看我犯下的罪孽，但它已经不见了。

我有些慌乱但也释然了，我继续驱车前往纳南戈市东部的国家森林。停车后找到了注册比赛的登记桌，一个可爱的金发女孩给了我一个赛跑号码，但没有短袖。

　　"如果你完成比赛的话就会有的。"她说。

　　我走开了，对自己笑了笑。我能不能完成五千米的比赛？我把自己的背包扔在了一堆背包之中，然后把号码别在自己短袖上，一边研究场地上的跑者。他们并不是我经常面对的瘦长结实的赛跑勇士。有些男人扎着马尾辫，有些女人看上去过于丰满。无意中我听到旁边两个正在做拉伸的男人的对话。

　　"成为非凡之人吧。"其中一个说。

　　"我不知道能不能在晚上之前跑完。"他的朋友回答说，"只能放手一搏。"

　　我对自己笑了笑。这些家伙难道担心自己无法完成五千米的比赛吗？

　　"你以前跑过五万两千米吗？伙计。"他正看着我。

　　我的脸在发热。五万两千米？我的天啊。我含糊地说了些东西回应，做了几个冲刺，然后走动着，然后尽可能假装随意地回到了注册桌旁的女孩那。向她要了一份比赛路线图。她拿起一张传单递给了我。我的眼睛锁定在顶端的标志"纳南戈森林跑步比赛，五万两千米"。我感到有些晕眩，这是三十二英里，而不是三英里。我以前还以为马拉松就是极限距离呢。真的有人会跑超过二十六点二英里吗？如果有的话，他们为什么要跑？

我权衡了一下。我可以悄悄回到自己的车上然后驾车回去，没有人会知道。但我为了到达这里已经开了很长一段距离，还差点撞死了澳大利亚的小鹿斑比——一只无辜的袋鼠，我还付了参赛费用。我又研究了一下地图，这是一个一万七千米的循环赛道，约十点五英里。哦，真是见鬼了，我想。我会跑一圈作为训练跑，然后收工。我无法得到那件酷炫的短袖，但我会有一个不错的故事。

广播上传来集合的时间到了的声音。

五分钟之后，人群开始从起跑线慢慢沿着赛道移动，我也和他们一起慢吞吞地走着。在这儿没有发令枪，甚至没有大声喊叫，但我们就是起跑了。先是一条红色的土路，然后变成了狭窄的小道，路旁是林立的肯宁南洋杉，一些树上挂着灰绿色的青苔。我们先是爬上了一座山，然后又向下走去，山底是一片大型蕨类植物森林。还有从来没有听过的丛林鸟啼声在告诉我自己正身处异国他乡。过了一会儿，我们又开始攀爬。汗水已经浸透了我的全身，呼吸非常急促。我继续在路上跑着，一小时又一小时地跑着，漫长的登山之路，对膝盖冲击极大的下坡路，阔叶林的华盖让人放松，接着又到达开阔的地带。

最后，我经过漫长的爬坡来到了一个山顶，在那儿我可以看见起点兼终点横幅就在远方，少量跑者正零散地在我前面跑着。我马上就要完成了，在我去吃早餐的时候这些家伙还在森林里摆动着他们的屁股。我可以听到广播的声音，当每个跑者接近时，他们的名字和家乡就会被报出来。

"现在来的是查理·恩格尔。哎呀，我以前都不知道美国佬可以跑那么快。"

真棒，现在我代表整个美国了，现在退出可真是难看。穿过横幅后我去吃了点饼干，喝了点水。现在可以放松一会了，跑者一个接一个接近并通过，抓起一点食物和水继续跑着。其中有一个年轻女人，约十九岁左右，脚步磕磕绊绊。她的两个膝盖上沾了很多泥，还流着血。我想她已经到头了，但她并没有停下来。她只是笑着继续跑着。难道没有人去把她从赛道上弄下来吗？她肯定疯了。

"准备回去了？"我旁边的一个人问我，就是那个坐在注册桌旁的女孩。

"休息一下。"我说，嘴里满是饼干。

"祝你好运。"她说。

看着她看我的眼睛，我知道必须要假装再次跑起来。我感觉我可以开始跑第二圈，然后在我的车附近脱离比赛。不用担心，伙计。

当我回到赛道时，一些观众给予了我欢呼，我得承认这让我感到羞愧。当我接近停车场的时候，我观察了下四周。确定没有人在附近，我可以逃跑。但当我接近车的时候，我想起了我的背包，我的钥匙也放在里面，背包正放在一大堆跑者的背包之中，就在广播员的旁边。现在怎么办？我可以假装受伤，跛着脚取回我的背包，博取一些不该得到的同情。我也可以回去，爽快承认误会了比赛长度。又或者我可以继续跑下去，看看会发生什么。

当第二次接近起点兼终点的时候，我听到广播员的声音再次响起。

"这个美国佬又来了，美国佬来了！他又跑了一圈，这是个真货。看来他可以完成这场比赛！"

经过观众的时候他们向我欢呼，我向他们招了招手。我已经跑了二十一英里了，比我早上从车中出来的时候多跑了十八英里。我被晒伤了，脚上也起了泡，感觉有些脱水，还有些擦伤。但我还在继续跑。二十三，二十六，二十七，这是一个新的领域，现在我每跑一步都是在创造新的纪录。二十八，二十九，三十，一些非凡的事在发生，我承受着痛楚，是的，但这并不是我曾经习惯过的痛楚，过去的痛楚会乞求我停下来，但这种痛楚却让我不要止步。我感受这痛楚，迎接这痛楚，超越这痛楚。

中午过了不久之后，在昆士兰炽热的太阳下，我穿过了终点线。一个人把饰带挂在了我的脖子上，拍了拍我的背。我赢得了男子组的胜利。我用五小时三分又十秒的时间跑了三十二点三英里，一段满是山路的艰难赛程，而且是在几乎毫无准备的情况下完成了它。我被自己的表现震惊了，而且在跑了这么远的距离之后，我依然感觉良好，这也让我感到惊讶。如果在此之前我知道比赛距离有这么长的话，我可能永远不会参加。

有时上天会帮助你去做你自己无力完成的事。想起这一切的起点AA，不过现在我只想知道一件事：我到底能跑多远？

第六章

从澳大利亚回来之后，我感觉非常高兴。在二月一个寒冰的早晨，我去参加了夏洛特马拉松，如果在这个比赛上取得足够好的成绩，就有可能代表美国人参加奥林匹克。我周围都是这个国家最好的跑者，处于他们之中让我感觉极度兴奋，特别是鲍勃·肯佩恩，一位来自明尼苏达州二十九岁的医学生，他曾在某次比赛的最后五英里吐了好多次，但还是坚持完成了比赛。

两个月后，我参加了波士顿马拉松，这是我参加过的比赛中参赛人数最多的。我享受比赛的每一分钟，沿途与孩子们击掌，被人拍下了许多照片，在通过威尔斯利学院的时候和欢呼的女学生接吻（这是波士顿比赛的传统，我得支持它）。在接近终点的时候，我在人群中搜寻帕姆，发现她正站在前排为我欢呼鼓掌。我被她的欣喜触动了。这是我有生以来最快乐的跑步，在我享受比赛的同时，我还跑进了三小时以内。

　　七月，夏季奥林匹克运动会在亚特兰大举行。像许多孩子一样，我是在电视上看着奥运会长大的，梦想着某天能和运动员们同场竞技。但这永远都不会发生，我知道这一点，但我依然感觉自己与这比赛有着深刻的联系，可能是因为我的祖父曾训练过许多奥运会选手。

　　我买了一张票，凭这张票可以现场观看所有的田径比赛。在奥林匹克体育馆内，我看见了多诺万·贝利打破百米赛跑世界纪录；迈克尔·约翰逊摘得二百米与四百米的桂冠；卡尔·刘易斯揽下他运动生涯中的第四个跳远冠军；海勒·格布雷西拉西耶，历史上最伟大的长跑运动员，在一万米的比赛中成为首个冲过终点的选手。马拉松比赛被安排在了最后，起点始于场馆内，终点也设置在场馆内。在比赛开始后，人们热切地关注大屏幕上的转播。当三个领先的选手从城市街道冲进体育馆内的时候人群沸腾了，选手们在椭圆形的跑道上进行着史诗级的竞赛，直到终点前才分出胜负，这也是奥运会有史以来成绩最接近的马拉松比赛。我带着敬畏之心走出体育馆，被所见所闻激励着，我想要训练得更加刻苦，将自己推得更远，寻找更大的挑战。

　　奥运会结束不久，我在电视探索频道上看到了"艾科挑战赛"的广告，一个由五部分组成的挑战赛，为期九天，是个团队冒险比赛，全长约三百英里，在不列颠哥伦比亚的边远地区举行。宣传片开始的镜头是冰雪覆盖的山峰，还有奔腾的河流，背景音乐是节奏缓慢的鼓点搭配着鹰骨笛的声音。"艾科挑战赛"的创立者兼制片人马克·伯内特在四年后为哥伦比亚广播公司制作的《生还者》节目宣传片时也用了同样的方式。他用慢镜头记录参赛者用套索下降，划木筏，穿过一片又一片的荒野之地，在这过程中参赛者将自己推到了极限状态。然后有一个原住民利卢埃特部落的成员出来用当地的语言讲话，同时还会有翻译的声音。

"不断推动你自己前进直到痛楚袭来，直到你感觉无法呼吸，然后突破它。释放你的自我，净化你自己。"

我感觉他像是在直接对我说。

这节目包括之后四天晚上播放的另外几集深深地吸引了我。这些参赛者在挑战过程中克服了各种困难，危险、筋疲力尽、体力不支、呕吐、迷失方向、恐惧、失眠，这完全就像是在途经地狱。但我却被迷住了。

我想申请加入这节目的下一期，举办地点是在澳大利亚，时间是1997年。收到邮件后我才知道只有先前有过冒险比赛经历的人才可以报名参加，此外还要支付一万美元的入队费。对我来说钱不是问题，但这经历要求却难倒了我。我从来没有骑过山地车，也没有划过小艇，更没有用绳索从悬崖上降下去过。

除了开车去健身房和商店，我从来没有用过其他交通工具，事情并不那么顺利。我能跑步，会游泳，我曾数次证明过即使不睡觉也能连续活动好几天，哪怕没有化学药品在我的血液里流动。但我想要参加这比赛，还有很多东西要学。

我买了辆山地车，开始在我家附近的小道骑行。我买了有关地图和罗盘定位的书籍来学习。我还去划了好几次皮划艇，学会了如何在激流之中让它停下来。毫无疑问，我需要专业人士的指导。我在洛杉矶找到一个为期四天的艾科挑战赛训练营，但在我报名一周后这项目又取消了。

我不得不暂时停止对冒险比赛的野心，因为冰雹季节要开始了。我开始上路，然后工作，再然后当不再有受损的汽车上门后关门。剩余的时间我则全部用来跑步和参加AA会议，当我回到家的时候，就和我的男孩们闲逛。

尽管我赚了很多钱，但独自运营自己的生意让我感觉压力极大。最终，我决定加盟一家位于圣路易斯从事凹陷修复业务的大公司。对于再次搬家帕姆有些不高兴，但她也同意这是最好的选择。

搬家的事忙完后，有一天我在杂志上注意到一个位于旧金山的"普雷西迪奥冒险比赛学院"的广告。他们将为有抱负的参赛者举办一个训练营，由一些精英参赛者指导。当天我就报名参加了。

傍晚时分，我们二十个人聚集在一个位于普雷西迪奥的军用旧建筑内等待着情况介绍，在这里你可以远眺到金门大桥。参加的人有两个旧金山警察，一个消防员，一个海军战斗机飞行员，还有一些大企业的商人。经过交谈之后，我发现大多数人都认为这是一个很酷的消磨周末时间的方法，所以他们才来到这。还有几个人是想要参加当地的短程比赛。只有我是为了成为一个真正的冒险比赛参赛者而来。我已经等不及将自己投入到电视上看到的那些极限训练之中。我感觉它会让我变得更强大，还会改变我的生活，给予我启示——会帮我消除那肮脏的过去。

我们签了一个很长的责任豁免书，然后接受了学院主管邓肯·史密斯上尉的欢迎，他是一个具有超凡魅力的男人，他还是海豹突击队的退役成员，曾做过投资。史密斯曾以极佳的成绩完成了莱德加洛伊斯赛，莱德加洛伊斯赛是世界上主要的冒险比赛之一，每年都会在世界不同的偏远角落举行。在他自我介绍之后，他让我们穿上夹克，带上头灯。我们的第一个任务将是在陆军基地上方的森林里远足。我因为兴奋从椅子上跳了起来，想要马上开始。在黑暗之中攀登小道，在寒冷的空气中闻着大海与桉树的味道，我想象着自己即将身处何地。

我的基础指导员是迈克尔·卢赛罗，我曾在不列颠哥伦比亚广播电视上看到过他参加艾科挑战赛，他还是名成功的音乐制作人。在接下来第一个早晨的课堂教学上，他向我们强调了聪明地选择队伍的重要性。"要小心莽夫型的勇士。"他说。他在参加不列颠哥伦比亚艾科挑战赛的时候就有一个非常粗鲁又愚蠢的队友，这人曾说自己有一个爱好，即"用小刀猎杀野猪"。在比赛开始之后不久这人就退出了。

"记住。"他说，"最快的速度取决你们团队中速度最慢的人。"

我们花费了数小时学习了如何使用罗盘和测高仪，讨论团体动力（译注：小团体内成员间的个人相互关系）和做笔记，比如如何用强力胶封住一个摇动的水泡，如何用胶带贴住你的乳头以防止磨损，还有如何将避孕套做成紧急水壶。

"把润滑液也喝下去。"他建议说，保持着严肃的表情，"不会留下异味的。"

迈克尔还提到他和他的小队将参加今年的莱德加洛伊斯赛，这项赛事今年将在厄瓜多尔举行。我一定要去他的小队。我开始并不怎么高明地暗示他我有多想参加这个比赛。幻想着参与他的小队其实是一件非常滑稽的事，就好像一个连一场儿童橄榄球赛都没有参加过的人想要成为超级碗球队的首发球员一样。

在训练营的第二天，我和奥斯汀·墨菲组成搭档一起练习皮划艇，他是为体育报写稿子的高级写手。在训练开始一小时之后，我们划到了旧金山海湾。我们努力地划动船桨，与顶头风和正在后退的强大潮汐做斗争。当我们到达金门大桥下面时，开阔的太平洋出现在我们面前，我们欢呼着。随后我们便意识到我们划到了"韩进海运公司"货运船队的航线之中。货轮几乎和我们擦身而过，我们的橡皮艇在其中就像沐浴玩具一般。海岸警卫队不得不出动来实施救援。但不管怎么样，奥斯汀和我都保持了冷静，让我们的船一直没翻。我希望迈克尔有注意到这点。

之后我们分成了五个小队，进行了一场长达二十四小时的练习比赛。起点在安琪儿岛，这一段是徒步比赛，我们将使用皮划艇在黑暗中穿越海湾，最后在塔玛佩斯山州立公园骑车完成行程。身体上来说，我的团队都非常强健，但我们对导航技巧却没有多大信心。队员们一致认为我在导航方面并不是最弱的，所以罗盘就交到了我的手中，成了事实上的领队。

迈克尔像影子一样跟随着我们，以确保我们的安全。我已从他那了解到一个导航员必须要做出坚定的决定。自信是非常重要的东西。

我们顺利完成了徒步阶段，然后在皮划艇阶段也表现得非常好，哪怕当时有雾和海流影响。不管怎样，我带着大家顺利到达了索萨利托，我们将从这里开始骑行。这时天边泛起了鱼肚白，我将地图展开放在了地上，把罗盘放在地图之上，想要找到我们的方位。

"这条路。"我说。

迈克尔给了我一个微笑。我将其理解为认同我的决定，但事实并不是。

我们开始蹬踏板。每隔一段时间我们都会停下来看一下罗盘。在一次休息的时候，迈克尔建议我花几分钟确定一下我们的位置。我开始感觉到有些不对劲。再一次，我用罗盘和地图对照。奇怪的事发生了，我们看上去似乎是跑到地图外面去了。我看了看罗盘，又看了看迈克尔，突然灵光一闪。我腰下弯，拿起罗盘，旋转着它，确认我之前是拿反了。迈克尔对我露齿而笑，点了点头。

"该死。"我说。

我的队友都笑了，我也不得不跟着笑。我们掉转了方向，再次骑车回到地图之内。尽管我们绕了些道，但我们队还是以第二名的成绩完成了比赛。迈克尔甚至夸奖了我的领导能力和团队协作能力。回家之后，我对自己的表现有些恼火，但我还是爱上了冒险比赛，并确信这就是我所追求的事业。

之后，迈克尔给我打了电话，我告诉他我是多么渴望和他一起参加在厄瓜多尔举行的比赛。他很有礼貌，说我极具潜力，但这并不是我想听到的。尽管这样，我依然坚持训练，想让自己变成更好的导航员，特别是在用皮划艇与骑行的时候。我对迈克尔说了很多次，告诉他我在做的一切。但他的态度依然模糊。我希望他能顺道来访一下，然后没过多久就会对我说你也加入吧。

五月上旬，我接到了一个非常糟糕的消息。去科罗拉多州参加比赛的时候，迈克尔在一场车祸中死亡。我无法相信一个如此强大无畏的人就这样不见了。无法理解，太不公平了。我只能想到他的家人是多么的痛苦与混乱。

我带着沉重的心情继续训练着。在迈克尔死后六个星期之后，我接到了一个来自道格·迈尔斯的电话，他是迈克尔参加莱德比赛的队友之一。他说迈克尔对我的印象很深刻，但并不认为我已经为莱德比赛做好了准备。尽管如此，他们依然在想办法找人补上迈克尔的空缺，组成一个五人的小队。"你想要加入吗？"毫不犹豫，我说是的。这并不是我想参加队伍的方式，但我确信迈克尔将催促我去。我无声地对他道谢，发誓要让他感到骄傲。

我本来计划在旧金山到厄瓜多尔的首都基多的飞机上睡觉，却因为太兴奋无法闭上眼。过去几个月里的变故令人眼花缭乱，在这段时间内我完成了认证课程，包括在海上驾驶皮划艇、独木舟、漂流；穿着有防滑钉的鞋子攀登冰坡，在山里用绳索前行；还接受了必要的骑乘训练——尽管这些马让我有些害怕。我还接种了疫苗，买了许多新的设备。因为赛程中有一个阶段需要攀登科多帕希火山，一个海拔一万九千三百九十三英尺高的活火山，所以我还去接受了低氧测试，以测试我是否会出现高原反应。结果没有出现不适反应，这真是一个让人兴奋的消息，行李认领区挤满了穿着队服的莱德加洛伊斯赛的参赛人员，互相喊着我听不懂的语言。这个比赛是由一名法国记者发起的，因此参赛的四十九支队伍中大多数都是欧洲的。我们的队伍叫嘉信理财，由一家经纪公司冠名赞助。背包、行李袋和大号行李箱不断地从传送带送出来，我们互相拥挤着拿着自己的东西。

道格·迈尔斯是我们的队长，尽管他的导航技术仅限于多年前在空军军官学校所学到的知识，但他依然是我们之中最有资格担任导航员的。其他队员包括：斯科特·威廉姆斯，前美国大学生游泳代表队正式成员，现在在旧金山指导一支顶级的游泳队；史蒂夫·希尔特，顶级的皮划艇驾驶者，在蔬菜包装公司工作；南希·布里斯托，一名登山向导，同时也是猛犸山滑雪场的巡逻员。史蒂夫和南希曾在冒险比赛中取得过骄人的成绩。道格和斯科特几乎和我一样都是新手。

我们还有一个由两人组成的后勤小组，在比赛过程中他们会帮我们负责装备，在转移点照看它们。其中一位是罗尔夫·邓格勒，前海军潜水员，他还曾在纽约酒吧做过保安，之前在普雷西迪奥冒险比赛学院的时候我就认识了他。还有一位是库尔特·劳伦斯，一个非常随和的运动员，是斯科特的亲戚。嘉信理财队的最后一名成员是我的母亲丽贝卡·兰森。

在和我的队友训练之后，我曾问过母亲，是否愿意作为我们的随队记者，和我们一起去厄瓜多尔。莱德组织者鼓励记者跟随队伍。我的母亲是位非常棒的作家，而且非常喜欢异国旅行。我相信她是不会错过这样的机会的。我警告她我们不会有太多的时间在一起。她会坐在卡车上旅行，我只能在转移点看到她。她可能会受潮受冷，会非常痛苦，还有海拔高度也可能会成为一个问题。我还告诉她，她有可能会看见我遭遇不幸。

"还记得我在参加纳帕谷马拉松休克时你有多难过吗？"我问她，"这次就可能发生这种事，甚至更糟。"

她对我说："不会有事的，我渴望挑战。"她很高兴我能给她这个机会，她将会看到我做一件大事。我还希望这事能刺激她，让她变得健康。过去数年我都尝试让她戒烟，让她多运动。我们计划在莱德总部所在的旅馆会面，一个距离基地三小时车程的地方，准时参加赛前指导。

在那周的早些时候，我告别了帕姆及孩子们。离开他们让我感到有些罪恶感，我们还准备再次搬家，这次是从圣路易斯搬到蒙特瑞半岛，在这里重新开始我的事业。帕姆必须一个人一边照顾孩子，一边和搬家公司打交道。她并没有埋怨我，反而为我感到兴奋，我想她更想要现在这样的丈夫，而不是之前的瘾君子。但是在前往机场的路上我感觉并不轻松，我经常离家，为了工作，为了马拉松。但这次我故意把自己置身于危险之中，这是自从我获得清醒以来从未有过的事。在恢复的过程中，我让自己的生活安全又舒适，两个非常棒的孩子，一幢漂亮的房子，还有一个支持我的妻子。为什么我依然感到不满足呢？

在瘾君子时期我失去了自我——并不是毒品本身，而是我对生命危险的追求，在那些日子我每天都在刀刃上行走。事实上是，每当我冒险的时候我就能感觉到极致的快乐和生气。

在我们登机去基多之前，我和我的队友在旧金山一起待了数天，彻底检查清单，整理我们的装备。我感觉到有一件需要警惕的事，即道格看上去压力很大，而且思维有些混乱。他把所有的东西都打包好，然后又把它打开，想找到丢失的东西，但最后发现他要找的东西就在面前。当我们说想帮他的时候，他就冲我们嚷嚷。在机场我们被要求交一千五百美元的包裹运输费用的时候，他变得有些烦躁。斯科特和我移动了一下所带的东西，然后平静地和航空公司的代表进行了交谈，最终只交了五百美元。在飞机上的时候，我在想我到底是在跟什么样的人进入荒野。

"我们把所有的东西都带上了吗？"道格叫道，这时我们都已经着陆了，他不得不提高音量以盖过机场的喧闹。

我们全部回答是的。他低头看着手中皱巴巴的纸。

"我们的司机是……亚历杭德罗，他就在外面等着我们，白色卡车，蓝色的防水布。所有东西都拿上了对吧？"

"是的。"我们再次说，开始向出口走去。

"等下。"道格说着，突然停了下来，"我少了一个包。该死，他们最好没弄丢。我的登山装备可全在里面。"

南希指着一个在传送带上的行李说。

"那个是你的吗？"

数十辆卡车，全都是蓝色的防水布，排成一排停在路边。我们在找到属于我们的亚历杭德罗之前遇见了四个亚历杭德罗。我们的亚历杭德罗像老朋友一样拥抱了我们，然后开始帮我们装车。几分钟之后我们发现了一个问题，我们的东西太多了，卡车装不下所有的人。讨论之后，斯科特和南希及我决定挂在车后面，脚踩着保险杆，手抓在车厢上。罗尔夫和库尔特坐在装备上面。道格、史蒂夫则和亚历杭德罗一起挤在驾驶室内。

我们像参与奇幻旅程的孩子一样欢叫着，朝着泛美高速公路的北方前进。挂在卡车后面的新奇感很快就消失了，随着温度下降和道路渐窄变成了一种折磨。我们终于到达了伊瓦拉，并登记入住旅馆。这是一个老式庄园改成的旅馆。当晚，我们和其他莱德队伍一起享用了花菜汤、烤鳟鱼、用米做成的点心，及赫拉多斯德皮拉冰激凌，服务员告诉我们这小镇正是以冰激凌而闻名的。

忙了一天后，我们终于可以躺在床上了。我和南希一间房，我感觉这将是一个没有鼾声的房间。就在关门的时候，我听到道格说："我找不到房间的钥匙了，有人看见了吗？"

第二天早上，我拿着一杯咖啡走到了铺着鹅卵石的院子。这里的空气又冷又清新，充满了雪松和玫瑰的香味。面前是混杂着绿色与棕色的群山，它们被深色的间隔切断了，在空旷的山谷上朦胧可见。一些小云团在圆锥形的山顶流动着。我曾阅读过这座山的资料。印加人将其视为神，当地人将其视为神圣的守护者——泰塔（父亲的意思），又叫因巴布拉。此刻站在这座山的面前，我明白了原因。我站在那儿一动不动，就好像害怕这山突然不见了。我做着深呼吸，这正是我来的原因，这正是我如此努力保持清醒的原因，站在这山之前，呼吸这里的空气。

"查理。"有人低声叫道。我抬起头，发现罗尔夫正坐在屋顶上。

"你好啊。"我说。

"很美，不是吗？"

"简直令人惊叹。"我说。

罗尔夫爬下来，然后我们俩一起去找我们的团队。莱德组织者要求我们进行三天的适应性训练，以逐渐适应当地的气候。今天是第一天，我们将艰苦跋涉七个小时，攀爬一万一千英尺。除了适应海拔，这种远足还可能会让我们筋疲力尽，如果在比赛开始之前我们就已经疲惫不堪，那么我们攀爬的速度将大打折扣，而且患上高原病与受伤的概率也会增大。我感觉这安排有些问题，让我们变累不就增加了我们受伤害的概率吗？但我并没有提出质疑。

早晨装备检查完毕之后我们就出发了。我是如此兴奋，我将要与世上最好的冒险比赛选手同场竞技，一起竞争莱德加洛伊斯赛的优胜。这些对手我曾在电脑上看过，他们激发了我做这些事的梦想。我几乎等不及要参加远足了。

晚上快十点的时候，我几乎半死地回到了旅馆。这次攀登可真是艰难，部分是因为我的行为就像白痴一样。我太想向队友证明我并不是团队里拖后腿的，因此我冲在了队友前面，在前方等着他们。我敢肯定迈克尔·卢赛罗觉得我这样做非常傻。让人欣慰的是，当我感觉要垮的时候，斯科特大声让大家放慢速度。

我就想倒在床上，我朝房间走去，母亲正坐在壁炉旁边。她戴着一顶编织帽，穿着黑色的羊毛衣服——她生日时我送给她的，牛仔裤，鞋子是黑色的布鞋。我笑了起来，毫无疑问，她就是我们团队中那个五十五岁还不断抽着烟的剧作家。我紧紧地拥抱了她，在我的怀抱里她是如此娇小。这让我后悔并深感痛苦，我为什么会想起建议她来呢？我帮她把包拿到了我的房间，假装我并没有筋疲力尽。我把床让给她睡，但她却坚持睡地板。

"你们两个需要更好的休息。"她说，"我没事。"

我躺在床上，睁着眼睛，头有些疼，除了担心我的母亲，还在想着我要如何才能完成这比赛？也许我真的没有准备好，也许迈克尔是对的。

事情在之后的两天内有些好转。我放下了想要给队友留下深刻印象的想法，母亲也和其他队员成了朋友，我的头痛也消退了。我们找到了能让所有人都适应的节奏，并轮流背背包，以防止有人落队。我们甚至开始找乐子，取笑道格经常丢东西的习惯。其他人则取笑我还离不开母亲。

在远足和盘点装备之间有些空闲的时间，我利用这些时间和母亲逛了整个克隆尼尔小镇。还有几只肮脏瘦弱的小狗尾随着我们。

"可怜的东西。我想要把它们带回家。"母亲说着便把手伸向其中一只特别落魄的狗。她一直在拯救流浪狗。她恐高，也害怕牙医，但她会爱抚任何狗，不管是大狗还是小狗。而这些狗总是表现得很顺从，接受她的爱抚。

"我想我接下来可能要写部有关莱德的戏剧，"她说，"这事实在是太鼓舞人心了！"

"很棒，"我说，"但我们首先要生存下去。"

"这并不重要。"她说，"我的大多数戏剧都是以悲剧告终的。"

我笑了。我们路过一个灰色石头搭建的看起来有些古老的教堂，还有一个修剪过的绿色公园。

"要坐一会儿吗？"我指着一棵树下的绿色长椅问，树上长满了鲜艳的粉红色花朵。

"我为你感到自豪，"她说，"你正在做你想做的事，你是如此具有冒险精神。"

"我是从你那得到的这种精神。"

"我不知道。"她说，不过看起来很高兴，"也许有一点吧。"

我们安静地坐着，目光越过小镇红色的屋顶群，看着远方的山峰。

"有件很奇怪的事。"她说，"在我启程来这里之前曾做过一个非常真实的梦，我梦见你的手穿过淋浴室的门，身上流着血，你还在哭泣。"

我低头看着脚。

"听上去真糟糕。"我平静地说。

"那梦吓到我了。"她说。

"对不起。"

"你不用和我说对不起。"

"但我就是对不起你。让你做这样的梦，我实在抱歉，"我说，"还有，我要为搬去和爸爸住这事和你说对不起。"我不敢相信我终于把这话说出口了。

"什么？"她说，"不。"

"当时我对能去加利福尼亚非常兴奋，你知道吗？而且我想就算你没有我，也能过得非常快乐。你会因此拥有更多的自由。"

"让我们直面它吧，那时我并不是称职的母亲。"

"即使那样，你依然是的。"

"我明白。"她说。

"但那肯定是段艰难的日子。"我说。

她把头靠在我肩膀上。我抱住了她。

"是的。"她说，"艰难的日子。谢谢你。"

她抬头看着我，微笑着。我们两个都流泪了。

"我现在是如此开心，"她说，"能和你一起在这里，我将成为你的见证者。"

那天晚些的时候，所有的队伍和他们的成员都聚到小镇一个学校闷热的体育馆内，官方人员面无表情地坐在一张长桌后。他们给了我们中的某些人头戴式耳机，说法语的组织人员用非常生涩的英语翻译着。当比赛主管帕特里克·布里尼奥利开始说话时，公共广播系统因回音而尖叫着。

"欢迎来到美丽又令人兴奋的厄瓜多尔。在莱德的历史上，这也是一个非常困难而美丽的挑战路线。你们会有一个非常棒的冒险，同时也充满艰辛。你们将承受这一切，你们将痛苦，但也将因此而变得更加美丽。你们将对你们的身体感到绝望，但它们会为了你们而坚持下去。"

他指着架子上的一张地图，五百九十三公里（三百六十八英里）未被标记的路线环绕着基多，起始于安第斯山脉北部，结束于太平洋。我们将从一万三千一百英尺高的地方出发，然后自己寻路徒步走上两百公里。穿过丛林，通过在雪线下的稀疏草地。然后我们会骑马到积雪覆盖的科托帕西山。再使用绳索与冰镐攀登到山顶后，继续朝西进发，骑着山地车穿过云雾森林。最后的一百五十一公里是在水上进行，驾驶竹筏和独木舟，最后是皮划艇，通过热带的低地到达大洋。

路上将有四十个检验点。在每个检验点通行证上都将被盖上印花。只要错过一个检验点就意味着出局。如果有队友掉队，那么整个队伍也将被取消资格。在截止时间前到达转移点后，队伍将从官方比赛中挂起，这时你们可以选择继续，而不只是体验一下。

"你有多么恨这路线，你就会有多么爱它，"他说，"接下来我们必须要谈论一下危险的问题。这些危险都是货真价实的。"

一个法国医生站起来对我们说了一些可能的遭遇。通过耳机中的电流，我可以听到"蛇、疯狗、短吻鳄、肺水肿、细螺旋体病、雪崩、气流、直升机救援，甚至可能是死亡……"

我对母亲笑了笑，她也回了我一个笑容。她并没有耳机。布里尼奥利再次拿起麦克风，开始介绍每个队的编号。我们的编号是7，当念到我们的时候他抬起了手请人群安静下来。

"这支来自美国的队伍本应是迈克尔·卢赛罗的队伍，"他说，"你们中的很多人应该都认识并钦佩他。他是一个好人，一个强大的竞争者。他在最近一场交通事故中失去了生命，我们将用这次比赛向他致意。"

听众们纷纷站起来鼓掌。我感觉所有的眼睛都在盯着我，看到底是谁取代了迈克尔。我知道哪怕我是跑得最快的，却依然无法填补他的空白，但我将竭尽全力。数以千数的AA会议和数十场马拉松比赛教会了我一点，即最重要的是努力的过程，而不是结果。在冒险的时候我将尝试让自己铭记这一点。

"我的头灯在哪里？"道格说，看上去有些焦虑，"有人拿了我的头灯吗？"

在太阳升起之前我们就起床了，带上装备准备出发。我们开始帮忙找寻失踪的灯。道格想起他可能把这东西落在卡车上了，我们把所有的东西都拉了出来，但依然没有找到。

"嘿，道格！"斯科特的声音从房间传来，他和道格住一个房间，"来看一下，这东西你眼熟吗？"

头灯就挂在门把手上，道格难以置信地摇头。

我们本来已经准备好出发了，不幸的是一个纽扣从我的裤子上掉了下来。我从院子里叫来了母亲，问她是否可以帮忙补好。她缝纽扣的时候我就穿着内裤坐在床上。

"你知道我并不擅长这个，"她说，一边用牙齿咬断线。

我笑了："随便弄下就行，别让我裤子掉下来。"

当队友进门来找我的时候她几乎马上就要弄好了。他们看着这场景笑了。我也笑了，我知道他们是不会放过这机会的。

我们终于出发了，到达了卡扬贝一侧的出发区域，卡扬贝是一个覆盖着雪的圆锥形山峰。尽管赤道附近的太阳很明亮，但清晨却很寒冷。我跺了跺脚，朝手心哈了点热气，好让身体暖和一些。我们旁边的法国队伍有说有笑，抽着香烟，喝着香槟酒。观众里既有好奇的本地人，也有官方人员，还有媒体及并不跟随冒险的队伍成员。我发现了我的母亲也在其中，脖子上挂着一个相机，裤子上满是泥浆，她肯定在陡峭湿滑的山道上摔倒了。我叫了她一下，但她没有听到。

两个官方人员升起了旗子，一面是厄瓜多尔的，一面是莱德的赛旗，标志着这里是起点。我们出发了。有些队伍全速冲刺着，就好像他们是在跑一百米短跑似的。嘉信队则跟在几个心智正常的队伍之后以正常的速度前进着。我想好好看看这景色，以便永远铭记在心中，这些巍峨的山峰，山谷间幽绿的农田。穿着鲜亮衣服的跑者们像一条线一样在黄色的草地上行进着。在某个点，我和斯科特并肩前行，互相看着对方笑了笑。

"我们在参加莱德比赛。"我们说，互相击了个掌。

我们到达了第一个检验点，第一个印花让我感觉非常棒。也许在经历了艰苦挑战之后的感觉就应如此。也许嘉信队会让所有人大吃一惊。我们进入了一个峡谷，然后踩在有些奇怪轻软的空旷灌木丛林地上。

在我们前方隐约能看见几支队伍。尽管如此，道格还是坚持我们应该经常停下来，好让他检查地图。我稍微有些恼火。明明有好几支队伍就在前面，自己却要停下来？我们的前进方向不可能是全错了，对吧？每次我们停下来，其他的队伍就离我们越来越远，我就更加恼火。

当我们到达第二个检查点的时候，比赛的第一天也结束了。云雾在空中翻滚着，气温降到了二十华氏度，雨点随之而来。在好天气寻找前进的路线都是一个巨大的挑战，更不用说现在了，这是个真正的难题。我们花了很多时间，一次又一次地停下来研究地图，艰难地到达了第三个检查点。当我们盖上印花的时候，一位工作人员告诉我们已经有三位跑者退出了，其中两个扭伤了脚，另外一个胃出了问题。我可以想象整个队伍因此而退出的感觉有多么糟糕。

再次出发时雨下得更大了。我们可以看见前方山脊线上有一支队伍，但如果想跟上他们的话就得加快速度。但道格再一次要求停下来看地图。

"别这样。"我有些受不了地说，"就让我们赶上他们，跟着他们吧。天马上就要黑了。"

他盯着我。

"我需要知道我们所处的位置，这样才能做出正确的决策。"他说。

之后我们再次前进，而那群人早已消失在视野里。我们独自前进着。随着黑夜降临浓雾也随之而起。当我们打开头灯，却发现光线被浓雾所阻挡着。

"这边。"道格说，我们跟着他爬上了一个长长的石斜坡。沉默不语地前进着，稀薄的空气让我们感到有些呼吸困难。道格想要再次停下来。大雨击打着我们，借着头灯，我们能看见他正在自言自语，翻看着地图。我注意到了史蒂夫的眼睛，他知道我所知道的，我想我们都知道了，在莱德加洛伊斯赛开始不到二十四小时，我们被冻得瑟瑟发抖，全身湿漉漉的，筋疲力尽，而且我们迷路了。

"这边。"道格说，指着漩涡一样的迷雾说。

接下来的几个小时，我们三次经过同一处岩层，而且是从不同的方向。我们知道现在距离第四个查检点非常近，但就是不知道要怎么找到它。我想其他的队伍都已经通过好几个检查点了，然后他们听说美国队甚至还没有通过四号检查点。我期望迈克尔·卢赛罗能给予我们点指导，但后来又希望他没看到我们狼狈的样子。

根据地图，四号检查点就在距离三号检查点五英里的地方。但我们为了找到它起码已经走了约二十英里。在冰雨中又走了一小时后，南希建议我们搭起帐篷，休息一下等太阳升起再继续寻找。道格有些抱怨，但最终同意这是合理的决策。

我们拿出了轻便又昂贵的能容纳五个人的帐篷。这是我们第一次把它架起来，结果发现它小得有些可笑。我们一个接一个地挤了进去。帐篷如此小，以至于斯科特身子在里面而脚和屁股却还在外面。还有我们没有带垫子。对于自信的嘉信队来说，这是多余的东西！地面又湿又冷，想要睡着非常困难。史蒂夫不停地咳嗽，如果有人需要翻身，那么我们所有人都得同时转身。

清晨的第一道曙光让人欣慰。我们从帐篷中爬出来，慢慢活动脖子。雾渐渐地散了一些，已经可以看见十码以外的东西了。我们再次启程出发。

南希突然停了下来，举着她的手。

"嘘。"她说。

我也听到了那声音，有人在说话。我们循声走过去，爬到一座小山上，然后看见鲜艳的红色的莱德帐篷，旁边的灯光闪烁着。我们难以置信地互相看着，我们如此接近此地，让人感到有些滑稽可笑。

站在第四检查点的法国官方人员面前，我们感觉有些丢脸。

"哈，一支迷路的队伍到达了，现在只有九支队伍迷路了。"

看来，我们并不是唯一迷路的，这让我们感到有些欣慰。我走到岩石后面小解了一下，等我回来的时候却发现我的队友正在对我唱"生日快乐"。他们拿出了一个被压扁了的蛋糕，上面点着蜡烛，还有一张来自我母亲的贺卡。我把这事完全忘了，我已经三十六岁了。我无声地许愿祈祷着，感谢这六年来的清醒，感谢我美丽又健康的孩子，甚至还包括这次在厄瓜多尔群山中令人又冷又湿的迷路。

当道格把地图放在地上，在上面寻找路线去下一个检查点的时候我就在旁边看着。我并不是一流的导航者，但我想看着他在做的事。很显然，他对于我在旁边观看一事显得并不太高兴。

"这里。"他说。

"你确定？"我问。

"当然，"他十分肯定地说，"就是这条路。"

终于，我们及时赶到了五号检查点。之后，我们穿过了一片树林，这些树的皮都是红黑色的。苔藓、地衣还有大型凤梨科植物从树枝上垂下来，幽灵般的迷雾中，鸟与青蛙鸣叫着。这一切让人感觉就像在另外一个世界——一个原始世界。感觉好像在这些树冠上会发现雷克斯霸王龙的学徒——爬虫。

我们沿着光滑的山壁下了山，然后穿过森林来到一条泥泞的小路上，根据地图，沿着这条路我们就能到达六号检查点。

继续向前我们经过了一些铁皮屋顶的小屋和散发着硫磺味的泉水。披着鲜艳披肩的妇女向我们兜售着手镯、手环及羊毛制成的软呢帽。当我们发现莱德的官方人员时，道格出示了我们的通行证。

"我们现在排在第几名？"道格问。我有些抽搐，我们真的想知道这个吗？

"你们现在是第三十五名。"这名工作人员说，看着贴板，"最快的队伍十二小时前就已经通过这里了。"

为了到达这里我们已经花了二十八个小时了，但至少我们并不是最后的。我们决定用些时间来整理一下装备，然后吃点东西。史蒂夫和我坐在一根圆木上。他突然大声咳嗽起来。

"你还好吗？"我问。

"速度太快了。"他说，然后再次咳了起来。

"我们可以慢一点。"

"走吧！"我听到道格叫道，"我们走吧！"

"该死。"史蒂夫说。

我们背上了背包，再次启程。一条瘦弱的狗跟着我们走了一段路，一直到一座沼泽地上的木板桥后才消失。过桥之后我们开始爬山。迷雾再次升起，阻碍着我们追逐前队的希望，让我们如同盲人一般走着。

然后我们又用了大约三十个小时经过了三个检查点，一路上几乎没有睡觉。这真的是太滑稽了。在一个地方，道格的视线从地图上抬起，说："这条路。"然后我们就急速前行着。但在到达检查点之后我们意识到，这个检查点我们在数小时之前来过。

史蒂夫的咳嗽变得越来越严重，而我的腿也处于痛苦之中，好像有什么东西刺入了我的踝关节骨头里面。南希沉默不语。斯科特每隔几分钟就会唉声叹气。我们忍受着潮湿与寒冷前进着。在第三天的傍晚，当我们到达一个沼泽地上方山的山腰时，发现了许多卡车、帐篷，还有围着许多马的畜栏。我们终于到达了十号检查点，我们的第一个转移点。

罗尔夫和库尔特已经为我们搭建好了帐篷。

"我妈妈在哪？"我问罗尔夫。

"在帐篷中睡觉呢。她让我们在你到后就叫醒她。"他说。

我决定让她一直睡下去，同时我也清理一下自己的身体。我不想让她崩溃。我一瘸一拐地走向罗尔夫。

"我的脚好像被什么扎到了。"我说，躺在帐篷里，罗尔夫帮我把鞋子脱了。疼痛真是折磨人。

"上帝啊。"罗尔夫说，我的袜子上沾满了血迹。他小心地把它们脱下来，一脸痛苦。我的脚踝看起来就像屠夫砧板上的肉。罗尔夫拿起我的鞋子，看了看里面。

"破洞了。"他把鞋后跟拿给我看，"边缘和你的脚踝骨头摩擦着。"

"查理！"是妈妈的声音，头探出帐篷看着。她的脸看起来有些肿胀，头发散乱。

"你还好吗？"她问。

罗尔夫把带血的袜子藏在了背后。

我急忙站起来拥抱了她。我能闻见她衣服上的烟味，这烟味让我想起了酒吧，一种想法突然冒了出来：现在来一罐啤酒一定会非常美妙。

"我很好。"我说，"就是起了几个水泡，你还好吗？"

她看上去有些憔悴，衣服和鞋子上都是泥浆。

"很好，这真是一场冒险。厄瓜多尔的泥浆疗法，"她说，"对皮肤有好处。"

我又给了她一个长长的拥抱，然后听到道格的牢骚声。

"嘉信队集合，带上装备，尽快出发！"

我光着脚走出了帐篷。

"你听到了吗？"道格说，"我们现在处于第十四名！我们必须立刻骑上马，然后出发！"

"我们不能现在就出发，"我说，"要七点后才能出发。暗区法则，还记得吗？我们必须要和他们一起在这里待上几个小时。"

"但我们现在是第十四名。"

"我们是并列第十四名，道格，和其他二十支队伍一起并列十四。看看周围，没有一支队伍离开。他们是明智的，正在等着白天。"

"我们来这儿是比赛的，查理，而不是和你妈妈在这儿野营的。"

"今晚没有人会离开，"我慢慢地说，"史蒂夫生病了，我的脚也受伤了，我们都累极了，包括你。我们需要睡觉，休息才是明智的选择。天亮的时候我们可以马上出发。"

道格跺着脚离开了，他将所有的成员都叫到了帐篷内，想要说服他们立即出发。但没有人屈服，道格的建议被驳回了。

第二天拂晓的时候，我们起床了。我的脚踝感觉好了很多，罗尔夫帮我包扎。南希、史蒂夫还有我都走向临时畜栏，根据规则，我们每支队伍可以选择三匹马，轮流骑。在各个检查点的兽医将保证这些马处于健康的状态。我们走向穿着雨衣的牧者，他给了我们三匹装有马鞍的马。

他示意让我们离开。

我指着畜栏里的另一匹马，那匹马看上去比我手上被分到的这匹要更冷静。

"那匹马？"我问，"Puedotenereste（译注：西班牙语，意为：我可以用那匹吗？）。"

"不，快走吧。"他说。

"没关系的，查理。"南希和史蒂夫开始将各自的马拉回营地。而我的马，依然拒绝离开。我用力地拉扯着它，但它却往后退。另外一个牧者靠近过来，用力拍它的屁股，走了几步后，它又停了下来。又打了它一下，它跺着脚，嘶鸣着。

牧者再次举起手。

"别。"我举起双手说，"Queest á pasando（怎么回事）？"

"Ella esunanuevamadre（它刚成为母亲）。"牧者说。

即使我的西班牙语水平有限，但我还是明白了他的意思。这匹马刚成为母亲，畜栏里的那匹小马就是它的孩子。这也难怪它为什么不想离开了。我再次要求换另外一匹马。

"不，No esposible（这不可能）。"他说。

这让我有些恼火。我告诉他我将只会带走两匹马，然后留下这匹母马。

"不，不，Descalificado（资格会被取消）。"

史蒂夫回来看发生了什么。我告诉他，我们正在强迫将一匹刚生了孩子的母马带离它的孩子。

"能用那匹吗？"史蒂夫问，指着另一匹马说。

"不。"牧者再次说，"Descalificado（资格会被取消）。"

"好吧，好吧。"我说，甩了甩双手，"Vamos con el bebé（我们将带着马驹一起走）！"

牧者耸了耸肩，把马驹牵了过来。我牵着母马的缰绳，马驹则毫不犹豫地跟了上来。我不太确定我是解决了一个问题还是制造了一个更大的问题，但至少我们再次移动了。当道格和斯科特看见我们领着一匹小马驹回来时，摇了摇头。

"你们在开玩笑吗？"道格说。

"这是最好的选择了。"史蒂夫说。

"也是唯一的选择。"我补充道。

我们同其他成员告别后便离开了营地，一起离开的还有另外几支队伍。天气很冷，但视野极佳。通过云层的间隙，我们可以看见斑驳的蓝色天空。道格似乎从前一夜被队友驳回的阴影中走了出来。他甚至让我和他一起看地图，尽管我们接下来目的地一目了然。在我们前面，越过起伏的平原，目的地隐约可见。那是科多帕希火山完美的圆锥体山体。感觉它在吸引着我们前进，就像一块吸力很强的磁铁。我想象着站在山顶时的感觉。然后，我注意到一只大型黑鸟从头顶飞过。

"看，"我说，"那是秃鹫吗？"

曾有人和我说过这种动物已经濒危，难得一见。

"哇。"南希说，"是的，就是它！"

"这肯定是个信号，"我说，"我们可能要转运了。"

"秃鹫是种非常贪婪的动物，对吧？他们吃尸体的肉。"斯科特说，"他们挑对了队伍。"

我们很快就发现这秃鹫实际上是某样东西的先兆——即厄运。开始的时候，这匹小马驹每隔十分钟会停下来休息一下，或吃奶。然后我们发现这四匹马都非常怕水，在通过灌溉渠的时候我们不得不又推又拉。上午过半时，其他的队伍都超过了我们。在十一号检查点，我们换了骑手。我们发现没有人能骑那匹母马，马驹在它附近时，它就格外焦虑，我们完全无法控制它。道格骑上了一匹马，史蒂夫骑上了另一匹马，然后我们再次启程。

当我们所处的海拔越来越高，头顶的风也开始越来越大，气温越来越低。几小时之后，南希和我注意到道格很久没有讲话了。他骑马的时候低着头，身体随着马匹的脚步无力地起伏着。

"你还好吧，道格？"南希问，在他旁边走着。

没有回答。

"道格？"

"是的！"他吓了一跳，然后在马鞍上坐直了。

"你还好吧？"

他茫然地看着南希。

"没事，"他说，"我必须要去接孩子了。"

他的头再次低垂。

"道格！"南希再次叫道，抓住了他的膝盖。

他喃喃地说着一些有关地图和校车的东西。

"看着我，道格。"南希说。

他摸索着身上的夹克的拉链，好像是想要脱掉。

"我想他是太冷了。"南希说，"我们必须让身体热起来。"

"我们需要避开这风。"我说。

看着面前贫瘠的平原。我拿出了地图和罗盘，开始运用麦克尔在数月前教过我的定位方法。我在地图上看见一条河流，如果位置正确的话，我们正在爬一段漫长的山坡，前方将是低坡。我想这河谷将会给我们提供一个避风港，那里绝对是一个搭设帐篷的好位置，我们可以在那里让道格温暖起来。我的队友满怀期待地看着我。

"这条路。"我说。

我们到达了山顶，但没有发现河，也没有看到树，只有另外一条长长的山脊。

"如果那山后面也没有河谷的话，"我说，"我们将停下，然后搭一个帐篷，大家都同意吗？"

我在队伍前方走着，心脏跳得非常快。来到山顶时，我放松地呐喊着。那条河就在不远处。我可以在那看见帐篷，人，还有马。其他的队伍也都停了下来，准备在此过夜。我们很快就到达了河岸旁，并搭起了帐篷，我们将道格放在里面，在他身上盖上了毯子和一个睡袋，然后我又去照顾我们的马。

牧马人之前已经告诉我，扎营的时候，我们应该把马鞍从母马身上取下来，放在母马旁边的地上和马系在一起。这样其他的马就会和它待在一起。我按他所说的做了，然后回到了自己的帐篷。

道格的情况并没有好转，他的颤抖变成了全身抽搐。南希和斯科特站在地上，用身体把道格夹在了中间。

"如果他的情况没有很快改善的话，"史蒂夫说，"我们可能需要使用紧急无线电了。"

我们都很清楚这也意味着我们失去了继续参赛的资格。

"如果他没有很快好起来的话，我们就打吧。"我说。

我回去检查了下马。它们看起来像是在快乐地摩擦着，然后我去找了其他队伍，看他们有什么有用的消息可以分享。我找到了一个会说英语的女人，她对我说所有的法国队伍都聚在一起前进。莱德的工作人员已经告诉他们到达下一个中转点的截止时间被延长了，因为这里的天气实在太影响速度了。这真是一个棒极了的消息，我回去把它告诉队友们。

　　又一个好消息，道格醒过来了。我建议在这里休息睡一下，如果道格感觉良好的话，我们早上四点再出发。

　　我们挤进了帐篷之中，这次轮到我将屁股和腿露在门外。我用了很长的时间才睡着，风在嘶吼，马在嘶鸣，队友打着呼噜，这些都让我无法快速入睡。我知道接下来我将不再是为了扮演《新人王的胜利》的角色而努力，还能继续参加比赛对我们来说就是种幸运了。我又冷又饿又累，但我对于能在这里，充满了感激，对所能感受到的一切充满感激之情。我已经在麻木之中迷失太多年了。

　　闹钟响了，我叫醒了其他人。接着又去检查了马，用头灯照着它们的位置，它们并没有在那，我猜测自己可能找错了地方，便用灯光四处照着，但依然没有发现它们。难道有人偷走了吗？还是另外一支队伍的恶作剧？一点都不有趣。我回去告诉队友我们的马好像不见了。

　　"什么意思？"史蒂夫问。

　　"就是不见了，不见了。"

"那马鞍还在那吗？"斯科特问。

史蒂夫和我回去再次检查了一遍。

我的头灯照到了马鞍，它正独自地待在泥土之中。

"该死！"我说，"它肯定扯松了。"

除非我们找到马，不然我们将失去参赛资格，而且这还是我造成的。我们唯一能做的事就是等待着太阳升起，然后出去寻找它们。它们可能不会跑得太远。当天足够亮的时候，南希、史蒂夫还有我都出去寻找了。从一个山顶，我们可以看见其他队伍正沿着河前进着。我感到了麻烦：我们本应该和他们一起走的。

"看。"南希说，指着河谷内，"在那里有马。"

我也看见了它们，并不是以前看到的那些野马。这次是四匹马，其中有一匹特别小。史蒂夫和我快速从山径上跑下了山。我发现了有两匹马身上有马鞍。

"就是它们！"

现在我们必须要抓住它们。

我和史蒂夫分头行动，希望能从两个相对的方向接近，这样马就会无路可逃。就在我们接近的时候，它们被吓到了，然后沿着河谷跑远了。我们决定尝试跟在它们后面，至少要把它们赶回营地。

就在我们接近马的时候，我听到了一声响亮的口哨声，抬起头，看见一个男人正骑马朝我们飞驰而来。他披着有条纹的南美披风，戴着顶宽边帽。他用火箭一样快的西班牙语对我说，然后我摇了摇头。

"No comprendo（我听不懂）。"我说。

他从马上爬下来，脱下了我的黄色夹克队服。当时我还以为他想趁机要我的衣服呢。好吧，行，我不会为了这衣服和他打架的。但他把衣服从我身上扒下来后就把它卷成一团，扔在了地上。他也对史蒂夫做了同样的事。然后他指了指马。

"哦，这是黄色的！"史蒂夫说，"就是这颜色把马吓跑了。"

没有这些鲜艳的夹克后，我们就能走向这些马，拉起缰绳。我们挥了挥手，然后对那牧马人说："Gracias（谢谢）。"道完谢后便开始返回营地。当队友看见我们时，大声欢呼着。我们收拾了行李，然后出发了。

当我们在十五号检查点印上印花时，我问工作人员，何时赶到转移点所在的第十六号检查点才不会被淘汰。他告诉我，我们需要在四点半前赶到。我看了看手表，现在是下午两点。如果我们加紧速度的话，应该不会失败，我想我们能做到。

在下午四点多的时候，我们发现了检查点。我们应该可以赶上，并继续比赛。当我们到达时，我很快和后勤人员打了招呼，然后跑到了法国工作人员那，把通行证交给了他。现在是下午四点二十三分。他看了看自己的手表，对我露出了悲伤的笑。

"呃，好吧，你们很努力，但你们错过了截止时间，"他说，拍了拍他的手表，"你们迟到了八分钟。"

"不！"我说，"我们在四点三十前就到了，我们做到了，你也看见了？准时的，我们准时到了。"

"对你们来说可能有些糟糕，对吧？你们没有在上一个检查点更新过信息。你们已经错过了截止时间，现在说什么都没用了。但别担心，如果你们愿意的话，还可以继续爬山。或者你们可以跳过这段山路，开始骑车之旅。你们也可以直接停止。你自己选择。"

我想掐死他。

"我的选择是，"我平静地说，"继续排名比赛，因为这错误是你们工作人员造成的，而不是我的队伍。我要提出抗议。"

他叉着手站在那，用困惑而鄙视的眼神望着我，就好像是个美国游客，要往法国蜗牛（译注：法国菜）里倒番茄酱一样。

"这不可能。"他冷酷地说。

"我敢打赌，不管法国队伍什么时候到都会通过对吧？这是狗屎！我们还在比赛之中！"

南希上前，抓住我的手臂，站在了我面前。她用法语和工作人员说了些话。对方摇了摇头，回答了她，快速地说着。南希点了点头，回答着对方，然后转身对着我。

"我们从官方比赛中出局了，"她说，"我们现在被迫分配到穿越厄瓜多尔的群组了，就是这样。"

南希、斯科特、史蒂夫还有我围成一个圈坐在潮湿的地上。妈妈、罗尔夫和库尔特则站在边缘听着。我们必须要决定接下来做什么。我们已经走了很长一段距离，这已是非常棒的事。我们还提到用热水洗澡，睡在真正的床上是多么舒服的事。我们讨论跳过接下来的路程，直接到自行车阶段。这样的话我们就不用在这高海拔地区折腾了，身体感觉也会更好，更有可能完成赛程。绕开火山看起来是个合理的想法。最终，在讨论中一直保持沉默的南希说话了。

"来自全世界的人聚集到这里，目的就是为了攀登科多帕希火山，"她说，"我们现在就在这里，我真的想要爬上山顶。"

我们转过身，沉默地看着山峰。南希是对的，我们可能再也没有机会了。我的胃被犹豫搅动着。选项是舒适或痛楚。

几分钟之后，史蒂夫说他也想要试一下。道格和斯科特也是如此。

"我们走吧。"我说。

后勤人员帮我们整理了登山的装备。我快速告别母亲。我知道她对于我们将要面对的挑战有些担心。

"我会在自行车赛段和你再见。"我用《糊涂大侦探》里的法国口音对她说。

我们接下来的目标就是富希奥乔斯里瓦斯，在海拔一万六千英尺附近的山中小屋内，那里就是十七号检查点。莱德在那里安排了医生，以确保每个人都能以最佳状态去挑战顶峰。在我们攀登的时候，史蒂夫咳嗽得更厉害了。而当我们到达小屋时，我们都知道情况有些糟糕。他甚至开始咳血，有些分不清方向。我们直接把他带到了医生那里，结果得到了一个非常糟糕的消息。他不仅得了气管炎，血氧饱和度也处于非常低的程度，一个非常危险的数值。工作人员告诉他，他必须立刻乘坐飞机离开。他听了后显得非常悲伤，但我们都知道别无选择。我拥抱了史蒂夫，分担着他的悲伤。

现在我们就剩四个人了，我们必须要在凌晨一点的时候动身登山，这样才能在太阳使积雪变得不稳定之前下山。我们只有几小时的休息时间，和平常一样，我依然无法入眠。我头有些疼，胸口也感觉难受，而且开始干咳了。我只想继续前进。终于到了出发的时间，我们收拾好装备，通过了最后的医疗检查。我压制着自己咳嗽的欲望，因为我不想让法国医生听我的胸口。我说了一些笑话，但他并没有发现笑点，挥了挥手让我离开。

黑暗之中，我们开始和火山岩浆形成的小岩石战斗，地上有些滑。一个小时之后，我们到达了雪线。在这里我们换上了带有钉子的靴子，拿出冰镐，并用绳子将彼此绑在了一起。我带头，南希是最后一个。天空没有什么云，星光闪耀无比，比起以往任何时候所看到的都要明亮。我们爬得很慢，每一步都需要计划好。抬起脚，移动脚，放下脚。

这种海拔环境非常不寻常，攀登是一件非常困难的事，我们开始出现体力不支、脱水、饥饿、缺氧。但我们依然强迫着自己继续前进，按一个迂回的路线穿过雪地、裂缝，经过被风雕刻过的冰块。冰块在头灯的照射下，就像一只正在呼吸的白鲸。数小时后，我吸了下连着水包的软管，但什么都没吸出来。我意识到虽然上次喝完后里面还有剩余，但现在里面的水已经冻结成固体了。我无法相信自己居然忘了这么基础的事。和队友说这事也毫无意义，从这里开始我就没有水喝了。

大约在一万七千英尺的地方，我们休息了一下。在东边的地平线上，黑色的天空已经被橙色和灰色打破。风在我们周围打着转。坐在雪中，我感觉自己和身体分离了，就好像从天空看着自己一样。我小心而缓慢地呼吸着，想要知道自己现在身处何处，在干什么。所有的一切都变得模糊不清。然后，我听到了音乐，动听的回音——吉他和长笛所演奏的旋律，非常复杂的歌曲，我闭目聆听着。当我再次睁开眼时，我期待能看见一个厄瓜多尔人在山道上行走着。我招来了斯科特，指着我的右耳。他困惑地看着我。

"你听到了吗？"我问。

"听到什么？"斯科特问。

南希和道格带着探询的表情看着我。

也许是一种大气现象吧，来自山谷上升的气流，就像来自火堆的烟雾，也许只是我脑袋中的声音。当我第一次获得清醒的时候我曾被告之，如果我是有耐心的人，如果我能坚持在幸福命运的道路上跋涉，就像他们在AA会议上所说的那样，我将为随之而来的礼物惊讶。我想这音乐，不管它是来自哪里，也许就是这众多礼物中的一样。

我抬头望向山峰，想起已经爬过的艰难路程，当你感觉自己无法继续的时候，这最后的几英里看上去是如此折磨人。最后的这段路比之前更加艰难，但它绝对不会比戒毒还艰难，不会比保持清醒还难。我知道我已完成了最困难的事，我知道我可以登顶。

"准备好了吗？"道格问。

"准备好了。"我们都回答说。

之后我们不知怎么就成功登顶了。这一路花了我们七个小时。我们欢呼着，互相拥抱着，然后欣赏着风景。被积雪覆盖的山峰像是漂浮在银色的云层上一般。从北方望去，我看到了巴布拉的轮廓，那座宏伟的火山，我曾在伊瓦拉看到过。我从夹克里掏出了两个儿子的照片并亲吻了两次，眼里含着泪水。我爱他们，我离开他们已经好久了。

我们在山顶待了约十分钟，脑袋有些模糊，但又兴高采烈，被风吹得浑身冰冷。然后我们又开始了漫长的下山之旅，并和我们的后勤人员会合，真是令人欣喜的会面。我们告诉罗尔夫、库尔特还有母亲这攀登的过程，当我们说完之后，我问他们感觉如何。

"很好。"罗尔夫说，我看见他对母亲眨眼。我凝望着她，她的眼睛有些浮肿，脸色也有些苍白。

"很棒。"母亲用一种奇特的声调说，而这种声调让我意识到这并不棒。

"什么？"我问。

罗尔夫告诉我，他昨晚发现母亲在帐篷里不停地颤抖。她的体温过低，无法说话。他将一切能找到的温暖的东西盖在她身上，把灌了热水的瓶子放在她的睡袋里，最后连他自己都钻进了睡袋里。

"她现在没事了。"罗尔夫说。

"妈妈，你应该告诉他们你感觉不好。"我说。

"我不知道发生了什么。"她说，"我就是感觉非常冷，然后就从一个奇怪的梦中醒来了。"

"和一个奇怪的男人。"罗尔夫说，妈妈笑了笑。

对于母亲所遭受的痛苦我感觉有些不舒服。我知道低温可以杀死一个非常强壮的人。我的母亲是纤弱的，年近六十，而且还天天吸烟喝酒。而我居然把她带到厄瓜多尔来冒险，我以为她只会感觉有些不舒服，但现在我意识到可能会有死亡的危险。

"我很抱歉，妈妈。"

"我很好，查理，"她说，"非常好。现在让罗尔夫告诉你一些事情吧。"

"什么事情？"我问。

"官方说你们必须跳过骑行阶段，直接进入河流阶段。"

当我们朝丛林驶去的时候，空气变得越来越湿润，充满了氧气的芬芳。中午的时候，我们的卡车到达了泥泞的河岸，湍急的里约图驰河。驻扎在那里的莱德工作人员对我们说，我们必须要快点——如果不立即出发的话就会被彻底取消资格。

我们换了衣服，将装备搬到蓝色的木筏上。坐在木筏尾部，我尝试把之前所学到的东西全部回想起来。一路上我们不停地笑。我们翻了好几次，浑身都湿透了。哪怕一直很压抑的道格也笑了。我们使劲地划，结果只能前进一点点，而且我们还不用担心成败，这真是有趣极了。

根据莱德的规则，必须在夜幕降临之前离开河，因此我们在黄昏到来之前就把木筏弄到了岸上，然后围坐在石头上，看着天空渐渐变黑，听着夜晚丛林的声音——尖锐的、刺耳声的、滴答的。

我们已经研究了地图，知道离终点非常近。这可能是我们在一起的最后一晚。

"热水浴的感觉会有多舒服？"我问道。

"还有床。"南希说。

"我第一件事是去吃牛肉三明治。"道格说。

很长时间，我们都沉默地坐着。

"我为史蒂夫感到难过，"斯科特说，"他错过了这些。"

"我知道，"我说，"这经历实在太棒了，包括那些非常糟糕的部分。"

黎明的时候，我们把木筏重新推回了水中。没过多久，我们就到达了下一个检查点，在这里我们可以把木筏换成皮划艇。在我们把各自的皮艇放在海滩上后，斯科特和我开始用脚踏打气泵往各自的皮划艇里充气——发着嘶嘶声——皮划艇居然漏气。我们看向工作人员，后者耸了耸肩，好像是在说："你们太慢了，活该只能拿到最烂的。"

我们修补了洞，然后再将其推下了水。道格看上去有些摇晃。

"你不一定要划，"我说，"只要坐在那就行了。"

水流带着我们穿过高高的峡谷，经过梯田和布局随意的村庄。妇女们在河边洗着东西，狗朝我们叫着，孩子向我们挥手呐喊着。空气又湿又热，完全没有寒冷的感觉，甚至水中也感觉不到寒冷。一条鱼在我们前方跳跃，留下了一个水晕。

"有东西在散发着恶臭。"道格说。我们越向前划，气味就越难强烈。到处都是未经处理的污水。

"那是什么？"我指着一个看上去像是死尸的东西说。当我们接近之后，发现是一只死猪，它浮肿的尸体浮在一堆树干之中。

我们放弃了用自己的消毒片净化水的想法，没有什么东西能强大到让这些河水变得能够饮用。我们决定去岸边的村庄看看是否有什么水可以买的。我管理着团队资金，但意识到之前急匆匆换衣服下水时换了条裤子，而那些现金都在那裤子中，也就是在我们的后勤人员手中。我们手头的苏克雷（译注：厄瓜多尔的货币）不多。我爬上一条泥泞的小路，在遇见一个小男孩后对他说："Tienda（商店）。"

他领着我来到一家小商店。我对店主笑着，指着方塔、可乐、瓶装水和大盒乐之饼干。然后我放下了钱。她摇了摇头。我摘下电子手表放在了钱旁边，把它们推给了她。交易成了。

这些补给品让我们重新焕发活力，让我们再次有力气开始划船。最后，我们到达了检查点，在这里我们将换上海上皮艇，划完最后的四十英里，到达里约埃斯梅拉达斯。登岸后，我把我们的通行证交给了工作人员。

"你们不能继续了。"他甚至连眼睛都没有抬。

没有商量的余地，我们的旅程到此就结束了。我们被告之可以乘坐摩托艇走完剩下的路。这船发出的声音很大，在低矮的绿山之间行驶，直到一个广阔的三角洲地区，一个通往太平洋的入海口。从这里开始，我们将沿着海岸一路向南乘风破浪。路上我们看到了集装箱运货船，还有岸边的高层饭店和烟囱。最终我们在萨梅埃斯梅拉达斯海滩发现了一群人。这里就是莱德比赛的终点。船长关掉了马达。

"接下来你们必须游过去。"他说。

我们都笑了，然后发现他并不是在说笑。

"游过去？"我问。

南希用法语和这个男人说话。她听着并点了数次头。

"他说如果我们想体验穿过终点线，那唯一的方法就是游到海岸上去。然后我们步行完成最后一点路程。"

好的，那我们就游过去。我们沿着船滑到水中。水既清澈又温暖，感觉它清洗了我十天以来的污秽、紧张和挣扎。到达海岸时，我们走在黑色的沙子上，朝着最后的代表着终点的白色横幅走去。

史蒂夫正在那里欢呼，罗尔夫和库尔特也是，当然还有我的母亲。我看见她正在哭泣，这让我心如刀割。我已尽我所能，我们都已尽己所能。只是天气太糟糕了，路程也过于困难，我们饱受磨难。我曾寻求帮助，成为领队。我曾被人激怒，也曾激怒别人。痛苦和欢笑都曾让我直不起腰。现在，一切都结束了，但我也确定了一件事，我必须要想办法再来一次。

从厄瓜多尔回来之后的几天里，帕姆和我开着车，带着我们的男孩、两只猫、两只狗，从圣路易斯搬到我们在蒙特瑞半岛的新家，这里距离我父亲的住处非常近。从科多帕希火山山顶到俄克拉荷马市一家餐厅的变化让人感觉有些不真实。我对我的家人说了一些有关这比赛的事情，我清楚，尽管帕姆对我保持清醒和追逐梦想的行为感到骄傲，但我依然把一些比较可怕的故事留给了自己。我希望孩子们知道坚持不懈和献身于某项事业是非常快乐而且神圣的，我想让他们为我感到骄傲，他们都想知道我所遭遇过最困难的事是什么。

我在萨利纳斯（译注：美国加利福尼亚州西部城市）定居之后，我就知道我应该忙着打电话给保险公司，招募凹陷修复技师以备应对春天的冰雹季，但我却无法自己拿起电话去打。我真的什么事都不想做。就连外出参加 AA 会议的时间也少了，尽管我知道多去一些这样的会议会对我有好处。

我感觉自己的船锚被拉了起来，随波逐流地飘着。我已经修理了八年的凹陷，在满是灰尘的汽车修理厂工作，住在汽车旅馆，吃着糟糕的路边食物。然后再次陷入这样的状态，永不停歇。我在这方面做得很成功，我告诉自己应当为此感到高兴。我买了房子、漂亮的汽车，甚至为帕姆买了一匹她非常喜欢的马。但这些东西现在都成了我的枷锁。我赚得越多，我们花得也越多，进而我就必须得赚得更多。

黯淡的情绪之中还有一些其他的东西，让我无心为冰雹季做准备。每一天，这种情绪都在增长，帕姆和我的分歧愈演愈烈。我认为这次搬家对我们是有好处的，对于一个瘾君子来说，全新的环境意味着全新的开始。我曾是一个瘾君子，是个酒鬼，当我们见面和结婚的时候，都是帕姆在照顾着我，收拾我弄出来的烂摊子。对于她所做的一切我感激万分。但现在我是一个不同的人，走着和以前不同的道路。我爱我的孩子，但不确定是否还爱自己的妻子，而且我也没有感觉到她在爱着我。我想知道作为一个清醒的人，爱上一个人的感觉是怎样的。

周日的时候，我的朋友盖理邀请我去他家和一伙人一起看"49 人"队比赛。当时我在家里百无聊赖，帕姆鼓励我去。中场休息，我走到了厨房，盖理正在调制一种酒精饮料。

"恩格尔，"盖理说，"要来一杯吗？"

"橙汁就好了。"我把薯条放在沙拉里沾了沾说。

"下半场开始了。"有人喊道。盖理把饮料递给了我，自己带着一个高脚杯去了客厅。

因为沙拉有些辣，我的嘴像着火了一样。所以我喝了些果汁，而且一口气喝了一半多。立刻，我的脸变红了，我的喉咙开始燃烧。伏特加酒。

我抓着玻璃杯，不敢相信我刚喝的东西，时隔六年后的第一口酒。最后，我内心的声音开始说话，说事情开始变得有趣起来了。我不知道要做什么，只是盯着玻璃杯。这不是什么大问题，你可以把剩下的也喝了。一杯酒而已，你已经坚持了那么久了，应当休息一下了。

我的整个身体都在发出警报，我听到另外一个房间传来笑声。没有人知道我正在厨房里进行着一场全面战争。我贮藏的那些智慧之言难道要在此刻毁于一旦了吗？恢复期间，我所做的一切就是远离它们，就好像有人在这些东西上系了根线，每当我靠近的时候就把它们拉走。

我尝试着放缓自己的呼吸，冷静自己的思绪。我刚喝了一大口伏特加，但这是无心之举，只是个意外。我依然是一个清醒的人。真正重要的是我接下来做什么。如果我选择再喝一口，那么就等于前功尽弃，我将不得不重新开始。我知道如果再次陷入泥潭，我将无法再脱身。再尝一口，有意识地一口，将意味着我清醒人生的结束，甚至意味着我人生的结束。

当我把玻璃杯放在厨房台子上的时候，我的手是颤抖的。我直接走向了前门，一句话也没留下就走了。在迷雾之中我开车去情人岬，一个太平洋丛林市的海滨公园，以前我一直把这里当作长跑的起点。我匆匆穿上后座的跑步服后开始跑步。

我想让那种东西从我的体内消失。我尽我所能地跑着，无视痛楚，不断地摆动我的手臂，直到我的手指刺痛，我的胸口感到恶心。我先是在人行道上跑，然后是在布满海草的沙滩上，再然后是木板路，然后又是人行道。我跑过扭曲的柏树，路过空荡荡的高尔夫球场，跑过覆盖着刺草的沙丘。直到自己再也无法多迈一步，我停了下来，弯着身子剧烈地喘息着。直到能控制呼吸的时候我站了起来，看着混乱无序的灰色海浪，对着风咆哮着。我不在乎是否有人听到。

我在那儿站了很长时间，让风击打着我，看着海浪在黑色的石间探索。终于，我转身原路返回，先是走，然后跑。风从我背后吹来，像一只手在推着我回家。明天，第一件事，我要开始给保险公司打电话，开始组织工作。我必须这么做，为了我的家庭。我会和帕姆一起努力做事，也许这样可以让我们回到过去。

我钻进了车里，掏出钥匙启动车，挡风玻璃上的雨刷开始左右摇摆。橡胶刮条有节奏的刮擦声就像抱怨一样，我感觉我的瘾君子潜逃到了地堡之中，一个它应当待的地方。我知道它永远不会消失，只是安静地坐着，等待我再次犯错。它很有耐心，有着充裕的时间。

几周之后，斯科特·威廉姆斯给我打来电话。他依然拿着嘉信理财的赞助资金，正在组织一个由四人组成的队伍，参加横跨南岛的越野赛，一个四百五十公里的世界级冒险比赛，地点是新西兰的南岛。问我是否想参加？我和帕姆讨论了此事，她鼓励我去。一旦在日历上安排了比赛之后，我的心情就变得好了许多。

五月，我们的队伍到达了新西兰的内尔松，另外两个队友分别是克里斯·哈格蒂与罗伯·贾德里萨。克里斯是海豹突击队的，是我们的主导航员，在开赛前一晚的会议上，他对我们要求了一件事，那就是信任。如果他想要我们的意见，那么他会问。而我们的工作就是让自己向前移动。

我喜欢他的直率。比赛的起点是在波哈拉海滩，那天早晨天空如牛奶一般，海面平静无比，我感觉这次比赛将与厄瓜多尔的那次完全不同。我的猜想是正确的。克里斯的表现证明他是一个极其出色的导航员，而且还是一个能振奋人心的领导者。当因策略性失误让我们爬上一个错误的山头而必须在陡峭的悬崖边过夜时，没有人指责他。我感觉和这些家伙一起待在壮丽的原野风景中是一种荣幸，我们一起努力克服困难。我们的付出得到了回报，比赛结束时我们名列第十，是美国所有完成比赛队伍中的第一名。

这支队伍的进展是如此顺利，因此我们决定待在一起，加上南希·布里斯托，准备一起参加莱德加洛伊斯赛，这次是穿越西藏和尼泊尔。二〇〇〇年四月二十九日，我和他们一起到了西藏高原，抬头看着要塞般的山顶，等待着比赛开始。我对这支队伍有信心，我们至少能拿到前十名。

　　第一段赛程是攀爬一座低矮却非常陡峭的山。越过山我们来到了一座十三世纪修建的寺院。在我们经过的时候孩子们笑着欢叫着。僧侣穿着深红色的长袍在飘扬着经文幡的院子里平静地看着我们。带着高科技装备从他们旁边经过让我感觉有些愚蠢，紧迫感建议我们应该做一些重要的事。我希望自己能停下来一会儿，佛教的哲学对于戒瘾十分有帮助——受难的想法、专注力、同情心、明智之举能用来克服欲望，这些都拯救了我的生命。但我并没有停下来，而是继续喘着气，满身汗水地跑过，一边咕哝着，一边有些害羞地双手合十，快速地经过他们。

　　接近山顶的时候我们看到了一片古代城墙的废墟，海拔放缓了我们的节奏，让我们脚步的沉重无比。一步一步地，我们艰难地到达了转移点，在这里我们将骑山地车继续前进。从山顶，我们可以看见珠穆朗玛峰白色的山顶，北边则是伏在一群暗褐色群山之上的卓奥友峰。南希、克里斯、斯科特和我停下来欣赏风景。罗伯则弯着腰，双手撑在膝盖上。

　　我们开始骑着自行车出发，但强烈的顶头风和松软的沙路让骑车几乎变成了不可能的事。很多次，我们从车上下来推着车走路前进。唯一让我们感觉到安慰的事是，我们前面的队伍也在和我们做着一样的事。空气非常稀薄，这让我脚步有些轻浮，头也有些眩晕，但罗伯看上去才是真正遇上了问题。有一次他骑车时突然倒在了地上。克里斯帮他拿了一段时间的包裹。

"他说他看不见东西。"克里斯避过罗伯对南希、斯科特和我说。

"所有的东西都非常模糊，我不知道，也许他只是眼里进了沙子。"

几小时之后，我们发现事情远比这严重得多。这一次我们放下了自行车，开始一段艰难的登山赛程，罗伯迷失了方向，他甚至无法走直线。我们必须回去寻求帮助。

我们退回到了之前的检查点，医生测试了罗伯的氧气饱和程度。他们的脸色告诉了我们：事情远比我们想象得更为严重，他正遭受着严重的肺水肿。罗伯很快就被安置进了高压氧舱内，看着他躺在棺材一样的装置内，我感觉非常不舒服。他是我所认识的人中最坚强的。一小时之后，他的情况有所好转。他被告之必须去往空气稠密的地区。他可以骑着一只驴，在当地人的带领下，下山。我们看着他骑着驴走下了山道。

"别去酒吧。"克里斯朝他背影喊道。

罗伯举起了一只手，头也没回。

"现在怎么办？"当罗伯消失在视野后我问。我们知道因为失去一名队友，我们已经失去了比赛的机会，但就像在厄瓜多尔一样，我们依然被允许继续体验赛程。

"我也要继续下去，"克里斯说，"要保证罗伯无事。"

我明白他想和朋友待一起的渴望。但克里斯的离去也意味着我们失去了导航员。现在由我们剩下的三人来决定是否继续。我有些筋疲力尽，我也能从南希和斯科特的脸上看出同样的压力情绪。但我可以说："我们好不容易才到达了这里，让我们继续吧。"我可以自愿接任领航员的职责。我可以尝试说服南希和斯科特，让他们不要错失这魔法一样的地方。他们也可以对我说同样的事。但我们都没有说，我们踢着泥土，耸耸肩，把我们的背包放进了莱德的比赛收容车里，坐在车上开到终点区域。

我从来没有后悔过做出这个决定。每次我们经过那些还在比赛的队伍，那些还在拼搏的队伍时，我都会躺在座位上避免去看他们。这载着羞愧的巴士一路颠簸着，我对自己发誓，我永远不会再退出比赛。

第七章

　　到二〇〇三年初，我已经有了三次艾科挑战赛
（婆罗洲、新西兰、斐济）的经历，还有莱德加洛伊斯
赛，探索频道世界冠军赛（瑞士）等其他冒险比赛的
履历。我曾被一群鳄鱼追着跑，被水蛭咬；我曾在骑
车时睡着，在睡袋中醒来时发现里面有一只狼蛛。在
急流中翻船，面对纠缠在一起的爬绳犹豫不决。我曾
因在污染的水中游泳而染上细螺旋体病。比赛医疗小
组的人甚至还曾错把我的脚浸泡在酸性物质中。但我
从来没再退出过比赛。

　　这并不是说我的成绩一直非常优秀。事实上，接
近一半的比赛，我的队伍只能以非官方的方式完成，
因为我们在比赛中会有队友因为疾病或伤病退出比赛。
冒险比赛就是这样残酷，坏的事总会发生，不管你准

备得多么充分，也不管你如何决策。到目前为止，还没有队伍因我而失去资格，但我知道，如果继续的话总会轮到我的。

二〇〇三年，我偶尔会在机场或餐馆被人认出，这让我十分惊喜，这都要感谢我在哥伦比亚广播公司（CBS）《48小时》节目中的出场，该节目报道了婆罗洲站的艾科挑战赛。制片人要求我在参加比赛时顺便为他们拍摄视频，尽管他们也说了我给的视频他们可能会只用其中一分钟不到。但我依然很兴奋，我并不介意在我的背包里增加一个摄像机和一些电池的重量。此外，比赛主管马克·伯内特对CBS说，带着一台摄像机参加艾科挑战赛是不可能到达终点的，而我想要证明他是错的。

我把我的勇气灌入了这些镜头之中，并不只是在丛林中努力，还有更多的东西，我把我的成瘾史与清醒史都记录在了其中。把我做过的事和做这些事的理由用语言表达出来对我来说是一次宣泄与净化。我解释了我的信念，我认为这些苦难将给予启示，让我个人得到成长。对于我给的材料，CBS大概使用了其中的十一分钟，他们甚至把我带到纽约去看首次公映。当我步入编辑棚的时候，那些看过我二十五小时未加工的原始影像资料的家伙们站起来，对我表达了热烈欢迎。这是我第一次模糊地意识到我并不需要获得比赛第一名才能感到高兴，也许我在记录冒险方面有着天赋。

在节目播出后，一些记者开始联系我，想要对我进行采访。同时我还接到一些电话，收到一些信件，都是来自一些被我的故事触动到的人。其中有一些是运动员，他们中有些人已经获得清醒，而更多的情况是他们也是瘾君子或酗酒者，想要找到让自己从地狱般的生活中出来的办法。

听着他们的故事让我感到非常心痛，但我并没有简单又绝对有效的答案能告诉他们。我只能告诉他们我曾经的上瘾史，我身上所发生的事，及我现在的生活如何。

此外，我还可以给谁提供建议呢？和其他任何人一样，我也在工作之中。帕姆和我还在为生活而奋斗着。我们经常讨论孩子们的事，做一切可能的事让他们感到有安全感。在卖了萨利纳斯的房子后，我们穿越整个国家聚在一起，在格林斯博罗（译注：美国北卡罗来纳州中北部城市）购置了两个临近的房产，这里的房子价格是我们能接受的，在这帕姆也能离她的家人与朋友更近些。

东迁后不久，我意外地接到了汤姆·福尔曼的一个电话，他是《48小时》的前制片人，在婆罗洲的时候我们就非常合得来。他告诉我他有一个新的名叫《绝对改变：房子篇（EMHE）》的真人秀节目，在节目中志愿者建筑团队会在大约一周的时间内为一个值得帮助的家庭建造一个房子。他想雇佣我作为自由摄影师兼制片人。

"对于这项工作你是完全不合资质的，"他笑着说，"但如果你别告诉别人，我就带上你。"

我敢肯定他看上我的原因之一是因为我可以很少睡觉甚至

完全不睡觉，这在我加入工作组后十分有用，在长达十天的拍摄之中，我们不停地拍摄。我喜欢这工作，这种工作日程表十分适合我。在两期节目之间，我有大量的时间休息，和我的孩子待在一起，还有时间训练。

至于我到底为什么而训练，我自己也不太清楚。冒险比赛的世界正在改变着，马克·伯内特决定停止艾科挑战赛，把精力集中在《生还者》节目中。莱德的赛程也变短，变得更容易了。与此同时，我对团队比赛的热情也变弱了。我已经厌倦了复杂的后勤，令人心烦的人身攻击，不断寻找赞助，而赞助商的支持也可能会因为一次脚踝扭伤就打水漂了。我渴望属于自己的成功或失败。

在二〇〇三年早些时候，我的朋友玛丽·加德马斯打电话给我，要求我去戈壁行军，一个她正在组织的跑步比赛，地点在中国北部的戈壁，我接受了她的邀请。一百五十五英里的赛程，借鉴了环法自行车赛，比赛分为六个赛段，每个赛段约五十英里，冠军取决于完成这六个赛段的累计时间。但与环法比赛不同，没有勤务人员帮忙带供应品或引导。戈壁行军的跑者都必须自己背着食物或装备，并使用一张地图和罗盘寻找比赛的路线。

戈壁行军要在九月才开始，我必须找些其他可以让我集中精力的事，最终我找到了巴德沃特超级马拉松。多年以来，我一直听说这是一个长达一百三十五英里的无间隔史诗级的跑步比赛，始于海拔二百八十英尺的死谷，结束于海拔八千三百英尺的惠特尼山，而且时间是在酷热的七月。每个跑者都有一个后勤团队以保证跑者的饮水与进食，还有在跑者无法继续比赛时照顾跑者。没有这些后勤人员，跑者可能会死去。我的一个队友曾在斐济、越南、马歇尔乌尔里希赢过数次比赛，他的故事深深地吸引了我。我希望自己也能有一天能做同样的事。碰巧，巴德沃特新的比赛主管是克里斯·科斯特曼，他正在积极地招募运动员参加二〇〇三年的比赛。他也邀请了我参加。如果没有别的什么事，我感觉这是一个为戈壁行军的训练。

在一九〇七年加利福尼亚的报纸上这样报道过："你可以在死谷随意享受到地狱的一切优点（译注：一则愚人节笑话）。"我可以把这句话放在巴德沃特身上。二〇〇三年七月二十二日的上午十点，气温高达一百二十五华氏度，而且还在上升，湿度则是百分之十八。我和其他世界顶级的跑者并肩站着，他们中有马歇尔、帕姆·里德、丽莎·史密斯·巴钦，还有一个有潜力的新人迪安·卡纳泽斯。在开赛前几周，我曾向马歇尔，问了他一些关于节奏、脚部护理、液体摄入的问题。但现在，向东望去，巴德沃特盆地的盐田在热浪中摇摆着，手提式扩音器中正放着国歌，表示着比赛即将开始，而我的脑袋一片空白。

信号发出后，比赛开始了，几个跑者一马当先冲在前面。马歇尔稍微落后一些，而我则跟着他，想让我的神经冷静下来。这种酷热比我所经历的任何事都可怕，不仅空气令人窒息，还有两百华氏度的柏油路所辐射的热量就像余烬一样在加热着我的橡胶鞋底。在北卡罗来纳州，我曾在又潮又热的环境中跑过许多路程，但如果我要为这场比赛而训练，那我就必须在火炉上奔跑。

后勤人员和我决定他们在前方每隔几英里的地方等我。但我发现那些经验丰富的跑者会让那些后勤人员一直跟着他们，提供水与冰包，用水枪将他们打湿。在开始之前，我根本无法理解为什么需要这么多的帮助，而现在我也想让我的团队别在太远的地方等我。

在开始的几英里我的感觉还不错，应该说非常不错，事实上，我的内心有种声音正在说："为什么不跑得更快一点呢？"我超过了马歇尔，对他挥了挥手说："祝你好运。"当我冲刺超过他时他有些担心我。我沿着快要融化的沥青道路跑着，感觉这路好像没有好好粘在沙地上一样。我向前冲着，后勤人员对我所承诺的东西在吸引着我，他们的冰桶和冷饮。

尽管后勤人员做了他们能做的一切的事来保证我的饮水量，但在第十七英里处的火炉溪检查点我再次和他们会面时，我有些头昏眼花和恶心。我喝下饮料，把我的头浸到冷却器中。在残酷的热浪之中我再次出发。风也渐渐大了起来，但它并没有让我感觉到轻松，而是感觉自己像是跑向巨大的吹风机口。我和风战斗着，尝试保持着每十分钟一英里的这一适当的速度。当我到达四十二英里处的火炉烟囱检查点时，我的排名是第四名。

这个检查点有带水池的汽车旅馆，我像许多跑者一样，脱下了鞋子、衣服，跳到了其中，和热水浴盘差不多。当我从其中出来的时候，我对后勤人员说我现在很好，但事实上我非常清楚我正处于非常糟糕的麻烦之中。腿一触即疼，这并不是一个好信号。当我终于不得不去小便的时候，发现尿液黑得如茶一般。要小心，要小心，当我开始攀登十七英里的汤斯山口时，我不断地对自己这样说。

我在走和跑之间不断切换。我看见其他人也是如此。在我攀爬的时候，太阳开始往地平线之下沉，温度开始有所降低。约三小时之后，我在黑暗之中登顶。我已经跑了接近六十英里。接下来的十英里将全是下坡。这是我加快节奏的机会。我脱下短袖，脱得只剩下内裤，甚至还把头灯也摘了。凭借着月光，我可以看见远处山脊线黑色的轮廓，及沿路散发出暗淡光芒的白线。

我知道我的后勤队友正在某个地方等着我。我可以看见远处后勤车辆红色的尾灯。我知道有些跑者在我前面，也有些在我的后面。但对于现在的我来说，繁星之下仅我一人。我吸了口盐水，感觉它像是奇怪的海洋，还让我想起第一次看见沙漠。那时我还是个小孩子，可能有十岁左右。当时我趁着暑假去了加利福尼亚的父亲那里，回来的时候他开车送我回东部的北卡罗来纳。在莫哈韦沙漠的天空下，我们坐在汽车内极速飞驰着。我把手臂伸到车窗之外，手臂随着温热的气流上下浮动着。父亲腿间放着罐啤酒，听到我所说的话哈哈大笑。我们正在经历一场冒险，属于我们两个人的冒险。我真希望那次旅途永无终点。

我听到我的脚踩在路面上的声音。我听到我的呼吸声，每一次呼吸都伴随着轻微的哼声。它受伤了，我想要它承受更多的伤害，所以我更加努力地跑着。我跑了好几英里，无视腿部肌肉上灼热的疼痛，也不在乎脚如同踩着火一般。

突然，我的脚弯曲了，而我努力地想要站着。我的肌肉不再按我的指示行动。我想我可能是癫痫发作，我曲卷着身体，呕吐着。我用手背擦了擦嘴，想要让自己继续前进。然后我再次呕吐了。就像是在做梦一样，我看见了我的后勤人员正在接近我，向我伸出了手。

在他们的帮助下，我重新恢复了镇静，开始用固定膝盖角度的方式跑步（译注：当膝盖出现无法伸直或弯曲的问题时的一种跑步方式）。光从天边露出来，阳光投射到我脸上。我还有五十英里要跑，我并不想退出。我想要完成这比赛，哪怕是四肢着地爬到惠特尼入山口。

我跑过了七十二英里处的帕纳明特温泉，接着又跑过了九十英里处的达尔文岔道，然后是孤松镇，一个位于惠特尼山底的边区小镇，这里已经是比赛的一百二十二英里处。在黄昏的时候，我开始攀爬山路，路上我看见一些已经完成比赛的跑者坐在后勤车辆之中往回开。司机按着喇叭，乘客从窗户中探出头来欢呼着。我想要站得更直，好让自己看起来更加强大，至少迈上几个大步。突然天气变得越来越冷，混杂着一些松树的味道。当我往回看的时候，可以看见数十个白色的灯，那些是落后于我的跑者头上的灯。这是我自己的战斗，而他们也有他们自己的战斗。每个领先于我和落后于我的人，每个比赛团队的每名成员都有他们自己的故事。

终于，我到达了蜿蜒的山路赛段，在跑了三十八小时之后，我穿过了终点线。我竟然得到了第八名，我还得到了观众的掌声和欢呼声。我想有人叫出了我的名字。我的后勤队友拥抱了我，帮助我坐下。我读懂了他们脸上的表情，我看上去一定像是个死人。但我做到了，在他们的帮助下，我完成了巴德沃特比赛。

下一次，我一定还要来参加，我将变得更聪明。我知道如果在开始的时候跑得太快，那么因此获得的收益将会在之后付出双倍的代价。当出现问题时我会尽快处理它们。在比赛早期阶段，我感觉脚上起了一些小水泡，但我无视了它们，因为我不想停下来治疗它们。当后来我检查的时候，它们已经变得像杯垫一样大，而其产生的痛苦几乎难以忍受。我也会选择让我的后勤人员一直跟着我，给我更多的水。我不仅会练习上坡的技巧，还会更多关注下坡的技巧。下坡对身体的伤害特别大，我必须要提前做好准备。热浪让我疲惫不堪，我将想办法减轻这种消耗。

两个月后，戈壁行军开赛前，我最后一次检查了背包。我把所有需要的东西都装在了里面，包括高卡路里，约七磅重的冷冻熟肉、能量棒、混有鹰雪牌蛋白粉的麦片、奥利奥巧克力、士力架和一大袋压碎的菲乐多及薯片。随着比赛的临近，包裹也变得越来越重。

早上的时候观战的人就已骑着驴、骆驼、自行车、摩托车来到现场，他们有的在风化的长城上站成一排，有的则站在由绳索拉成的跑道一旁。我望向我们即将要穿越的地带，有些期待荒无人烟的平原，但对于躺于其上的东西却并不期待，比如像墙一样的险峻高峰。而我们接下来必须要穿越那些山。

"如果有夏尔巴人来偷我们的包裹记得提醒我一下。"我对一群看上去精瘦、非常能跑的跑者说。没有人笑，甚至连礼节性的微笑都没有。

倒计时开始。我站在了准备出发的位置，看着我的脚。我和其他四十一个跑者就这样出发了。几乎在一瞬间，我被风扬起的泥沙弄得无法呼吸。它们跑到了我的眼里，嘴里，我的鼻子里。我什么都看不见，也无法呼吸。我磕磕绊绊地想要重新跑起来，想要从人群中间再次出发，这样我就不用再忍受前方人所扬起的灰尘。我知道我跑得有点快，但我必须呼吸新鲜的空气。我追着领先集团，背上的包裹不断地重击着肩膀。我全速冲刺，这与我的出发计划完全不同。我的胸部燃烧着，肌肉在收紧着，有些想吐的感觉。这只是为期六天比赛的前几分钟，我却已陷入了缺氧的危机。

　　我知道我需要冷静一下，以前我也经历过这种情况。这时你越努力，就越疼痛，然后会变得混乱，像一只鸟在丛林中飞着。唯一摆脱的方法就是放松，让你的身体顺其自然。呼吸，当我进入一种舒缓的节奏后，我感觉好了一点。至少，我可以呼吸干净的空气了。我和领先集团的人肩并肩跑着，看他们接下来会怎么做。当他们提速时，我也加快速度。当他们放慢时，我也放慢了下来。我们互相试探着彼此，想要找到一个能让我们保持领先的合适节奏。

　　我看着前方，搜寻着小旗子，我们被告之小旗子标记着行进线路。我在远方看见了一片小尘埃云，尘埃的规模很小，应该不是后勤车辆造成的。那是一种动物？我看那东西，以稳定的速度奔跑着。

　　"那是什么？"我对右边的家伙说。

　　"什么？"他问，一边不断地迈着大步。

　　"那个，那团烟尘，是什么东西引起了那团烟尘，看见了吗？"

　　"是的。"他说，"那是凯文，能在两个半小时内跑完马拉松的人，那家伙就是个火箭。"

　　凯文，一个身高五尺四寸的二十六岁台湾研究生，在第一天的比赛中打败了我们所有人。第二赛段是个长达三十五公里的峡谷徒步比赛，中间还要越过十条河，他也赢得了这个赛段的冠军。第三个赛段需要一些定向越野技巧，我能在这段赛程中追上一点时间。但是，凯文迷路了，这让他受到了些惊吓，也因此拖慢了比赛的节奏。他变慢的时候，我却提速了，这天结束的时候，我将自己与他的差距减少了约三十分钟。

第四个赛段是在高原上，长达四十三公里。在前十公里的时候，凯文和我一起跑着，他的英语并不好，所以我们几乎没怎么说话。当我们到达一万四千英尺高的绿宝石湖时，我们停下来欣赏了一会儿。我把手放进了冰冷的水中，然后又把手指放在嘴中，尝起来有些咸和苦。

"查理。"凯文叫道，我抬起，看见他将一对牦牛角放在了头上。我笑着给他照了一张照片。然后他指着我，我把相机给了他，从他手里接过了牦牛角，然后像一头愤怒的公牛一样踩着地面。

我们绕着湖的边缘跑，然后开始向下跑，经过一段岩质边坡，我感觉自己找到了一个机会。在经历了巴德沃特的下坡之后，我用了数月的时间来练习如何在下坡的时候跑得更快。其中一部分和脚挪动的位置有关，但更多的是要看姿势，在刹车和失去控制的前冲中找到一种让人舒适的平衡点。我知道如果我能甩开凯文，从他的视野里消失，那么他就很难跟上我，因为我的导航技巧比他好。我尽可能地加快了速度，绕过不规则的岩架。我把自己想象成了北美野山羊，脚步毫无差错地飞驰着。那天我的跑步状态非常好，在该赛段结束时，我排在了第一名。

凯文第二天跑得非常努力，而我则跟着他。看起来我们达成了一个共识，我们将一起跑。我们甚至会在一方上厕所或把石子弄出鞋子时等着对方。家住香港的埃德蒙顿也同我们一起跑着。

最后的十公里是段上坡，要翻越一段六百英尺高的沙丘。当我和松软的沙地做斗争时，凯文正在我前方跑着。当我终于登上沙丘开始朝下方的一条公路跑去时，他已加速脱离了我的视野，我知道他会的。哪怕他赢了这个赛段，我也相信我有足够的时间优势让我保证领先，他无法赶超我。

在追赶凯文的时候，经过了两个古老的烽火台，穿过了敦煌的街道。穿着白色衣服，戴着红领巾的孩子冲我招手欢呼着。当我转过最后一个弯，跑进一个古老的明代旅馆时，锣敲响了。我穿过终点时凯文正在那等着我。我们击掌后拥抱了下。一名僧人给了我一块奖牌，标志着我赢得了戈壁行军的比赛。在我离开美国去中国之前，我曾告诉父亲他可以在网上看到我的比赛情况。

次年七月，在另一片遥远的沙漠中，凯文和我再次正面交锋。这次我们来到了智利北部，进行一次长达二百五十英里的阿塔卡玛沙漠大穿越。比赛时间长达七天，其中包括五十英里的月亮谷穿越赛段。第一个赛段始于一万三千五百英尺高的林木线（译注：指树木生长的海拔上限）之上的一个被废弃的村庄，村庄中的房子都是用红粘土盖起来的。凯文和我很快就把其他参赛者甩在了后面。他的体形看起来非常好，并开玩笑说，要报戈壁行军赛的一箭之仇。我可以感觉到他在试探我，加速，然后减速，然后再加速，看我是否能跟得上。

我一路上都跟着他，还剩最后几英里的时候他开始加速。第一天他打败了我，领先了我约四十五秒。

第二个赛段是穿越光秃秃的盐碱地，地表非常奇怪，土质易碎。凯文只有五十磅，比我更轻，他像跳舞一样轻易地穿越了这脆弱的地表。而我每一步都会陷进去。当我终于穿过最糟糕的地段时，我向前望去，惊讶地发现远处正站着一个人。接近的时候发现那是凯文，他站在那儿抱着手臂。

"你怎么花了那么久？"他笑着说。

我们再次一起跑起来。这里没有山间小路或我可以用技巧取胜的下坡路，我所能做的一切就是跟上。在这五十英里的赛段接近终点时，凯文再次加速。大家都知道他唯一输掉这场比赛的方式是睡过头或是摔断腿。我们一起穿越过寒冷的峡谷，穿过浅浅的湖，一些浅粉色的安第斯火烈鸟点缀在这些湖面上。我们收留了一只流浪狗，这只狗在我们经过一个村庄的时候就一直跟着我们，虽然我们努力地想要把它赶走。晚上到达营地时，我们给了它水和冷冻的干豆。它跟着我们跑完了整个比赛。

最后一天，凯文和我一起到达了圣彼得阿塔卡马的小镇广场，一起越过了终点。他以三分钟的优势打败了我，但我们彼此都明白他只是按自己的意愿以微弱的优势赢了我。我为他感到高兴。我们俩的一个共同的朋友告诉我，在戈壁之战中失利对凯文造成了麻烦：他在台湾是位超级明星，由政府赞助，承受着巨大的压力在比赛。我明白了这次凯旋对他的意义。

数月后我们又在丛林马拉松见面了，这是一个长达二百二十公里的比赛，比赛场地在巴西亚马逊丛林的中心地带。这次比赛的开赛阶段对我来说非常糟糕，我原准备和丽莎·特雷克斯勒（译注：比赛志愿者）约好一起从北卡罗来纳飞往玛瑙斯（译注：巴西北部城市）。丽莎是个有魅力的女人，有着一头栗褐色的头发。她在十八岁时结的婚，有三个孩子，在三十一岁的时候离婚了。丽莎旅行的经历并不多，但她有冒险精神，她作为比赛的志愿工作者和我一起去亚马逊丛林让她感到非常兴奋。

不幸的是我们在华盛顿哥伦比亚特区错过了班机，这意味着我们将错过运送跑者和后勤人员的轮船，这轮船将在塔帕若斯河开十小时，把我们送到大本营去。我们的丛林马拉松还没开始就要结束了。之前我还想着在本周末要如何在涉水的时候对付水虎鱼，现在则不得不调整思路，准备和丽莎去买点本·杰瑞冰激凌，租点DVD看。然后电话响了，是赛事组织者雪莉·汤普森，她说如果我们能找到另一趟班机去巴西，那她会想办法把我们弄到起点。几小时之后，丽莎和我一起登上了去玛瑙斯的飞机。

在比赛开始前的十分钟，雪莉给我们安排的直升机在亚马逊河广阔的支流上俯冲着，降落在了河滩上，沙子和垃圾因为直升机的气流打着旋。当时我看起来蠢到了极点，当然如果在我爬出直升机时放一段《女武神的骑行》，那么我可以看起来更加蠢一些。

在一群正在想办法把沙子弄出眼睛的跑者中我发现了凯文。他用拥抱迎接了我。同时我也对着一些认识的跑者打了招呼，对一些不认识我的跑者做了自我介绍。其中一个人是雷·扎哈布，一个来自加拿大的跑者，一名刚进入冒险跑步世界的新人。后来当我们成为比较亲密的好友时，他对我说当他第一次和我握手时，他心里在想："哇，这家伙是个白痴。"我没有责怪他，因为我对自己的想法可能更糟糕。

我调整了我的肩带，和其他七十四名竞争对手一起在起点横幅下站成了一排。比赛开始时，我内心强烈地想要表现得更为出色。凯文、雷和我冲在前方，和几个当地非常出色的跑者跑在一起，虽然这些人光着脚或只穿着凉鞋，而且他们居然只用塑料垃圾袋装装备。我开始为自己那华而不实的背心、短裤及昂贵的跑鞋感到尴尬。

我们来到了一条宽阔的大河前，不得不游泳通过。爬上对面的河岸后，我们进入了茂密的山林。这并不是跑步，更多的是越野障碍训练，许多障碍都能让人受伤。树上的刺就像巨大的针一样。可怕的树根可能会在你试图爬过去的时候突然缠住你的脚踝。蛇在污秽的冒泡的沼泽地里蜿蜒爬行着，狼蛛会像伞兵一样从阔叶树上降下来。在我经历过的众多极限赛跑比赛中，这是最艰难的一次。但不管如何，我赢得了这一赛段。

比赛继续进行，我们在湿热的空气中步履艰难地穿越丛林。到了晚上，雷、凯文还有我会把伪装吊床设置在一起，抱怨我们长了真菌的脚、虫子等一切基因突变般的东西。

"这真的太蠢了。"我说。

"是的，好蠢。"凯文说。

"非常，非常蠢。"雷说。我们都笑了。

"和我说说阿塔卡玛吧。"有天晚上雷说。

我告诉他那些光秃秃的红山，还有月光下的盐碱地。

"那是世界上最干燥的地方。"

"干燥，"雷说，"天啊，我喜欢干燥。"

"我也喜欢。"我说。

"干燥很不错。"凯文说。

"天空一定非常棒。"雷说。

"无边无垠，"我说，"一天晚上，有些天文学家来到我们的营地，带着一些巨大的望远镜，还让我们看。你无法想象你所看到的事物，你知道吗？你是如此渺小。"

"我喜欢那种感觉，"雷说，"渺小的感觉。"

"它提醒着你，人类无法掌控任何事。"我说。

"阿塔卡玛。"他说，"我准备去一次。"

就在我要睡的时候，雷再次摇醒了我。

"戈壁是什么样的？"

我向他描述了雄伟的长城、圆顶帐篷，还有明亮滚动的沙丘。

"是的，"凯文说，"非常棒，巨大的沙丘。"

"那地方我也要去一次。"雷说。

"你应该去的。"我说。

我们再次陷入了安静。

"查理？"雷说。

"什么？"

"我和你说过撒哈拉沙漠马拉松赛吗？"

"是的，雷，"我说，"但你可以再说一次。"

终于，他不再说话了，我们躺在那儿听着丛林里的各种声音所交织成的交响乐。有些跑者的呼噜声非常大，堪比吼猴的肺。

过了一会儿我听到雷用滑稽的低声说："你还醒着吗？"

"嗯。"

"我正在想。"

"什么？"

"我在想是否有人能跑着横穿过撒哈拉沙漠？"

"你是指，整个沙漠？"

"是的。"他说，"整个沙漠。"

"哈，"我说，"可能没有吧。"

"是啊，可能没人可以。"

第二天的赛段是最长的，甚至可能会在这段比赛中决出胜者。我的排名有所下降，但我想我能比其他人更好地应对丛林，我非常肯定自己能赢。但闭眼之后我并没有幻想出胜利的场景，而是沙漠万里无云的天空和沙子。我还看见了地平线，地平线推动着你前进，它会不停地后退。看着这东西我感觉自己会边跑边睡着。

第八章

回到家后，我开始搜索，结果发现没有人真正地从撒哈拉一边的海岸跑到另一边的海岸。这激起了我的白日梦：在冒险界中"第一"几乎是可遇不可求的。我花费了数小时看地图，用手指在地图上划出了一条蜿蜒的对角线，从塞内加尔出发，经过毛里塔尼亚、马里、尼日尔、利比亚，到达埃及和红海。我研究得越多，就越相信自己能完成这个挑战。而我和雷将是两个要去尝试完成它的蠢货。我和他有过一段改变人生的对话，如下：

"喂，雷。"

"你好啊，查理。"

"你愿意和我一起跑步穿越撒哈拉沙漠吗？"

"我很乐意和你一起跑步穿越撒哈拉沙漠。"雷说。

就是这样，穿越撒哈拉沙漠的远征军诞生了。雷和我想要再找一名跑者加入我们，我们都认为必须是凯文。当我联系到在台湾的凯文时，他说："好，立刻出发！"尽管他的英语和我们初次见面时有所提高，但我还是想知道他是否真的明白了我所说的话。我计算了我们需要跑的距离，约四千英里，远超出我之前的估计。如果我们想要在三个月内完成这个目标（三个月是我认为跑者和后勤人员所能忍耐的极限），那么我们需要每天跑五十英里，连续跑八十天。如果一切顺利，我们可以提前几天完成。

我将这个想法告诉了周围所有的朋友，他们知道了我将跑步穿越撒哈拉沙漠。丽莎对我的决定非常兴奋，尽管我们都知道去非洲三个月时间对于我们的关系发展并没有什么好处。我们的关系已经很近了，我们的孩子相处得非常不错，甚至帕姆也会在我们聚会时来参加。但我并没有准备好，也不知道丽莎是否已准备好，我们都需要时间。我们依然想要待一起，一起制定她在圣诞节的旅游计划，我想我们可能会去尼日尔的一些地方。

一些同事说他们认为这次跑步将创造一部伟大的电影。我的一个好友认识詹姆斯·摩尔，后者是一位曾凭借纪录片获得学院奖的导演，那部纪录片是他和斯蒂芬·斯皮尔伯格合拍的，描写有关匈牙利大屠杀幸存者的事。他建议我可以和詹姆斯谈一下，并帮忙安排了一次会面。

在我开车去华纳兄弟电影公司的时候，我准备好了计划要说的话。我想詹姆斯和一些精力旺盛、想要冒险的学生导演可能会对此感兴趣。我在巨大的露天片厂迷路了，一辆载着观光客的旅游电车驶向了我，我躲避着，车上的人似乎对我的阻挡和道歉显得很失望，因为我是一个无名小卒。

詹姆斯和我一样，是体格健美的人，他请我坐下。然后我开始讲话。撒哈拉，四千英里，三个朋友，顶级的跑者，做不可能的事，沙丘，游牧民族图阿雷格人，地雷阵，每天跑两个马拉松，骆驼，酷热，海市蜃楼，沙子，绿洲，金字塔，红海，前所未有壮举就在那里！

我们的北极！我们的珠穆朗玛峰！我喘了一口气，汗水从我的鬓角滴落下来。詹姆斯抿嘴对我笑了笑，点了点头，大拇指与食指间的笔不停地摆动着。然后他站了起来，会面看来是结束了，我也站了起来，他伸出了手。

"好的，我会拍的。"他说。

"你会……拍的？"我问。

"是的，如果你们做这事的话，我就会带着摄像机跟着去。我先给一些制作公司打电话，开几个会议。然后再找你。"

我有些茫然地回到车内。一个获得过奥斯卡奖的导演刚对我说要拍一部有关凯文、雷和我穿越撒哈拉沙漠的电影。这意味着什么啊，天啊，我们真的必须要穿越撒哈拉沙漠了。

我打电话告诉了母亲这次会面。

"这太棒了，查理。追随你的梦想吧。"

"谢谢，妈妈。"我说。

"你是要去看整个世界了对吗？我爱你的激情，尽管有些疯狂。"

"是的，那是从你那儿遗传来的激情。"我笑着说。

"我？不。"她平静地说，"我只是……"

长长的沉默。

"妈妈？"

没有回应。

"你还好吗？"我问。

"我不知道。"她说，"今天我……"

"怎么了？"

"今天我从杂货店回来的时候迷路了。"

"真的吗？"我问。

"是的。"

"你一直挺没方向感的。"

"不，和那不同，"她说，"我不知道我在哪，一点儿熟悉的东西都没有，这条路我已经走了好多年了。"

我的喉咙紧了。我的外祖母，在去世之前曾患过数年的老年痴呆症。

"我肯定，那会没事的，妈妈。"我说。

"你说你要去哪儿？"她问。

"撒哈拉沙漠，我要穿越那个沙漠。"

"对你来说这是好事，查理，"她说，"追随你的梦想吧。"

在会面一个多星期后的一天，詹姆斯打电话告诉我"行星影业"有兴趣和他合作拍摄这个项目。他们喜欢这种肉体与精神上的艰巨的挑战，这部电影有可能将那些住在北非的人所面临的困难情形拍摄出来。

"这是马特·达蒙和本·阿弗莱克的公司。"他说。

"哇。"我惊叹道。

"马特想要拍这部电影，并给它做旁白，如果你同意的话。"詹姆斯说。

"马特·达蒙想要做旁白？"我问，感觉有些窒息，"好吧，我以为会有更好的人选呢。"

詹姆斯笑了。

有了马特·达蒙的消息后，我认为这是一个打电话给父亲的好时机，之前我从未向他透露过相关的信息。

"什么？"他说，"那你工作怎么办？"

"这是一个难以置信的机会，爸爸。"我说。

"那你以后要靠什么生活呢？"

"我会搞定它的，"我说，"这可能会给我带来一些令人吃惊的东西。"

"狗屎。"他说，"你要什么时候才能停止这些荒唐的事？"

"永远不停止，我希望。"我严肃地说。

我不得不退出了《绝对改变：房子篇》的拍摄工作，为了这次远征我需要集中全部的精力。好在对一些不动产的投资让我在银行里有一些积蓄，投资的钱则来源于我的冰雹业务。在二十世纪九十年代中期，我在北卡罗来纳州的落日海滩买了两块空地和一间小房子，并做了装修。价格上涨之后我卖了它们。于是我就有了巨大的信用额度和足够的钱来购买下一处房产。当我的母亲移居到弗吉尼亚州的查尔斯角时（一个小的东海岸小镇，因为高尔夫而获得了发展），我在那儿也买了两处房产，并计划在未来不得已时卖掉其中一处。

"行星影业"的制作人之一马克·朱伯特给我打了电话，邀请我去纽约。当听说马特·达蒙想要和我一起跑步时，我感到非常兴奋。我在曼哈顿下城区的一街道角见到了他们。马特戴着棒球帽，穿着跑步服，和普通人差不多，直到他握着我的手，向我露出了电影明星的笑容。

"别对我太在意了。"他说。

我笑着回答说："别担心，我保证不会让你受伤的。"

我没想把马特·达蒙带到场地上跑步，只是在苏豪区的街道上随意地跑着。当我们经过时人们的反应非常有趣。有些人在认出马特后显得格外兴奋。有些人在我们经过的时候大叫道："嗨，达蒙！"或"杰森·伯恩！"

结束之时我们大约跑了十多英里，我们站在一起聊了一会儿。马特说他从来没有去过非洲，但希望能马上去那儿。他问我接下来是否要参加什么比赛。我告诉他我会在七月再次参加巴德沃特。

"巴德沃特？"他不解地问。

"一个穿越死谷的比赛，赛程有一百三十五英里。气温一般在一百三十华氏度。"我说，"这是我最喜欢的比赛之一。"

"我不明白你是怎么做到的，"他笑着说，"我最多只能跑十二英里，再多的话我的身体就会受不了。"

"不，不会的，"我说，"你可以跑更远。你只是需要重新看待你与疼痛的关系。"

我频繁地与潜在赞助商及投资者会面，组建起了一支后勤队伍，理顺了一切烦人的问题。我还努力地为巴德沃特训练，因为我不想重复在二〇〇三年时发生的灾难。这次我的速度非常棒，在一支非常棒的后勤队伍的支持下我以第三名的成绩完成了比赛，相比我第一次尝试整整提前了十小时。我已经逐渐掌握了它。

十月，我征募了我的朋友唐诺万·韦伯斯特——《国家地理》的写手，邀请他和我一起远征非洲。他戴着教授般的金属边框眼镜，一头短发，穿着旅行鞋，一个印第安纳·琼斯式的男人。不像我，唐曾在撒哈拉旅行过，认识许多可以帮助到我们的人，比如穆罕默德·艾科斯尔，一位优秀的图阿雷格部族领导人，一家顶级沙漠导游公司的组织者。

在巴黎和穆罕默德见面之后，我们坐船去了塞内加尔的达喀尔，又花了数小时北上去了圣路易岛，一个位于塞纳河口的法国殖民城市。这个城市给人一种像新奥尔良的感觉，特别是它的晚上，小酒吧里传出爵士乐声，鱼的味道，三角洲泥浆的味道。在河上有一座铁制的多拱桥。穿过它，我们就到达了非洲大陆，亦是撒哈拉沙漠的最西部。看见它的时候，我就有种感觉，我们一定会在这里启程。

我们到了尼日尔的阿加德兹，在这里得到了联合国儿童基金会承诺的支持，然后坐船去了开罗。在没有预约的情况下我们去了札希·哈瓦斯的办公室，一位著名的考古学家，现埃及古文明公司的负责人。当他的秘书告诉他唐诺万·韦伯斯特来了后，哈瓦斯立刻邀请我们进入。唐看起来认识每一个人，熟悉每一个地方。能请他做我们探险队的指导真是一件令人高兴的事，更让人惊喜的是哈瓦斯居然同意我们的电影摄制组进入一些未开放的地区。

在准备期间，唐和我讨论到了水的问题。保持含水量对于跑者来说是最大的挑战。感谢"行星影业"和赞助商，我们将有条件解决这一问题。佳得乐也参加了我们的项目，并计划用凯文、雷和我来做一些测试。我们笑称，为了科学，我们将献身于撒哈拉，但对于大多数生活于沙漠的人来说，水源是一个非常严肃的问题。努力寻找水源是他们的日常生活之一。我了解到非洲的众多疾病中有百分之八十是由不干净的水和恶劣的卫生状况引起的。有五分之一的孩子会因为与水相关的疾病在五岁之前死去。

我想用穿越撒哈拉这种方式筹集到一些钱，我现在知道所筹集到的钱能用在哪儿了。当我回到家的时候，我随马特·达蒙创立了"H2O项目"，一个穿越撒哈拉的慈善项目，目的是为了将干净的水带到我们沿途经过的社区。

你要怎样才能坚持每天跑完两个马拉松呢？更何况大部分是沙漠地区，连续三个月，在一百多华氏度的情况下？并没有《菜鸟指南》可以教我们如何应对。凯文、雷和我只能自己制定计划。有一件事我们是确定的，我们的目标不是为了跑得更快，而是为了在极端的条件下保持前进。我们每周大约要跑一百英里，并提升体重，做瑜伽保持身体指标的平衡。大多数时间我们都会跑十至三十英里内，但有时候会跑六个短程，这样就可以习惯开始，停止，再次开始。

当我们要去商店的时候，上车前我会跑个一半小时。然后回家卸货，接着我又会出去，快速地跑一个十英里的距离。回来后，我会打几个电话，把脏衣服扔洗衣机里，再出去跑个一小时。我强迫自己在一天的任何时间段里跑步，特别是那些我不想跑步的时间点。

雷、凯文和我讨论了有关食物的事，即吃什么，什么时候吃，如何吃。我已经成为素食者多年，我不确定在沙漠中能获得什么样的食物。像大多数跑者一样，在吃完之后我们通常会休息一会儿再去跑步，但在沙漠里，我们无法做那么奢侈的事。佳得乐的营养学家建议我们每天摄取一万卡路里的能量，其中大部分的卡路里都会在我们跑步的过程中被消耗掉。为了训练身体在奔跑中吸收能量，我在跑步之前会强迫自己进食尽可能多的食物。我不想吃得太饱出发，但我知道我必须习惯。

我们计划在二〇〇六年三月开始远征。任何延迟都会让我们陷入夏季的酷热之中。我想雷、凯文和我能应对得了这事，让我担心的是后勤人员和摄制组。然后我又得到了一个坏消息，资金筹集不太到位，在制片商寻找投资者期间，我们不得不将上映时间推迟到九月，然后又推迟到十一月，哪怕马特·达蒙是本片的监制人，为电影筹集资金依然是一件困难的事。

随着时间推移，我们的财务状况变得越发糟糕。我为这次冒险之旅提供了住宿，其他相关旅费也是我出的，尽管制片公司承诺这些钱都会退给我，但我的信用卡依然承受了巨大的负担。同时我每月还要支付一些房屋贷款，给帕姆赡养费——抚养孩子的费用。投资的家庭装修生意的产出并没有像我预期的那样好。

我去了一趟查尔斯角拜访我的母亲，和我的不动产经纪人商量把我的一处房产放到市场上出售。与经纪人会面之后我去找母亲，发现她正坐在厨房的桌子前，直直地盯着前面。一支笔和一张纸放在她身前的桌子上。

"我忘记如何写'这'字了。"在我打招呼之前她就开口说。

"什么意思？"

"我在写一封信，却不知道如何拼写'这'字。我知道我写错了，但不知道要如何改正它。就这么简单的一个词。"

"你可能只是累了，别担心。"

但我知道她在担心，我们两个人都是。

我走之后，母亲去了艾莫利大学做了一些测试。医生告诉她这是早发性老年痴呆症。当时她六十三岁，我对她说我想取消远征，这样就可以有更多的时间和她待在一起了，但她坚持让我去。

"我没事的，"她说，"去吧，别担心我。你已经制定好了计划，也对别人做出了承诺。"

她是对的，我和"行星影业"签订了合同。我们有着投资者和赞助商。雷和凯文正依靠着我。我已经走得太远，以至于不是自己想退就能退出的。事实上，母亲对于我想因为她的原因而退出是愤怒的。她一直鼓励我去追求自由，追求自己的生活，而这也是我正在做的。

就在我打算去塞内加尔的时候，经纪人告诉我已经有人出价了，但只有约十万美元，比我买这个公寓的时候还少。我不明白为什么它贬值得如此严重。也许我在买的时候估值错误了。不知道哪里出错了，但我并没有足够的时间去处理它。我给我的会计大卫·约翰斯顿写了授权书，他答应我会向贷款方寻求答案，并在我缺席的情况下尝试进行交易的谈判。与此同时我做出了一个艰难的决定，即停止对不动产的还款。这不仅是因为我没有钱，还因为它们的价值正在暴跌。我感觉自己心神不定，自从在蒙特利买了第一间房子后，我还从来没有错过月供或延迟付款。但我相信大卫会想出一个计划，一切问题都会解决的。

第九章

　　二〇〇六年十一月一日，在距离我和雷开玩笑说要跑步穿过撒哈拉的两年后，我们的队伍在泽布拉巴的野餐桌前集合，这是一个乡下的野营胜地，位于塞内加尔河东岸。这也是我们全员第一次集合在一起：唐、穆罕默德、詹姆斯、雷、凯文、杰弗·里彼得森医生（一位运动医学医生）、查克·戴尔（按摩师，也是我的朋友，曾是我在巴德沃特的后勤人员之一）。一张展开的地图放在面前的桌上，我们正在彻底审查第二天早上的计划，明天早上就是开始跑步的时刻。要不是绿色的瞪羚牌啤酒瓶放在桌子上，还有无处不在的死鱼味，这场景差点让我以为是在开AA会议呢。

　　詹姆斯曾问我这将是一部什么样的影片，我回答说不知道，但我确定如果我们三人跑着穿越了撒哈拉沙漠，那么一些事会发生。我们笑了起来，但这就是事实。我们没有情节图板（译注：电影、电视节目或商业广告等的情节设置）或脚本可以参考。我们都同意跑者与摄制组之间的合同约束应保持在最低程度。我们跑，他们坐着卡车跟着我们拍摄。

"如果我们在翻越一座沙丘时你们没有拍到，"我说，"我们也不会回去再跑一遍。"

詹姆斯向我们保证他不会要求我们做任何与这次远征无关的事。

当晚，我在一间空气不流通的小平房内睡觉，在蚊子的叮咬下汗流浃背。我可以听到河蟹在外面的墙壁上攀爬的声音，餐厅工人敲打锅碗瓢盆的声音。在经历数小时的失眠之后，我听到摄制组成员们的起床声了。我知道时间还没到，我从床上坐了起来，把脚放在沙子地面上，做了个深呼吸，飞快地说出了脑袋中平静的祷文，这是我每个早晨都会做的事。

当我还在吸毒的时候，人们都说我疯了。我可以整夜不睡觉，吸比任何人都要多的毒品。没错，我也曾这样认为。疯狂的！我喜欢让自己疯狂。我为什么要让自己成为瘾君子呢？因为我想与众不同，极其的与众不同。我喜欢把烟斗放在嘴唇上，在吸入的时候看着人们的眼睛由于惊讶而变大。对于一管又一管地吸毒的风险我考虑得并不充分。当我清醒之后，我曾某种程度上，担心我的生命会无聊至难以忍受。怎样才能得到让我骨髓呼喊的兴奋呢？我第一次发现是在马拉松比赛之中，而当跑马拉松成为我的日常之后，我发现冒险比赛和极限跑步能让我兴奋无比。所面临的挑战越多，就有越多的人说我疯了，但这种评价却让我前所未有的开心。

但坐在这矮床上，听着那些疯狂的声音，我有些不舒服并感到焦虑。我是顶级的销售员，而这是我接触过最大的生意。我已经向马特·达蒙，那该死的马特·达蒙保证我们三个将跑着穿越撒哈拉沙漠。我还向凯文和雷保证资金没问题，后勤人员也将为我们准备好一切，詹姆斯·摩尔也不会让我们看起来像笨蛋一样。但我不知道这些事是否能实现。

此外，我们的日程上还有一个巨大的漏洞。我们没有从利比亚官方获得进入许可。唐已经就此忙了数个月，但依然没有答复。如果我们到达了该国边界却无法继续的话怎么办？或者，在路上发生可怕的事怎么办？比如有人被绑架了，甚至被杀了。我为什么要说服这些家伙跟随我进入这个危险的沙漠？

在一架盘旋的直升机下面，詹姆斯正戴着一顶探险帽，穿着一件背心大喊着。雷、凯文和我来到了满是垃圾的圣路易斯海滩边，这个海滩由渔民、奶牛、野猫共享。我们进入大西洋中，让水浸到膝盖，互相击掌。照了几张照片之后，我们弄干脚，穿上了跑鞋。我像其他时候一样按下了手表上的按钮，开始了跑步。穆罕默德和唐坐在一辆丰田4Runner车上跟着我们，警示灯闪烁着，我们经过出租车、马车，堆积着水果的货摊，和一群穿着鲜艳衣服顶着大碗的妇女。

"你敢相信吗？你敢相信我们真的出发了吗？"我对雷和凯文叫道，我们正穿过一条长桥通往非洲主大陆。

"只需要再跑六千四百九十九公里就行了！"雷说。

摄制组的一个人对我说。

"嘿，查理，"他说，"詹姆斯想你再跑一次桥。"

"该死。"我说，"真的吗？"

我们又回去再次开始。

终于，我们跑过了这座拥挤的城市，进入了萨赫勒区，一块介于沙漠和湿润草地之间的贫瘠地带。阿拉伯胶树和成群的白色土砖房分布在这片棕色的广阔区域上。凯文戴着墨镜，沉默地跑着。雷和我肩并肩跑着，咯咯地笑得像个孩子，对看见的每一个人招手并说："bonjour, bonjour！（译注：法语，你好）"。

"开罗？"我对几个坐在树上的建筑工人喊道，指着东方，"开罗是在那边吗？"他们点了点头，带着困惑。

我们的大致计划是每天跑十二个小时，在黎明之前出发，然后在中午最炎热的时候休息一下，最后在下午的时候再出发。我们的团队会开车在前方五公里处准备好水、食物和急救护理。我们的目标是快进快出，就像NASCAR（译注：全国运动汽车竞赛协会）的加油停车一样。当我们晚上停止跑步的时候，他们会扎营等我们。

前十天，詹姆斯和整个摄制组会跟随着我们拍摄，然后他们会在远征的中段，约是尼日尔的阿加德兹再次加入我们，最后在我们都希望到达的终点红海岸边等候着我们。一路上，会有一名摄影师全程跟着我们，而我也会用自己的摄像机给他们提供素材。

我们跑了约二十二英里，到达了一个有水库和水泥塔的地方，这里是塞内加尔和毛里塔尼亚的边界。得益于我们的人道主义目标，在出发之前我们得到了联合国的支持。这有助于我们穿越边界，但明显这些警卫并没有得到相关的通知。我们二十人团队的强大阵容：三个跑者，六个后勤人员，两个摄制组和几辆装满设备的卡车肯定吓到他们了。

"怎么样了？"在唐和这些警卫交流之后我问他。

"穆罕默德的人大部分只带了他们当地的身份证。"他说，"他们是游牧民，将整个撒哈拉都视为自己的家，他们不需要护照。"

毛里塔尼亚政府并不同意我们进入。我们坐在炎热的太阳下拍打着蚊子，与此同时唐和穆罕默德打电话与官方谈话。时间一小时一小时地流逝着。

"这真是个折磨。"我说，一边看着其他的游客被允许通过边界。我们已经落后于日程表了。

当毛里塔尼亚警卫升起红白相间的金属门允许我们通过的时候天已经黑了。

"Merci（法语，谢谢）！"雷说。

第二天，地面温度上升到了一百四十华氏度，我们中体形最小的凯文似乎有些脱水的症状。我们不得不停下来了几次，好让医生对他进行静脉注射。当凯文感觉好些后，我们再次跑步出发。雷出现了抽筋的情况，还感觉有些呕吐感，需要静脉输液。这一天我们跑了三十五英里。

在进入沙漠前的数月，我警告过詹姆斯和其他远征团队中的每一个人，跑者可能会出现濒临死亡的状况，特别是在远征的前几天。这就是长跑，你肯定会掉进一个毁灭的坑中，然后要从中爬出来。但当你从中出来之后，你将会变得更强。他们说，他们明白了，但当现在我们进入崩溃阶段时，他们惊慌了。

老实说，我对于凯文和雷也有同样的担忧。他们都是优秀的跑者，在亚马逊丛林和其他地方我见识过他们的坚韧与决心。我不明白为什么仅在四天之后他们看上去就被击倒了。对于接下来的情况我们曾讨论过数小时，我们都知道之后的困难将是前所未有的，而这也是为什么这事值得我们去做的主要原因之一。在我看来，他们的感觉和我的感觉并不相同，即站在悬崖上的愉悦感，在崩溃点推动自己继续前进。我知道他们能做到这事，但我并不确定他们自己是否知道。

第五天，当事情本应开始好转的时候，凯文和雷却感觉更糟了。午餐时，医生把我拉到了一边。

“你不能像这样强迫他们前进！”他说。

“我们必须要保持前进，”我说，“对于落后于日程表之事，行星影业已经给我发消息了。"

"我才不管你们的电影！"他叫道，"如果你保持这种速度，那么你将独自一人跑下去。"

我知道对于他来说这有些困难，作为一个医生，看着我们身陷痛苦之中。而他的想法就是尽其所能让我们从痛苦中解脱。

"听着，我知道这和你的想法相悖，但这也是我们签字约定的。"我坚定地说，"你必须要调整你的标准。"

我们都做了个深呼吸，互相做了妥协。医生要求我至少要改变现有的计划，在晚上睡觉，白天跑步。我同意试一下，却发现在酷热的午后根本无法睡觉。蚊子、甲虫、苍蝇让我们不胜其扰，凯文、雷和我汗流浃背地躺在帐篷里的小塑胶垫上，汗流得甚至比在跑步时更多。现在我们不但缺水，还失眠。

我们又换了另外一种方法，在每天中午时多休息一会儿。

凯文和雷的小腿都得了肌腱炎。而我的右膝盖也受伤了，在今年早些时候，我曾动过手术，但并没有好好休养。我不想让任何人担心我完成这次远征的能力。我觉得我们出现的一切问题都是因为没有摄入足够的水分所致。为了应对伤病，我们调整了步伐，这也让我们变慢了下来。到第六天，我们只跑了一百三十六英里，比预定的目标少了一半。

我们已经到达了毛里塔尼亚的高速公路上，这是一条直路，穿越光秃秃的平原，消失在地平线上闪闪发光的海市蜃楼中。身旁呼啸而过的卡车和轿车的时速都超过了一百英里，激起的灰尘令我们窒息。毛里塔尼亚政府在这片区域挖了一些井以供牧民和牲畜饮用。快速而过的汽车和大型动物并不是一个好组合。每隔几百码，我们都会看见被撞死的驴、山羊、绵羊、奶牛、狗或骆驼的尸体。秃鹰栖息在这些尸体上，或在因碰撞而损毁、烧毁的车上，目送我们经过。

"它看我们的感觉就像在看美味的午餐。"我看着一只巨大的秃鹰说，它似乎已经看透了我们的命运。

"还不到进餐的时候，伙计。"雷说，"一小时后再来看看。"

第七天的时候，凯文的状况看上去有些糟糕，似乎可能要随时退出跑步。我为他感到担忧，但在远征开始之前，我已经清楚地申明，如果任何人遭遇了严重的问题，我们都不会因他逗留太长时间。我们必须保持前进。"行星影业"的管理人员说过，如果我们的行程落后于计划太多，那么他们可能会终止计划。我不认为他们会就此中止，至少不是在早期的任何阶段，但我也知道他们为了这部电影至少投了三百万美元。我们必须忍耐，继续前进。

在十天之后，我们开始感觉好了一些。就如同我们的身体在说："好吧，我知道了，你想要杀了我，是时候做些调整了。"

第十一天，我们跑得都非常好。没有人呕吐，没有人需要输液，也没有人看上去要死，或想要把我勒死。

"感觉这是一个新的远征！"中午休息的时候唐高兴地说，"如果保持下去，也许真的能做到。"

能听到这话真的非常好，我需要他的全力支持，我需要他把信心传达给穆罕默德及其员工。如果他们认为我们无法做到，就可能放弃我们。如果真的这样，我们也就完了。我也需要唐让制片商相信我们的进程顺利。更重要的是，我想要他和其他人相信我。如果能按计划进行，我相信我们能够跑步穿越过撒哈拉沙漠。我需要所有人都相信这一点。

一天下午，在跑了一上午之后，我们停下来游览了一个联合国开发计划署的供水项目，该项目为一千人提供饮用水与耕种用水。在毛里塔尼亚和其他撒哈拉以南地区，数十年来的干旱和过度放牧使得原本适合耕种的土地逐渐荒漠化。牧民因此不得不放弃牲畜，搬到城市里去住，这也导致当地人都陷入了极度贫困的境地。据我们所知，这样的一个供水设施大约要一万美元，以维持这些牧民的日常生活。

通过一个翻译，我问了一个男人他在这片区域工作所能获得的劳动报酬。

他非常疑惑。翻译再次问了他，他笑了笑。

"没钱。"他说。

"那你们为什么工作得那么努力？"我问。

"他说这可以为他的孩子创造更好的生活，"翻译说，"如果村庄能产出足够的作物，他们就能把超量的卖了，赚钱建一所学校。"

他淳朴的梦想让我自愧不如。和我一样，这个男人想让他的孩子有一个更好的生活。但他并不是给他们买自行车或游戏机，他想让他们得到教育，而水源则是关键所在。他给了我们尊严，让我们更加下定决心去帮他们。

在我们参观了这些供水设施之后，当地人在一个柏尔风格的帐篷里为我们举办了宴会，我们享受着辛辣的小麦粒汤，橄榄还有新出炉的涂着骆驼黄油的扁面包。穿着鲜亮的女人跳着舞，歌者为我们献唱着。

晚上的时候，我拿出了两个孩子的照片。离开塞内加尔后，我曾用卫星电话和他们通过几次话。他们听起来都还不错，忙碌、快乐。我们讨论了焦油脚人的比赛，他们在周末有什么计划。他们问我是否有看到蝎子。事实上在和他们打电话的时候，我的脚上正有几只在爬着，但当我告诉他们的时候，他们并不相信。我说我爱他们。说出这些话对我来说非常重要，每次我都会对他们这样说。而在我三十岁之前，我的父亲从来没有对我说过这样的话。

我们继续穿越毛里塔尼亚贫瘠酷热的平原。哈麦丹风（译注：非洲干燥含沙的气象）从东部吹来，空气里满是风扬着沙砾，扬起的灰尘遮天蔽日。尽管气温在九十华氏度，但我们依然穿着长袖、裤子，戴着手套和滑雪面罩来保护自己。我的鼻子开始流血，而且无法止住。

"这不是吸毒造成的，因为我已经戒毒了。"我笑着说，仰着头，医生正在尝试帮我止血。他笑着，翻了个白眼。每个人都知道我的过去。

我们所遇见的大多数当地人都是友好的。一些人对我们招手，或把手掌对着天空，好像在说："你在忙什么呢？"

"开罗！"我开心地叫道，"金字塔！"

有时候雷会停下用流利的法语和当地村民聊天。他能和他们交流，这让我很嫉妒。

"他们不知道开罗在哪里。"雷在和一人交流之后说，"也不知道金字塔是什么东西。"我们真的是在一个与世隔绝的地方。

一些时而发生的事会提醒着我们正身处在一个动荡的国家。一些载着全副武装的男人的卡车经常从我们身边经过。政府的小型面包车上的扩音器循环播放着。在一九六一年，毛里塔尼亚有了第一次自由选举。一群人分发了一些粉色的臂章，我们戴上了它们，想让自己融入。但后来绿党经过我们的时候，向我们扔了鸡骨头，这让我们意识到这并不是一个好主意。

在十一月十五日晚上，我们到达了基法，一个约有三万人的城镇。流动的沙子覆盖了一切，几乎把狭窄的街道都湮没了。我们跑过一个市场，经过一些装满橘子和香蕉的货车。拿着切肉刀的屠夫站在新宰杀的山羊尸体旁，按照客人的要求切下动物身上的肉。

我们在小镇边缘地区的一个小旅馆里搭起了帐篷。我用微温的水洗了下身体，水有些铁锈的味道，我还剃了胡须，这是我自离开塞内加尔后第一次剃须。然后我们就上床睡觉了。但想要睡着是不可能的，夜晚的城镇喧嚣着，刺耳的卡车声，狗的狂吠声，人们的叫声。在快天亮的时候，附近清真寺的扩音器开始放祷文。我已经有些等不及想回到安静的沙漠中。

日子开始变得单调，让人内心有些麻木。早晨四点起床，喝咖啡，吃早餐，跑到中午，吃午餐，休息，再跑到晚上七点。这是开跑后我遇到的最大困难。作为这次远征的领导者，我必须处理好后勤问题和白天的突发事件，而且有一个问题一直在困扰着我们，即争论轮到谁用卫星电话了。雷需要更多的跑鞋。有人要用电脑，但电池没电了。和我们在洛杉矶的制片人保持联系，讨论预算和日程安排。当终于能爬进睡袋时，我已经精疲力竭。我知道我只能休息数小时，醒来后这些问题将再次上演。

好消息是凯文、雷和我正在日益变得强壮。有些伤在我们跑步的时候痊愈了，一些人也明白了在这过程中我们会遭受的困难。医生每晚都会对我们的水泡和疼痛进行治疗，但他已放弃要让一切都按最正确的方式运行的想法。我们一天要艰苦地跑两个马拉松，每天都是如此。他明白了这一点：这会让人受伤。

更大的挑战则是面对跑步的沉闷。一些音频书籍，比如比尔·克林顿、巴拉克·奥巴马的传记或卡勒德·胡赛尼的《灿烂千阳》，戈马克·麦卡锡的《路》、马克斯·布鲁克斯的《地球末日战》我都听了差不多两次。我下载了一千五百首歌到我的iPod里，从艾米纳姆（译注：上个世纪末涌现出的白人rap音乐代表）到玛丽亚·凯莉再到林肯公园的歌都有。音乐播放顺序为"随机"，好让自己不错过任何一首歌。我相信任何时候所听的歌都是我当时应当听到的歌。我并不是说iPod之神在帮我选歌，事实上，有时候随机播放也会气死人的，歌曲的播放频率并不平均。（当我回到家之后，我检查了播放列表的情况，发现我的怀疑是正确的。特雷恩的《遇见弗吉尼亚》播放了九次，约翰尼·卡什的《火圈》播放了四十三次。这也就不奇怪这首该死的歌为什么一直在我脑海里了。）雷的iPod里只有二百五十首歌，所以他会听到更多重复的歌。他和我说有一天他连续听了齐柏林飞艇（译注：一支英国的摇滚乐队）的《天堂的阶梯》二十三次。我们永远不知道凯文在听什么，但他经常在早餐的时候戴上耳机，然后一直听到晚餐。我有时会猜他根本不在乎在听什么，之所以戴上耳机只是想传达"别打扰我"的信息。

当我们没有听音乐的时候，雷和我会绕着圈子说话。我们会引用电影里的话，雷会谈论加拿大在各方面有多好多好，这一话题让我感觉无聊。我们甚至还会讨论早上大便的颜色，或我们放了多少屁。雷总是说他非常想念他的妻子凯西。我从来没有见过有人爱得如此深沉，简直让我有些受不了。

"每次你提到她的名字你都要给我一美元。"我取笑他。

"凯西，凯西，凯西，凯西，凯西。"雷嘲弄着我，使我飞速地跑离正在咆哮的他。

我们还教凯文骂人的英语，这也是十分有趣的事。从"他妈的（motherfucker）"开始教，这话用途非常广泛，而且朗朗上口，我非常喜欢。首先，我需要让凯文明白"他妈的"是一个词，而不是两个词，很多菜鸟经常会误解这一点。接着，我们开始教语调，从欢呼的语调开始教，"喂，这他妈的是怎么回事？"然后是愤怒的，"把你的手他妈的从我身上拿开。"然后是慢速的加强语气的"他妈——的（motherfffucker）"，当你错过飞机或把手机掉到马桶里的时候非常好用。凯文很快就掌握了它。

有时早上雷会选出一个词作为他这一天的"完美之词"，然后从早到晚用这个词，这让我和凯文想把他勒死。我们还会互相讲笑话，一次又一次地说着同样的笑话。我经常说的一个笑话来自很久以前的一个AA担保人对我说的。

"嘿，雷。"我说，"你知道如何吃掉一头大象吗？"

"不知道，查理。"他说，"你知道吗？"

"一次咬一口。"

一次咬一口。这也是我们如何面对这头巨兽的方法。集中注意力在当下，一步，一步，一步。当早上的路程数不断累积，二十二，二十三，二十四，二十五，我会允许自己考虑午餐。在午餐休息之后，一切又会开始，一步，一步，一步……直到我们跑完二十五英里，然后停下来过夜。

有些时候，我会强迫自己停下来看，看自己身处何处，而不是迷失在自己的音乐与内心游戏之中。听那尖锐的风，沙子刺着我的皮肤，感受撒哈拉的广袤和美丽。然后会发现，我的天啊，它是如此美丽，傍晚阴影下新月般的沙丘，穿着长袍在训练骆驼的人，红色的石头尘埃与迷雾中的城堡。每天，我都会感谢那个追求更强力量的我把自己带到这里。

在第二十七天的时候，我听到了凯文在他的帐篷外呕吐。我看了下手表，凌晨三点半。在他去睡觉之前他曾说过感觉不是很好，我们都希望他睡眠之后情况能有所改善。呕吐声还在传来。

早晨五点的时候，包括凯文在内都起来了。我可以肯定他不想跑。

"就让我们试一下。"我说。

"我不知道。"他说。

"就看看感觉如何，"我说，"看你跑起来后感觉如何。"

我们跑了两小时，跑了约五英里。

"你做得不错，凯文。"我撒谎说。但又跑了一小时后，他开始步履维艰，跌跌撞撞，我无法再让这继续下去了。我知道他需要休息一下。我们停了下来，医生给凯文输了整整两包液体。然后在他睡着之后我们等待着。在下午两点的时候，他起来了，说想再试一下。

"你是一个坚强的男人，凯文。"我说。

尽管凯文是一个经验丰富的跑者，但这种痛苦的经历对他来说也是第一次。从年轻的时候开始，他就受到了精心的培养，想要成为一名巨星。许多台湾人对他参加马拉松比赛的渴望感到非常惊讶。但我明白，凯文，就像雷和我一样，我们内心都有一种空虚，需要不断让自己超越极限来填补它。我并不认为凯文完全认识到了这一点，但我知道，我想他看得更深，看痛苦能把他带到何处。但在下午的时候，他无法让自己继续前进了。我看见了他眼中的恳求，想要推动他前进是毫无意义的。

　　我请穆罕默德找了一个休息的好地方。他在附近的一个沙丘上支起了帐篷。我离开了人群，把小胶垫放在地上，然后坐了上去。我周围只有无际的沙海，在风的推动下，形成了一道道完美平行的波浪。我手中握着一个白色的小贝壳，这是我在早上的时候找到的。我把它在手掌上翻转着，研究着它身上古老的螺纹。

　　到了十一月二十八日，我们进入沙漠已经将近一个月了。我们跑了约一千英里，还有三千英里要跑。明天是我的孩子十二岁的生日。我想象着他打开礼物，吹灭蛋糕上的蜡烛。我不知道母亲有没有寄贺卡，然后我又想起她独自一人坐在餐桌旁，拿着笔悬在空白的纸上，却无法书写。我感觉到了罪恶感。我在这里的沙丘上到底在干什么？

　　我现在别无选择，只能相信现在的所作所为能让自己变成一个更好的人，一个更好的父亲，一个更好的儿子。我希望

"H2O项目"能改善成百上千，甚至上万人的生活。我想要我的儿子看到他的父亲在追随梦想。我想要他们知道生命的真谛就是找到自己的激情所在。我知道我的家人为我感到自豪，但我也知道，他们在心底只想要我和他们在一起。

在中午的时候我们翻越了一座沙丘，来到了廷巴克图，这个城市从脚下一直延续到天边。这里曾是充满智慧的宗教与贸易中心，一个具有千年历史的传说城市，因其传说是一个遍布黄金的地方，所以吸引了众多的西方冒险者前来。但他们所见的就是我们眼前的景象，没有传说中的黄金国。只有一些尘埃色的没有窗户的房子和商店所组成的迷宫。在我们沿着城镇边缘跑的时候，有十二个年轻男人举着一些小玩意、地毯和包与我们一起跑着，嘴里喊着"买，买！"

刚听到英语的时候我们感到很高兴，但当他们人越来越多，挤在了我们面前，挥舞着他们的货物，冲我们呐喊时，我们很快就受够了。

高兴的是我们最终躺进了一家小旅馆。在用细流般的冷水冲了个澡后，当地的官员开车带我们去了一个有高墙的地方参加一个晚餐表演，这是马里特地为游客而举办的夏威夷式宴会。食物很普通，饮料是温的，但乐队所演奏的布鲁斯乐风格的音乐却非常不错。我们懒洋洋地躺卧在矮桌上的枕头上，快乐到忘记了我们的日程表，忘记了我们的痛苦与疼痛。当我第一次想象我们的远征时，我就曾想过在我们去的每个地方都做这种事，沉浸在当地的文化之中，了解当地人。但我们并没有时间。

第二天早晨在清真寺那令人感受强烈的祷颂中我们起床了，喝了些咖啡，吃了早餐，就跑步离开了这个城镇。从塞内加尔一路跑到达廷巴克图这个曾被认为是世界终点的地方，现在，我们要越过它继续前进。

就在太阳刚升起来的时候，我们到达了尼日尔河北岸。沿着河岸，有许多农田和菜园，令人震惊的绿色，与金色的沙漠形成强烈对比。渔民在低处的独木舟上撒着网。我们一直沿着河到达了布雷姆小镇，然后又继续向东行进，进入广阔的加奥区。

曾有人警告过我们这片地区的危险性，两个敌对的部落正在这里战斗，游客被挟持，交通工具被抢劫。但和往常一样，穆罕默德想出了一个办法。他和两个派别的领导者都认识，曾在图阿雷格部族暴动中和他们并肩作战，他邀请他们和我们合作。他向对方保证，一旦我们安全地通过了加奥区，我们将给予他们好处。我有些怀疑，但穆罕默德是一个冷静且自信的外交家。这不仅是因为他一路上为我们的远征寻找落脚之处，还因为他为我们正在做的事感到骄傲。一路走来，他就像我们的老朋友一样。晚上的时候，他会分担安营杂务，并肩坐着，诉说故事。当我们通过加奥区的时候，这两个已经多年没有说话的领导者（穆罕默德告诉我们他们是表兄弟）互相拥抱了彼此，然后走进了沙漠对立的两边。不久之后，他们的斗争再次开始。

我们正在接近马里的边界，这是一个好消息。还有一些坏消息，大多数队友得了严重的肠道疾病，而且持续了好几天。幸运的是我没有患上。我开玩笑说，二十多岁时吸入的毒品已经让我百毒不侵了。在一个特别艰苦的夜晚后，我让队员们多休息了会儿，但我不能让我们白白浪费一天的时间。

我们开始跑步，在午夜的时候，雷躺在帐篷内，呻吟着。

"可怜的雷。"唐说，"会好起来的，雷。"

我站在他旁边，看着他翻滚着。

"嘿？"我说，"如果雷没挺过去，你们谁想要分了雷的东西吗？"

"王八蛋！"雷悲叹着说。

休息了几小时之后，雷起了来，说可以继续前进了。我知道他有些害怕，不是害怕疾病，而是害怕让大家失望。我对他感到敬畏，看着他快走，跑步，快走，再次跑步。

"你真是个坚强的人，雷。"我说。

"真他妈坚强。"凯文说。

几天后，唐和穆罕默德乘坐卡车在前面为我们开道。当我们在傍晚跟上他们的时候，唐平静地指着距离卡车不远处沙漠中独自坐着的小男孩，这男孩穿着破烂的短袖和旧裤子，看上去非常瘦小。

"我们和他交谈了一会儿，"唐说，"他告诉我们他的母亲去找水了。他已经在这里等了两天了，只能喝骆驼奶，吃一些肉干。"

唐给了他一盒饼干，一些装在瓶子里的水，一塑料袋新鲜枣子。我查看了一下卡车的车厢。穆罕默德的儿子阿巴迪正在和这小男孩交谈着。当他回来的时候，我给了他一个带按钮的手电筒。阿巴迪知道，这是要给那个男孩的。

"我能和他打个招呼吗？"我问。

"等下。"阿巴迪说。

他又走了回去，把手电筒交给了小男孩。在他问话的时候我可以听到他的声音，又低又柔和。一会儿之后，他转过身，对我招了招手。我走向了他们。就在我靠近的时候，男孩呜咽着逃离了我。在靠近之后，我蹲下了身，否则他将无法看清我的视线。阿巴迪摸着男孩的头，然后又摸了我的，就好像在说：看，他只是喜欢你，虽然这人的皮肤是浅色的，发色也有些奇怪。男孩看起来放心了一些，对着我眨了眨眼。

"没事的，"我平静地说，"没事的。"

我想告诉他我们是好人，将会帮助他的家庭。但我说什么或做什么能改变他的处境呢？他曾被遗弃，之后可能会再次被遗弃。这就是沙漠的生存方式。我们和他在一起待了几分钟，然后道别，回到卡车边。当我最后一次回头看的时候，我可以看见手电筒时亮时暗，照亮着男孩的脸。我感觉如此无助，我将永远不知他后续是否安好，也许他的父母会带着水回来找他。

几天之后有一个男人来找我们，这事也同样让我绝望。他听说在我们队中有一名医生。他的妻子和新出生的孩子正处于病重之中。他们需要帮助。我们爬上了穆罕默德的卡车，跟着这个男人来到了一个大帐篷内，这个帐篷的前面和旁边都是敞开着的。

医生对母亲和孩子做了检查。他们两个都有些脱水。因为没有简单的方法能治疗孩子，因此他把注意力放在了母亲身上。医生给了她一些电解质药片和盐片，又从我们的库存中拿了几瓶干净的水。他将佳得乐混在其中，然后将瓶子交给了丈夫。而穆罕默德则在一旁翻译着，告诉丈夫如何服用药片，以及他的妻子应该喝多少。我想他们对亮绿色的佳得乐一定会有想法。

"他们能活下来吗？"当我们离开帐篷之后我问医生。

"也许吧。这母亲需要变强壮，但婴儿可能无法渡过难关。"他说。

如果我们向南或向北多走一英里，我们可能永远不知道他们的存在。这个母亲和孩子可能都会死掉。我们一路上到底会经过多少需要帮助的人呢？许多人来到我面前，我想要帮助他们。但这又意味着什么？图阿雷格部族已经在这沙漠中生活了几千年，你我有权力去说"让我帮助你吧"这样的话吗？

终于，我们穿越了马里到达了尼日尔。现在我们的注意力集中到了阿加德兹上，即我们征途的半程点，如果一切顺利，我们还能在临近圣诞节的时候在这里和丽莎、雷的妻子凯西、凯文的女友尼科尔会合。

对于能见到丽莎我感到非常兴奋，我强烈地认为这趟旅行是她应得的。在计划阶段，她和我一起共渡难关，她给予了我巨大的帮助。但她想和我一起穿越撒哈拉的想法也给了我巨大的压力。在穿越沙漠的日子里，将只有我和队员们相伴。我们互相说着脏话，身上臭不可闻。我们所考虑的一切就是向前进、补充身体的能量、休息、跑步。在中途与她见面的感觉就像是开单身派对的时候你的三年级老师来了。我不知道是否能像正常人一样和她讲话，给予她应得的关注。

在十二月二十三日，我给她打了电话，确认她行程的所有事情是否都安排妥当了。

我们讨论了需要打包什么，天气可能会如何。

"等下。"她说，"有人在敲门。"

我听到她和一个男人在讲话。

"抱歉。"她说，"是个邮递员，我需要签收一封信。"

"什么信？"

她打开了它。

"来自抵押贷款公司。"她说，"我很遗憾地告诉你，这信好像是在说你房产的抵押赎回权被取消了。"

在离开北卡罗来纳的时候，我确定了在我不在的期间一切东西都有被整理好。而现在的情况有些滑稽。其中的一处房产价值超过十万美元，抵押贷款公司怎么可以就这样拿走它呢？我让丽莎打电话给我的会计师，看是否有什么可以挽回的办法。我确定当我回去的时候可以让一切回到正轨（但我想错了，我的房产没了）。但现在，我别无选择，只能把这些东西丢到一边，让自己跑步。

"你感觉还行吧，凯文？"我说。

"是的。"他说。

"你马上就要见到尼科尔了，高兴不？"

"是的。"他笑着回答说。

我们跟着后勤车辆在沙地上碾出的新鲜轮胎压痕跑着，天空如牛奶一般。远方，树丛上的群山若隐若现。凯文和我并肩跑着，雷则在我们前面。我经常想凯文在跑的时候在想些什么，大多数时候他都是沉默的，一副面无表情的样子，眼睛隐藏在墨镜之下。

"有人问你为什么要做这事吗？"

"是的。"凯文说，"很多人问过。"

"我也是。"我说，"我说我不知道如何回答这问题。也许在以后，我可以告诉他们为什么。"

"我也这样说了。当我完成之后，我会告诉他们。"

"就现在而言，我做这事的原因就是之前没有人做过。我想看我是否足够强大。"我说。

"是的。"

"而这就是我的自我意识。"我说，"你明白自我意识吗？"

"是的。"凯文说。

"这是因为我想变得特别。可能有时我感觉自己并不特别，所以我不得不做一些让人感觉特别的事，让自己变得与众不同。"

"是的。"凯文说。

"因为如果我不做这事的话，那么我就可能感觉非常不好。"我说，"但这并不是一个好的理由。"

"我想在人生中做到某些事情。"凯文说，"生命可能也就七十年？"

"是啊。"

"所以你必须要做些事。"凯文说，"找到一些能让精神愉悦的事。"

"对的。"我说，"我们必须相信，你知道相信吗？"

"是的，我知道。"

"我们必须相信我们正在道路之上，你知道的，我们正在通往某种事物的路上。"

"是的。"凯文说。

"还有，不管你是相信耶稣还是信佛或真主，你知道的，我们都必须相信我们正在做的事，哪怕我们并不明白其中的意义，哪怕我们不知道将去往何处。也许当我们回家之后，电话会响起来，有人会在电话里对你说：'凯文，恭喜。现在我想要你做一些其他特别的事，非常不同寻常的事，这事会帮助到许多人。'谁知道接下来会有什么机会呢？我想这是终极信仰，你知道信仰这个词吗？"

"是的。"他说，"F-E-A-R（害怕）。"

"不，不是害怕，是信仰。信仰意味着相信。"

"哦，F-A-I-T-H，Faith。"

"信仰意味着相信某事会发生。"

"是的。"凯文说。

"我们有着惊人的信仰，因为我们每天为此花费十个甚至十二个小时，而我们却不知道是为了什么。你知道的，对于大多数的人来说，信仰会贯彻他们整个人生，他们的想法，是的，我相信耶稣或我相信在我身上将会发生些事，但其他人并不会真的为此……"

"为此做些事。"凯文说。

"对的，他们并不会冒风险，而我们却把一切放在风险之中。"我说。

"是的。"凯文说。

"我们把我们的生活，我们的工作，我们的家庭都放在风险之中，所有的一切。这是因为我们有信仰，这就是信仰。当我们完成这一切的时候我们将拥有信仰，一些重要的事将会发生。"

"是的。"凯文说。

"这就像你拿着一本书，如果你把它顶在你的脸上，那么你将无法读它。你只有让它离你的脸远点，你才能读它。你必须有一个不同的视角，一个不同的观点，否则你将永远无法明白。

这就是我现在想的事。现在，我们都无法读这本书，但之后，我们将会读懂它。"

"是的。"凯文说。

我们继续跑着。对于凯文和我之间的对话，我感觉非常棒。之后，当我意识到这谈话和往常一样基本都是我在说话后，我笑了。

在圣诞节当天的早晨，即我们远征的第五十三日，我们跑到了阿加德兹，这里也是我们远征行程上的中间点。这个城市就像一个由许多沙砖房子所组成的迷宫，一座宏伟的木制尖顶清真寺在城中显得非常耀眼。这里聚集着大量的人，数量之多让我震惊。穆罕默德对我说这片地区的缺水危机相比于其他地区要更加严重。牧民们不得不离开他们的土地，在绝望之中来到这里。

一年以前，阿加德兹还是一座充满光明和欢乐的城市。但现在它就像一具浮肿的尸体，正处于爆裂的边缘。到处都是眼窝凹陷的图阿雷格人，他们衣衫褴褛，看守着一小群瘦小的动物。

我非常累，还得了一些小疾病，但这是我自找的。而这些人则是别无选择地承受着痛苦。我想要告诉他们我是为了他们才做这事的，我将为他们带来水，我并不只是为了自己才跑的，也许这是一个谎言。我感觉哪怕我穿越了这沙漠，并因此筹集了数百万美元，他们中的许多人，也依然会在"H2O项目"为他们挖下第一口井之前死去。

在一个简陋的阿加德兹旅馆房间内，我脱下衣服洗了个热水浴，这是我七周以来第一次这样洗澡。那感觉，简直太棒了，但我无法将那种痛苦感从我的脑袋中赶出去。我没有权利像这样使用水。我把手伸向水龙头把手，猛地把它关上。

我们去机场迎接了丽莎、凯西和尼科尔。三十六小时的旅程让她们有些疲惫，但她们依然很开心。我开心地拥抱了丽莎，在我的手臂里她感觉很好。我之前都没有意识到我有多么想她。

在把这些女人安置好后，唐让我们在旅馆的石头院子里集合。

"刚刚我和联合国通话了。"他说，"我希望它是一个更好的消息。尽管利比亚人知道我们已经来这几个月了，但我们依然没有得到答复。他们没有说不同意，也没有说同意。我认为他们不会给你们答复。对于他们来说，同意与不同意并没有什么区别。"

"我们正在打电话给每一个我们认识的人。"他补充说。他说的是奥马尔·图尔比，一位利比亚裔美国商人，这个人正在为我们的事忙着。马特·达蒙甚至从伦敦的《谍影重重》拍摄中离开，去华盛顿特区会见了利比亚大使馆的人，但一切无助于事。

"我们还有其他选择吗？"我问。

"我们可以向北进入阿尔及利亚和突尼斯，然后在地中海完成旅程。或者我们也可以向东穿过苏丹。但这样做我们也将失去联合国的帮助。苏丹已经宣布没有合法文件的美国人都会被认为是间谍。这意味着如果被抓住，可能会被监禁或驱逐。"

"这些都只是可能，"唐继续说，"从这里到利比亚边境还有一千公里，还有时间。他们可能会同意的。但也可能在跑了一千公里后，他们依然会不同意。"

沉默。我感觉到有一种危险在临近，就像人们在想我们可能会就此放弃。

"你们感觉现在把这电影叫作《在撒哈拉中跑得最远的跑步》会不会还为时未晚？"我说，除了凯文外大家都笑了。

之后，我们又在一个泥砖房餐厅的长桌前继续谈话。

"我想我们应该尝试所有的可能性，"唐说，"我们可以和乍得及苏丹进行联系。"

"乍得应该不会太难的，对吧？"我说。

"得到准许并不会太难，但世事难料。至于苏丹，则是我们问题的重中之重。"

"达尔富尔？"雷说。

"是的，直接进入达尔富尔。那里到处都是地雷，你会看见禁止进入的标语竖立在沙子上。这是非常冒险的。"

"你们想怎么办？"我问，看着凯文和雷。

"肯定不会去乍得的，对吧？"丽莎说。

"我也这样认为。"凯西说。

"我并不拒绝这选项。"雷说。

凯文看上去愁眉不展。我敢说，从他的表情中我可以看出，如果我们选择了穿越乍得，那么他可能会退出。他被吓到了。

"但我想现在我们只需要朝利比亚跑去就好了，在那之前我们都不会停止的。"雷说。

这看起来是最佳方案。朝利比亚跑去，希望问题能在此期间被解决。我可以接受转身回去，但我无法接受不尝试。

我们带着不确定性向东跑离了阿加德兹。女人们则坐在后勤车辆上，每次休息的时候她们都会迎接我们。丽莎能在这里真的太棒了，她给了我勇气，知道她是首次看见撒哈拉也让我重新审视了这沙漠。凯西的到来让雷沉溺于幸福之中。对于凯文来说，尼科尔在这里似乎让他的孤独感更强烈了，而未减轻。她的存在让他想家，想起一切他想念的东西。我可以从他们的身体语言和表情读出他们正在严肃地讨论某些问题。我有种感觉，不管他们在谈论什么，对于这远征来说都不是什么好的东西。

在向东跑了四天之后，凯文朝我走来。

"我正在考虑提前离开。"他说。

"你不想那样做的，凯文。"我说。

"我有自己的担忧，"他说，"我不害怕向各种环境进行挑战，但向人发起挑战却是一件非常危险的事。我们已经一起经历了很长的一段路，如果我们停止，没有人会笑话的。"

我对他说，我们迟些再讨论这个问题，在我们所有人面前，在摄像机面前。我感觉有责任把所有的戏剧性都记录在电影中。而且我相信，一旦所有人聚集在一起，凯文将会醒悟过来。

第五十九天，在跑了八十四个马拉松之后，我们聚集在一个帐篷内。凯文对众人宣布他将脱离远征，他明天会和尼科尔一起回台湾。我无法相信这事。我的部分想法是，如果他不想退出，那么他将不会退出。我还有点想对他喊叫，他已经下定决心了。但我知道，冲着凯文大喊大叫可能会让事情变得更加糟糕。

在凯文宣布之后，雷和我单独谈了一次，我们都确定需要做一切能做的事来说服凯文留下。

"我们不能让他退出，"我说，"因为我知道他之后会有什么感觉。"

"我们是一个团队，"雷说，"我们必须一起完成这个挑战。"

我们两个去找了凯文。他正靠在一辆卡车上平静地和尼科尔聊天。当他看见我们时，他抹去了眼泪。我问他是否能和我们走走，一起聊聊天。

"你不能退出。"我说。

"你战胜了伤痛，战胜了疾病。"雷说，"不管你面对什么，你都必须战胜它。"

"这是个艰难的决定，"他说，"我爱你们。"

"远征是件困难的事，前方一切都不确定！"我说，"一切都是如此。你必须等待，看接下来会发生什么，这也是为什么它会如此激动人心。如果你不想要刺激，那么就去跑马拉松，你知道吗？你可以从每个站点拿到水，可以淋浴，在晚上睡觉。但这不是你，凯文，这不是你。你可以完成这挑战的，你不想退出。我们将一起完成这挑战，我们想和你一起完成。我们是一个团队。"

"完全同意。"雷说。

凯文盯着地面。

"别退出，"我说，"一起跑到利比亚。只需要再跑几天，再跑五百公里。如果到时你依然想退出，那么你就退出吧。"

"你会留下吧？"我问，"直到利比亚？"

最终，他向我们微微点头。

"太好了！"雷握拳说，"谢谢，凯。"

我把手绕在他肩膀上，紧紧地拥抱了他。

"谢谢你。"我说。

在新年的晚上，我们和丽莎、凯西还有尼科尔告了别。看着她们离开是件难过的事，特别是对凯文来说，他花了一段时间才说服自己去机场。当我们知道水晶球正在纽约落下时（译注：美国纽约过新年时的传统节目），我们都用丽莎留给我们的小号角欢呼着。这是新的一年，我们将集中精力应对眼前的困难。

之后几天的清晨又冷又清澈。我们在开阔的沙漠上行进着，风让沙漠变得像涟漪一样，骆驼的足迹和后勤车辆的车胎痕迹指引着我们。我应该强迫自己保持士气，但到了晚上，在繁星冰冷光线的照耀下，我感觉到了不确定性，恐惧在渗入我的身体。我的胫骨让我痛苦不堪。雷也在腿疼和腹泻中挣扎。凯文距离有些远，但透露着忧郁的气息。尽管我们强迫自己吃着高热量的食物，比如饼干、奇多、品客薯片、糖果和花生酱，但体重仍然在下降。我掉了四十磅，雷是三十，凯文是二十五。我的脂肪被消耗殆尽了，入不敷出。

而最糟糕的事情则是，我们还不知道接下来将去何处，只大概地知道是往东跑。如果这一切只是在浪费大量的时间呢？晚上，我允许自己幻想受了伤，比如脚踝坏了，这样我就不得不选择停止。这将是一种优雅的退出，没有人会说我没有尽力。我不想退出，但我不可能一直保持着积极的态势。白天的时候，我会把这些怀疑藏在心中，只是机械地前进，这也是我不得不做的事。

"我不知道怎么了。"当我们穿过一个广阔的被风蚀的沙漠时雷和我说。

"别太焦虑了，伙计。"我说。

"我真的在怀疑我自己。我感觉自己在濒临退出的边缘。"

"别担心，"我说，"会有结果的。"

"我今天有些害怕。"他说。

"我知道，"我说，"我也明白。"

我们又闷着头跑了数分钟。

"这是恐惧，雷。我不认为这是因此而产生的，你知道吗？"我说，"现在面临的恐惧，事实上在我们整个人生中都会伴随左右。也正是这种恐惧把我们带到了这个沙漠中。"

"是的。"雷说。

"是的。"凯文也说，我都不知道他在听。

"这也是为什么我们会在这里，"我说，"我们正在喂养这恐惧，你们知道吗？我们正在尝试喂养这只怪物。"

"对于我来说今天实在太艰难了。"雷说。

"看，我们现在只是向北跑了三十公里，"我说，"该死的，我们可以现在就转向，但我想看一眼法希。"

"我也想看。"雷说。

法希是一个绿洲城镇，是这个国家骆驼商队们的一个重要中转站。穆罕默德已经告诉过我这是一个很特别的地方，但当我们第一眼看到的时候，并没有感觉到它有什么特别之处。它就像一个月球表面的不毛之地突然出现在我们面前，有许多枝叶像大羽毛一样的枣椰树，废墟墙抵着沙子形成的高山，这里看起来像是电影里才会出现的场景。在这城镇的郊区，我们经过西洋跳棋棋盘一样的盐坑。数百个锥形的盐堆在一个低矮的墙旁，等待着被装在骆驼上。

黑皮肤的女人们带着金色的鼻环，穿着明亮的裙子站在浅色的盐坑里。驴被放牧在低矮的灌木丛中。我弯下腰，把手放在灌木上滑动着，我闻到了百里香叶子的芬芳。男人们在井旁往桶里装水。只要有水的地方，就会有生命。

就在我们跑的时候，孩子们出现了，先是五个，十个，然后变成了二十个，五十个，最后变成了上百个。他们从低矮的泥砖房之间的道路出来，追随着我们。他们之中还有女孩，留着极短的头发，穿着彩色的长裙，男孩则穿着短袖和满是灰尘的裤子。他们欢快地叫着跟随着我们跑着。

"Bonjour, Bonjour（法语：你好，你好）！"我说。

我感觉有人抓住了我的手，低头看，发现是一个小男孩，光着脚，骨瘦如柴，约莫十岁的样子，穿着一件褪色的芝加哥公牛队汗衫。他满脸笑容地看着我，其中一只眼睛有些充血和凸出。他边跑边用阿拉伯语对我喊着些什么。

"不错，伙计，"我说，"干得好。"

男孩边跟着跑还边笑着。越来越多的孩子加入了我们，一起大喊大叫着。狗也跟着我们跑了起来，吠叫着，沿着人群边缘来回跑着。我开始和这些孩子玩闹，他们模仿着我的动作。我像行军一样抬高膝盖，他们也照样做着。我踮着脚尖走着，他们也像猫一样模仿着我。当我放慢步伐，摆出一个滑稽的慢动作时，他们也有样学样。看着发生的一切，凯文和雷也各自玩着。在整个过程中，那个小男孩都没有松开我的手，也没有停止微笑。他紧拉着我的手，而我也回握着。

孩子们唱着，我们则随之跳跃着。我感觉自己就像坐着魔毯穿越这城镇，被这些美丽、微笑着的孩子所支撑着。他们的快乐就是我的快乐。一切有关我们是否能得到允许通过利比亚的担心都消失不见了。我忘记了脚疼，也不再害怕和疑惑。我可以从凯文和雷的脸上也读出这种感觉。

这里没有退出，没有离开，不管是优雅的还是其他的方式。我们已经行至此地，将继续前行。如果利比亚不让我们进入，我们将向北前往阿尔及利亚或向南前往乍得。我们会一起尝试，直到无路可走。

在我们离城镇边缘越来越近的时候，孩子们也逐渐离开了。抓着我手的小孩跟得稍微远了一点，然后我感觉他的手从我的手中溜走。当我回头看他的时候，他已经不见了。雷、凯文和我都减速步行。雷伸出了他的拳头和我的相撞。

"这太令人惊讶了。"雷说。

当我们经过最后一个社区的矮墙后，我的眼睛湿润了。只用了一小会儿，法希就已经落在了我们身后，但这段经历却让我的感觉发生了变化。这感觉就是我想要跑步的原因。我们面前已完全空无一物，只有泰内雷沙漠苍白的沙丘，在它们之后就是利比亚的边境。

晚上，后勤人员为我们支起了帐篷，但我决定睡在外面。月是满盈的，明亮无比，我醒来数次，想象着有人把一道光照射在我眼睛上。凌晨两点半的时候，我再次醒来，这次是被货运火车的轰鸣声吵醒，却发现是风声。我坐了起来，发现自己被埋在沙子里。在我右边四十英尺处是雷和凯文的帐篷。我花了一会儿工夫才意识到我的帐篷不见了。我把手放在眼前遮挡呼啸的风沙。远处，我看见月光下有一个黑色的孤零零的点，距离我大概有半公里。那是我的帐篷。我站了起来，想去拿回来，但就在我看的时候，帐篷飞舞了起来，飞到了沙丘的另一面，然后飞向了空中，就此消失了。我笑了起来，祝福这帐篷能有一个愉快的旅程，希望有需要庇护之所的人能捡到它。我回到了我的睡袋内。我喜欢睡在外面，而且现在我也别无选择。

早上的时候，风依然呼啸着，我们估计它有五十英里每小时，而我们还要顶着它跑。因为我的体形是最大的，所以我的感觉也是最好的，至少在那时是如此的，我和雷跑在了前面，而凯文则在后边吃力地跑着。让事情变得更具挑战性的是我们向前跑，但不再是和沙丘平行跑着。相反，我们不得不在沙丘上，跑上跑下，就好像在冲浪时尝试把冲浪板划出浪区到休息区。我们戴上了护目镜，尽可能把皮肤都盖住，但沙子依然有办法跑到我们的嘴里、鼻子里和耳朵里。

通常，我们会跟着后勤车辆的轨迹前进，但在风沙的吹袭下，这些轨迹几乎会立即消失。我们不得不用掌上GPS来导航，在这里如果我们落后了一千五百米，我们就可能会跟丢。有个下午，我们花了两个小时想找到我们的团队。当时电影摄制组的人说他们的卫星电话坏了，他们也迷路了。当我们最终看到远处的卡车时，我们松了一口气，兴奋地大叫着。

那天较晚的时候，唐把我拉到了一边。我对他露齿笑着，因为我猜他想为他在风暴之中跑得如此之远的地方等我们而道歉。

"我想要提前离开。"他说，"我收到了一些委托。"

我有些不理解。

"离开？"我问。

"是的，我有了一个任务，"他说，"我必须要去阿拉斯加。"

他可能要退出这次远征的消息让我震惊了。但当时我并没力气和他进行谈话，所以我走开了。我对自己说他并不是认真的。他会找到方法把这些矛盾给解决掉。

在一月十号上午十点左右，雷、凯文和我发现唐和摄制组的人正在前方等着我们。他们在一天的这个时候出现有些不同寻常。我们的日程安排中并没有这样长达数小时的休息。我的胃翻滚着，是孩子或母亲出事了吗？或许是"行星影业"把项目终止了。我们花了十分钟的时间到达了唐面前。

"先生们，我有一个消息！"唐咧着嘴笑着，"利比亚！我们来了！"

奥马尔·图尔比搞定了这事，他让利比亚政府允许了我们进入这个国家。我们都欢呼拥抱着。

"他们唯一的要求就是我们在一些地方停留时要像游客一样，但这很好，我们可以进入了。"唐说。

"凯文，你明白吗？"我嬉笑着说，"现在你必须继续前进了。"

对于进入利比亚的快乐很快就因为唐的原因退却了，午餐时，他再次说他可能会提前退出这次远征。当时所有的人都坐在那里，我们正在被拍摄着。

"我无法相信你会对我说你不想待到结束。"

"我没那样说，"唐说，"我说的是二月份我有另外一个任务。我可能会提前离开，时间可能是二月二号或二月九号。"

"是不是说在度过了六十五天后，我们依然没赢得你的尊重……"

"这和赢得尊重无关。"唐说。

"这对你来说不过是一个工作！我还以为你会更投入其中。"我说。

"你完全有权力选择你想要的生活方式。"我继续说。

"谢谢你。"唐讽刺说。

"但如果你不想待在这里的话，我就需要你离开，我不想你在这里。"

"我没说我不想和你们待一起。"

"你现在无法承诺和我们待到最后。"我说。

"什么时候结束？"唐说，提高了声音，"什么时候能结束？"

"当我们到达开罗后！"我叫道。

当我们开始跑步后，我有些愤怒。我冲在了雷和凯文的前面，不管风，不在乎沙，步调混乱。我想要逃离，我感觉体内的压力正在积压，就好像十五岁的时候那样，我不知道要如何去缓解压力。我生气了，我受伤了，感觉自己被抛弃了。

第二天休息的时候，一个摄影师向我们走来，他名叫史蒂夫，曾在阿加德兹为俄罗斯军队工作过，他使用一种特殊的装备让詹姆斯可以在空中拍摄。他拍摄了我和唐之间的冲突。

"昨天太混乱了。"史蒂夫说。

"是的。"我说。

其实我不是很想和这家伙讨论所发生的事。我们有一条法则，那就是远征团队和拍摄团队之间不交谈。

"不要丢失了你的平静，伙计。"他说。

我看着他的双眼，平静，那是ＡＡ的流行语。

"你是清醒的吗？"我问。

"是的，我是的。"他说，"已经很多年了。"

我感觉到压力得到了缓解，就好像压脉带被松开，血液再次流动起来。

"那么你就明白了。"我说。

"我明白此时此刻，你是一个需要治疗的上瘾者。"他说，"你已经几乎有三个月没有和其他酒鬼谈过话了，这期间你没有参加过ＡＡ会议。让我惊讶的是，你居然没有因此而杀人。"

我笑了。

"不废话，"我说，"我只是感觉没有人会想到要现在退出。我将为他们跑到世界尽头。"

"其他人怎么做不是你的责任，你无法控制所有的事。"

"这感觉像是我的责任，"我说，"我要为整个活动负责。"

"每个人都在与他们自己的恐惧做斗争，每个人都在迷茫，感到压力。我也在承压之中。但是，"他说，"也许你可以尝试对大家好友一点，你知道吗？你是清醒的，伙计！你正在跑步穿越撒哈拉沙漠！这太棒了！你应该对此机会感激不尽。你可能会死。"

我知道他是对的。我应满怀感激之情。我太敏感了。我只是想要所有人和我一样在乎这件事。我们都在努力地工作，都已经筋疲力尽。

我去找了唐。

"我想你和我们待在一起，带我们穿越利比亚。"在卡车附近找到他后我对他说，"别管我昨天所说的话，我有些情绪化，对于你所做过的事我很感谢，如果你需要离开，我将拥抱并祝福你。我也希望你这样对我。但如果你能留下的话那就更好了。"

在经历了无数的谈判与绝望后，利比亚的边境终于可笑地不需要我们再去在乎了。我们穿越了一些带刺铁丝网线圈和两个金属油桶，油桶上插着木制旗杆，旗杆上是些破烂的绿色国旗。没有警卫，没有围栏，也没有护照控制。

"这就是边境？"我对穆罕默德说。

他耸了耸肩，我们都笑了。之后我们会在前面一点的城镇中让他们检查我们的文件，在这里奥马尔和护卫者也会加入我们——整整六卡车全副武装的士兵。

在进入撒哈拉数月之后，每次停下的时候都感觉自己像个游客。但在利比亚，我感觉自己像个大开眼界的小孩。每个东西都让我好奇。我们经过兴旺的城镇，这些城镇内有闪亮的加油站和商店，店内货物琳琅满目。当地人散发着自信，这种自信是我在其他国家没有看到的，这种自信是因为他们知道自己可以获得水、食物、电力、教育。而且，这些东西几乎是免费得来的。

这里的地形也不同。除火山平原的岩石之外，还有红色的岩石尖顶，这让我想起了美国西部。我们不想要在这空旷的地形上跑步，但护卫坚持让我们在公路上跑。他们说这是为了安全，但我怀疑他们想要更加舒适。这也意味着我们不能跑最近路线，从A点至B点的直线路线。有一天我们跑了八十公里，但离我们的目标只接近了二十六公里。

每天我们都在变得虚弱，也变得更加泄气。我们甚至说的话也少了。许多后勤人员都生病了，包括医生也是，他不得不教唐如何给他打点滴。雷的腿疼痛无比，他很害怕自己不得不停下来。

我们花了二十八天的时间穿越了利比亚。大多数时候我们吃的都是意面、途锐披萨和这个国家的土特产。在进入埃及边境前的最后一个城镇，我们被隆重欢送，汽车喇叭鸣着，人们欢呼着，孩子们和我们击掌。我们的护卫人员和我们拥抱告别。

到达埃及本是一件令人兴奋的事，但因为知道唐·韦伯斯特将在此地与我们分别，这种兴奋也就变淡了。对于他选择离去我感觉非常失望。我想，他没有完成已经开始的事是一个非常大的失误，这可能会让他永远后悔。但在他登上卡车之前，我们依然拥抱了彼此。

　　"跑到终点吧，伙计！"唐说。

　　我们也对医生和查克告别了，他们两人要去开罗购买医疗补给品，查克还会和他的妻子会面。他们说将在几天后回来。

　　对于凯文、雷和我来说，我们并没有时间休息。我们现在就在埃及，我决定将原来的每天五十英里提升一下。我们为此做好了准备，而这也将我们自己推到了极限。但我也有另外一个动机，就那是——我想要承受更多的痛苦。我们都已经很虚弱，我们也都很强大，我想要让我们感受到痛苦。这是唯一能让我们体验到新东西的方法。

　　大多数日子，我们会跑将近六十英里。在穿越埃及的途中，尼科尔和一群台湾朋友还有一些支持者出现了，他们为凯文欢呼着，他的精神为之一振。不管他是真的感觉好些了，还是想在朋友面前表现得强大一点，他那跑步巨星的状态又回来了。

　　凯西也重新加入了远征队伍，雷再次沉浸在了幸福之中。查克和医生九天之后终于从开罗回来了。对于他们在如此关键的时候离开队伍这么久，我表示了抱怨。雷、凯文和我都感觉快散架了，但没有人能帮助到我们。当他们回来的时候我表现得有些冷漠，但雷像小狗一样欢迎了他们。

　　我不太理解他们怎么可以离开我们那么久。他们认为我是一个怪人，我感觉有些受伤。从那开始，我就要求他们的信任和忠诚。我告诉他们接下来将是他们所经历的最困难的时刻。我要求他们把在家中的自我意识放到一边，竭尽全力保证远征的成功。他们做了几乎所有的事，直到终点。我想要原谅他们，也想要他们的原谅，如果他们感觉我对待他们太苛刻的话，虽然我并不感觉苛刻。

　　在第一百零八天醒来的时候我感觉到剧烈的疼痛。脚底的老茧下长了一个水泡，它已经变得像垒球那么大。我知道我们已经接近终点了，这最后的几天能让我们学会忍耐。但在我心中个人的成长是排在最后的事。我所能想的事只有停止。

　　丽莎在第二天到达，但这并没有给予我巨大的能量，没有带来那种我必须要为之强大的效果。我可能坏掉了，受伤了，被吓到了。近四个月的时间内，我努力不表现出虚弱与恐惧。但现在我需要支持。我需要有人告诉我，我并不是坏人。我需要有人相信我的话，相信我的行动是出于怜悯和爱。丽莎提醒我，如果没有我的努力和决定，这一切都不可能发生。她说她为我感到骄傲，她爱我，想要给予我继续前进的力量。

　　在第一百一十天，我们凌晨三点就起来了，这样就能在吉萨金字塔向公众开放前到达那里了。唐的朋友札希·哈瓦斯为我们做了些安排。我们只有两小时的时间给摄制组拍摄。我们在浓重的雾中向地标建筑跑去，我想要从脑海中屏蔽掉脚部的疼痛。

我看到摄影师已经把一切架起来了，等待着关键的摄影。当太阳出现在迷雾中的时候，金字塔的轮廓也出现了。这是我见过的最美丽的事物。雷、凯文和我把手拉在一起，笑着跑向金字塔的底座。这一画面我已经想象了许多次，而现在我就在此地。我触碰着石头，同一时刻我感觉到了力量与无力。我们在那儿徘徊着，久久不想离去。

我们决定马不停蹄地跑完最后的一百六十公里，到达红海。我们已经没有踌躇的理由，也没有必要再保留什么。我们跑到了开罗最繁华的中心，沿着繁忙的公路奔驰。公交车喷出黑色的废气，汽车和摩托车冲刺着，就像一场疯狂的舞蹈。这种处境比以往我们所经历的都要危险。黑暗降临，车头灯开始亮起，而我们依然在跑步。脚底的水泡在变大，每一步都让我承受着更多的痛苦。我想要把注意力集中在前进上。我们停下来吃了点东西，躺下来休息了大概一小时，然后又把自己强行拉了起来，再次在公路上跑起来。

詹姆斯曾在很久前就对我说电影最后的场景必须要在白天拍摄。我们必须要保持好前进的速度，好让这一切顺利进行。但我无法跑得再快了。在这一百一十天中，我一直鼓励凯文和雷前进，但现在，我却不得不停下来走路，我实在无法相信正在发生的事。按这速度，我们不可能在天亮的时候到达海岸，我们可能会因为我的过错在路上多过一个夜晚。我无法对其他人做这种事，我们需要让这一切结束，不管代价是什么，不管会带来什么样的痛苦。

我们三人在黑夜中走着。这天可能是我们的最后一天，我们或许能在日落的时候到达海边。大约在早上十点的时候，雷和凯文说他们想要休息一会儿。

"我要继续前进，"我说，"我会沿着这条路朝目标前进。然后你们跑着赶上我。"

"好吧，"雷说，"这听起来是个好主意。"

我一瘸一拐地离开了，每一步都伴着锥心之痛。在离开他们不久后，水泡破裂了，我鞋内流了许多脓汁和血液。这种感觉太棒太直接了——这简直就是一种解脱，一个全新的我就那么挣脱了出来。我试探地走了几步，发现自己已经能慢跑了。虽然有点慢，大约十四分钟每英里，但比走路可快多了。如果我保持这种速度，那么我们也许能在今天完成这一切。

我走到了台湾人旁边，向他们喊话，让他们通知雷和凯文，如果后者知道他们马上能跟上我的话，我将边跑边等着他们。他们拍了拍手，点了点头，但我不确定他们是否懂我的话。我继续跑着——继续跑着，慢速地跑着，听着可能随时会从后面跟上来的雷和凯文。

几小时后依然没有他们出现的踪迹，就在我想他们可能睡着的时候他们终于跟了上来。

我们不约而同地跑着。

"闻到了吗？"我说。

那是大海的味道。十英里，九英里，八英里，接着是四英里，三英里，然后我们看见了远方银色的平静的海水。

"你们相信我们做到了吗？"我说。

"太让人兴奋了！"雷说，"我们居然一路跑过来了。"

"接下来呢？"凯文说。

"亚马逊？"我问。

"不，"雷说，"那是疯子才做的事。"

在还有一英里的时候，丽莎、凯西还有尼科尔及整个后勤团队都加入了我们，我们到达了海岸边。我们跑了七千五百公里，一百七十八个马拉松，在一百一十一天内，没有一天停止。

对于这一刻我曾想象过一百万次。我曾想象全身赤裸地跑进水中，潜到水中，然后大叫着冒出来向其他人泼水。但实际上雷、凯文和我都平静地走到水中，将手浸在了其中，然后拥抱了彼此。毫无疑问我是开心的，我们做到了这一切。但我也有些伤感，因为我不想让这一切结束。

二〇〇七年九月九日，我、雷、凯文、马特·达蒙、本·阿弗莱克还有詹姆斯·莫尔出席了多伦多电影节上我们电影《穿越撒哈拉（Running the Sahara）》的首映。在黑暗的电影院中，我强忍着眼泪。我爱这电影，直到我看到结局。在最后数英里的时候我是跑在雷和凯文前面的，詹姆斯给这一段做了些影视处理。他让雷和凯文对着镜头说了些话，表达了他们担心我领先的距离，及我是否可能会在没有他们的情况下跑到终点。我被他们这样的想法所震惊了。我们是同伴，我们是兄弟。

他们曾困惑多次，如果我想成为第一个完成此壮举的人，那么我应该在那个时候鼓励他们退出。或者跑得更快，因为我比凯文和雷都要强壮。我之所以在那一天跑在前面是因为我想要在白天完成这远征，我按詹姆斯的要求推动着节奏。

当我后来问他有关这最后几幕的时候，詹姆斯对我说这是电影情节需要矛盾冲突来激起人们的兴趣，而这是最佳的候选材料。他是个故事叙述者，他需要讲一个好故事，而不是去伤害感情。

尽管我对于自己在最后几个场景所扮演的角色感到一些不安，但我知道这是一部好电影，我知道我成为一个壮举的一部分。之后的一年我在全国推销这部电影。我会和当地的俱乐部一起跑步，给他们做有关这次远征的演讲，非洲对干净水资源的需求，然后播放电影。值得感谢的是许多观看《穿越撒哈拉》的观众被这电影感动到了，"H2O项目"也因此筹集到了六百万美元。如果有些人在看了这电影之后感觉我是个混蛋的话（包括我的父亲，他不喜欢这电影，讨厌我在其中扮演的角色），我也能忍受。

第十章

　　从撒哈拉的跑步中恢复后，我开始思考接下来要做什么。我决定去看看自己的国家，整个国家，以同样熟悉的方式。

　　我无法成为第一个从一边海岸跑到另外一边海岸的人。曾有一些运动员在二十世纪二十年代就完成了这一壮举，而且他们还有奖金可以拿。现在，这已经成为提升知名度和赚钱的方法了。我想要把我横贯大陆的行为和慈善联系起来，但我也想要以前所未有的速度完成它。记录是由弗兰克·詹尼诺在一九八〇年创造的，当时他花了四十六天又八小时又六分钟，从旧金山跑到了纽约。弗兰克当年的年龄是二十八岁，而我已经四十五了。我的胜算很低，但并不意味着我不应该去尝试。

碰巧，我的朋友兼队友马歇尔·乌尔里希——世界上最棒的耐力跑运动员之一，他也想尝试穿越国家的跑步。他的情况更困难，这不仅因为他已是五十八岁，过了跑步巅峰的年龄，而且他也不知道如何寻求赞助来完成这一尝试。他联系了我，想要和我搭档。最终我们决定一起跑，不是作为对手，而是作为同伴互相激励对方。

　　在接下来的一年我花了很多时间打电话，自我介绍，谈判协商，计算预算，安排复杂的后勤，来帮助我们穿越。哪怕是在和马特·达蒙合作的时候，筹集资金也是非常困难的事，更不用说在没有明星效应的帮助下做这事。我终于找到了一家有兴趣拍摄这跑步纪录片的制片厂，他们认同了我对这电影的想法，即它的意义并不只是跑步。我们还想要探索2008年秋天混乱(译注：指金融危机事件)中美国人的想法。在穿越他们的小镇和大城市的时候，我们将会问他们对于正在进行战争、挣扎的经济形势、房地产市场的崩溃、即将进行的总统选举的看法。如果一切顺利，选举将在我们到达目的地纽约的一周后举行，然后我们将会把他们的故事放到我们的故事中。

　　我找到了投资者和赞助者，包括超级8汽车旅馆，在我们向东进发的时候将住在他们那里。我还和联合之路（译注：慈善机构）的"团结生活"合作，这是一个关注年轻人健康的项目。我还向《新闻走向你》寻求帮助，让他们帮我们协调参观沿途的学校，这是一份面向有特殊需求的学生的报纸，曾报道过我在撒哈拉的冒险。我还召集了一个非常棒的后勤团队，并交由查克·戴尔领导，他愿意跟随我以非常缓慢的速度穿越另外一个大洲，这真是一件令人意外的事。当我把一切安排妥当后，我就开始了每周跑一百英里的训练，还有一场分手……

在我们从撒哈拉回来之后，丽莎和我好像到达了一个自然的终点。我们认为休息一下是合理的决定，但我们都知道这是真的结束了。丽莎已经证明了我是可以真心爱一个人的，对于这点我心怀感激，但我们花了太多的时间争吵接下来的路该怎么走。我想要继续跑步，继续下一个大冒险，但我感觉到她已经准备去探索自己的路了。我已经打开了她的眼睛，让她看到了北卡罗来纳外面的世界，丽莎想要继续旅行，但并不是和我一起。虽然我们一致同意分开，但这并不意味着没有压力。

"我感觉这像是MRSA（译注：耐甲氧西林金黄色葡萄球菌）。"我正躺在旧金山的"超级8"汽车旅馆的床上，周围都是摄影设备、食物和跑步装备，还有保罗·郎之万医生，他是美国田径队的医生，他正在检查我屁股上肿块的情况，那肿块疼痛无比。

"这是什么？"我问。

"甲氧西林耐药性金黄色葡萄球菌，是种葡萄球菌的感染，对抗生素耐药性极强，很难治疗。你在哪感染上这个的？你最近是不是有进入过什么浴盆或桑拿浴？有吗？"

"都有。"我说，突然感觉有些罪恶感。我最近被邀请去一个温泉进行演讲，"但那是在一个非常昂贵的温泉。"

"大多数人，如果他们能将其暴露在空气中，那么这病就能治疗，"他说，"但如果你想要继续跑下去的话……"

"好吧，但这不是什么大问题，对吧？"

"它会变成大问题的，"他说，"MRSA 是能致死的。"

"你能治疗吗？"我问。

"如果我给你大剂量的抗生素，你就不可能每天跑七十英里。"他说，"药物也可能毫无作用，不管如何，我们会尽力，让你的压力保持在低水平。"

我笑着看他。我大约一天能跑十八小时，也就是每周五百英里，接下来一个半月都会以这种状态跑下去。我有投资者和赞助商，他们期待能获得回报。一个电影摄制组已准备好记录我的每一个动作，一个网站用一套追踪系统对我进行了跟踪，全世界的人随时可以从上面查看我的情况。我正在管理着这电影的摄制，我的预算已经有些吃紧，之前汽油每加仑才二点五美元，现在已经变成了四美元。我们有两辆大型 RV 车和一些后勤汽车，它们需要三千多英里的燃油。

我曾委托别人一个重要的工作，即制定一个详细的路线图，但还没有完成。我们可以按我们的愿意去选择道路，但如果你穿越全国的记录想要被官方承认，至少要有三千一百零三英里，就像弗兰克·詹尼诺曾经做过的那样。出发之前的晚上，对于我们来说将去何处只有一个模糊的概念。我尝试在电脑的帮助下，对一些地图进行研究，想要尽快地把这路线规划出来。同时毫无疑问的是，MRSA也正在我的血液里欢腾。

尽管有这样那样的问题，但我们依然在二〇〇八年九月十三日早上五点开始了此次远征。像日程规划的那样，我们来到了旧金山的市政厅，在那里马歇尔和我对着镜头笑着，一起在这山区城市迈出了脚步，朝海边出发。金门大桥附近桉树和海水的味道一下子让我想起了普雷西迪奥冒险比赛学院，那是一切快乐与疯狂的起点。我们跑步穿过索萨利托，然后又穿越了旧金山湾上的里奇蒙－圣拉斐尔大桥，朝纳帕谷跑去。马歇尔在我前方跑着，从我的视野里消失了。

路上每一步都会引发我屁股上感染区域的疼痛，然后传遍全身。即使有这样的问题，我依然在头两天跑了一百四十英里。在第三天早上四点半的时候，我躺在路上，计算着今天已跑过的英里数。情况并不乐观，我腿上也出现了一些新的MRSA，我的屁股、膝盖、脚踝都在尖叫着，连我的脚掌上都长了一个令人疼痛无比的水泡。此外，我还得了重感冒，这是我多年来第一次得感冒。我曾预料到开始的时候会比较挣扎，因为撒哈拉的经历让我知道必须有耐心。你要允许你的身体崩溃，然后在几天之后，它将再次站起来，但给你的感觉将完全不同。

八十八号公路开始了它无尽的上坡，直到海拔八千六百五十英尺高的卡森隘口。在大约五千英尺的地方我追上了马歇尔，他正停下来吃午饭。休息的时候，我们从广播里听到了雷曼兄弟倒闭的消息，这也引发了纽约股市交易所的大崩盘。抵押贷款的违约和取消抵押品赎回权让他们倒下了。知道自己不是唯一一个失去抵押品赎回权的人让我有些安慰。但我并没有时间去细想，我必须保持前进。

马歇尔生活在科罗拉多州，是一位杰出的山地跑者。而我却是一个住在海平面高度的家伙。他轻松超过了我，尽管我努力想要跟上，但在一个路线曲折的地方他消失了，我又独自一人了。因为海拔问题我有些头疼，我的身体有伤，而这路还在向上攀爬。这是我经历过的最糟糕的跑步日之一。终于在晚上七点的时候我通过了柯克伍德附近的隘口。

现在我们正在50号公路上，在道路标志的指引下朝内华达州跑去，人们称其"美国最孤独的公路"，这实在无助于提升士气。这片土地上都是山艾丛，有些荒凉，而公路则从这些荒凉的山艾丛中向前延伸，最后淹没在群山之中。夏天最后的余热让MRSA的情况越加糟糕了，甚至改变了我的步伐，进而使我长出了新的水泡，再进而让我的跑步姿势变得更加奇怪了，随后又引发了跟腱和一些脚底擦伤的问题。保罗和我再次讨论了抗生素的用量，但他告诉我如果不停止折磨身体的话，这病就无法好。在那个阶段，我每天只睡四五个小时，如果我想要打破纪录的话，我就无法睡得太多。

第六天，马歇尔已经领先我五十公里了？尽管我听说他也有脚的问题。如果他能不在乎伤病，那么我也可以。我对后勤人员说我想要跑一整晚。我知道减少和马歇尔的差距会让我重新振作，减轻我的焦虑感。当晚和第二天晚上我都推动着自己前进，有时候跑步，有时候走路，同时想办法减轻每一步所带来的痛苦。我以一种恍惚的状态前进着，摄制组的RV车在前方约一英里处开着，车上闪着红灯，指引我前进。

在九月二十号的时候，我意识到这是我四十岁生日。很难相信这距离我在充满迷雾的厄瓜多尔高原上所吃的蛋糕已经过去十年了。我想知道我五十五岁的时候会身在何处。我是否会停止前进？我是否会在一次比赛或远征完成后对自己说："好吧，很好了，一切结束了，我很满足了。"

我放慢速度走着。云在几乎圆满的月亮脸上穿行着，我听到了土狼摇摆不定的哀号声。听起来它们就潜伏在我周围的黑暗之中。我全神贯注地沿着高速公路中间有些掉漆的黄色油漆线跑着，想让自己跑直线。然后我注意到前面有些奇怪的东西在那儿。一个头发有些凌乱的女人正站在路旁。我无法相信，那是我的母亲。今天早些时候我曾和她通过话，她并没有提到会来这里。她一定是想要在生日的时候给我一个惊喜。

"妈妈！"我对她叫道。我想要走得快一些，但脚步就好像被抽走了似的，像移动的地毯一样，无法前进。"妈妈！"她看起来没有听到我的呼唤。我步履蹒跚地向前走去。当我最终来到她所站的地方时，我只看到了一个高大的灌木，我看不到她。疲劳让我有些惊慌和神志不清，我又跛着脚向前走了一个多小时，然后后勤人员对我说，今晚我必须停下来。

奥斯丁、欧雷卡，然后是伊利，我拖着自己穿越了内华达州。我的身体情况有所改善，但一个令人烦恼的新伤病又出现在右脚踝的前方，又红又肿又烫，根本无法触碰。查克尽其所能治疗它，但疼痛感每天都在增加。我为自己的挣扎和无能，感到不好意思，只能忍耐着想办法战胜它。在我的每日博客中，我对缓慢的速度进行了道歉。人们友善地评论着。他们说我激励了他们，我是他们的英雄，他们相信我能克服它。他们的信任给我带来了鼓励同时也有压力。我并不值得他们赞扬，他们不知道我现在唯一的感受就是害怕，害怕每天都在疼痛之中，害怕让每个人失望，害怕马歇尔跑到我无法追上的地方，害怕我不得不停止。我对自己的内心和能力感到了质疑，也怀疑自己是否还理智。

有一天休息的时候，我坐在草坪躺椅上，脚踝上放着冰袋，一名摄制组的成员走过来想知道我是否会退出这次远征。

"情况是不是很糟糕。"他说。

"是啊。"我说。

"让我问你几个问题。"他说。

"什么？"我说。

"你感觉自己是一个富有同情心的人吗？"

我抬头看着他。

"是的，"我说，"我想要成为这样的人。"

"你是否会怜悯你自己？"

我知道答案是——不。我对自己的要求比对其他人要高得多。我不想听自己有什么借口，永远不，哪怕只是开玩笑的想法。

"我不想对不起自己，"我说，"我自己要求的。"

"兄弟，你真的需要减压放松一下了。"

不管怎么样，我还是按计划到达了犹他州的边界，这让我的情绪稍微好转了一点，就像通常接近边界时的感受那样。群山之中空气寒冷而干燥，杨树的叶子已泛黄。一些朋友来和我一起跑，在他们的鼓励下，之后的几天我每天都跑了六十英里。我已经跑了七百六十英里了，差不多是整个行程的四分之一。如果我保持这个节奏，让我的身体治愈得多一点，那么在最后的几周我就可以把速度提到每天七十多英里，这样我依然有机会挑战纪录。

但在我们深入犹他州后，我的脚踝情况变得更糟了。我从来没有经受过这样的痛苦。更糟糕的是，我右脚的脚趾头已经麻木。保罗医生说这是神经受到伤害的征兆，并警告说，如果我继续跑下去的话，可能会留下永久性的损伤。我无法相信事情已经变成了这样。我曾忍受着痛苦跑步，但如果这种伤害会对我造成永久性的损伤，让我的跑步生涯结束，我还可以坚持吗？

十月二号，即跑步的第十八天，就在普罗沃（译注：美国犹他州中部城市）城外，我的后勤人员聚集在RV车旁的野餐桌边。我坐在一张折叠椅上面对着他们。我知道要发生什么事。人生中我曾被多次干预过。

"为了你长远的幸福，现在必须要停止了，"保罗医生说，"今天就停止。"

"我从来没有退出过。"我说。

"我知道，"查克说，"但我也知道，现在你身体的状况是前所未有的。"

"我每天都从孩子那里收到电子邮件。'你还在跑吗，查理？你还在跑吗？'我回信说，'是的，我还在跑。'然后我从他们老师那儿得知这简单的几句话对他们意味着什么。我要怎么样才能告诉他们我退出了呢？"

"在某个点，查理，"保罗医生说，"是有极限的。"

我看着他，其他成员也阴着脸。

"对不起，"我忍着眼泪说，"我尽力了。"

我知道接下会发生什么。

穿越美国这一远征对于我来说已经结束了。所有的计划，所有的训练，所有我离开家庭的时间，都是为了什么？目标是什么？也许我的父亲是对的，这一切毫无意义。

自从离开了旧金山，我一直用博客和推特鼓励人们战胜不平等、克服逆境、面对痛苦坚持到底。任何值得学习的教训都是在暴风雨中习得的，我如此写道。现在我不得不问自己，这些事情对其他人也是同样吗？

我盯着地面。

然后我有了一个主意。

"嗨。"我说。

"怎么了。"保罗医生说。

"我能骑自行车吗？"

他想了一会儿。

"这可能剧痛无比，但应该不会加深伤害。"他说。

我从一名摄影师那儿征用了一辆山地车，然后开始骑行。我告诉自己还没有完全失败。马歇尔还在跑。我们还在拍一部好电影。我依然在用自己的力量穿越这个国家。

几天后我追上了马歇尔和他的后勤人员，他的后勤人员中还包括他的妻子希瑟。他有些疲惫，正在和自己的伤病与恐惧斗争着。他担心没有我的话会缺少激励。很久以前他曾告诉我，不管发生了什么，你都别离开你的路线。这句话一直铭记在我心中。我不知道他是否了解我是被迫停止的，他是否怀疑过我的努力？

在之后的几天，我们之间出现了紧张的气氛。我的情况让我感觉到挫败，我还在担心吃紧的预算。我们已经失去了一些后勤人员，而剩下的人都有些疲惫。一天下午和后勤人员在一起的时候，我听说希瑟要求某人在午夜的时候给她和马歇尔去买墨西哥鸡肉卷，还强迫一名后勤人员手洗马歇尔的脏内裤。他们现在认为这是小事，但我却被吓到了，也无法忍受下去。

我骑车跟在马歇尔后面打算和他吵一架。

"嘿，你的老婆应该回去。"我追上他对他说，"她对后勤人员的态度太差了。"

"不要这样讨论我的妻子，"他说，"你只是因为无法再继续跑了所以才发火。"

"你说得没错，"我说，"我发火了。"

"你认为你将成为明星，你根本不关心我是否会完成远征。"

"胡说！我的屁股烂了一年多，这只是为了让我们有机会创造纪录。你甚至没有帮过我。"

"我能轻易地玩弄你，"马歇尔说，"看，是谁还在跑，又是谁在骑着自行车。"

我和马歇尔大吵了起来，吵得特别厉害。

之后我曾尝试平息这些事。我依然是电影的监制人，我需要让马歇尔穿越全国。当他跑步的时候我不应该去刺激他。此外，我们还是朋友，是老朋友。我不想让这关系就这样结束。但，马歇尔依然在愤怒之中。

疼痛让我难受，在骑车穿越科罗拉多州的时候我尝试找些正面的东西让我集中精力。我一天不用再跑十八个小时，这样我就能对参观学校制定更好的计划，从第一天开始，这些就是我们要做这些事。我与爱荷华、西德尼小学取得联系。我给香侬·韦林发了份电子邮件，她是一位我曾联系过的老师，我告诉她虽然我受伤了，但我会继续前进。

就在我骑车接近爱荷华边界的时候，我的忧虑越来越重。我真的想以一个退出远征者的身份和这些孩子交谈吗？也许我应该会让他们感到困惑和失望。

当我到达西德尼的时候，天气阴冷还下着雨。我的脚踝依然疼痛，但我还有能力跑进城镇里。香侬让我感到非常惊讶，我们是通过网络会话认识的，时间甚至早于我开始跑步之前，她的一群学生撑着伞站在城镇外一英里处的路边。他们欢呼着，穿着鲜绿色的短袖喊道："跑，查理，跑！"这些孩子围绕在我周围拥抱着我，然后我们一起慢跑到学校。街道上排列着更多穿着同样明亮衣服的人，他们都在叫着我的名字。几个孩子举着几个横幅，上面写着"我们相信你"，这让我有些不知所措。

在学校礼堂，孩子们对我提了许多问题。他们问我，我的脚是否受伤了，及我是否思念我的孩子。他们问我吃什么，当然还有我是如何洗澡的。我讨论了保持身体健康的重要性，吃营养的食物，坚持锻炼。我告诉他们要追随自己的梦想，永不言弃，要知道如果你非常想要某事物，并努力为之奋斗，那么它就会来到你身边。在我说出这些话的时候，我感觉自己就像一个骗子，我已经放弃了。我想要的东西并没有来到我身边。

这一天，西德尼小学启动了一个"走向健康"项目。目标是让孩子们一起走或跑三千一百零三英里，和我们远征的距离一样。在大家集合之后，我们来到外面，一起跑了最初的一英里。在我要离开的时候，一个小男孩抓住了我的手。

"怎么了？"

"你会再来吗？"

"会吗？你会吗？你会的吧。"其他小孩也说。

我看见他们用期待的目光看着我，脸上发着光。没有裁判，没有失望，只有接纳和爱。我们开始围着操场跑着，孩子们快乐地欢叫着。我记得自己像孩子一样跑着，为了纯粹的快乐跑着，用让我感到自由的方式跑着。

我曾想要打破纪录，在历史上留下自己的名字，留下我的记号。但在十月的这天下午，在孩子们的围绕下，一切都不重要了。那是我生命中最美好的一天。

在十一月五号，就在纽约城外，在骑行了一个多月后，我放弃了自行车，跑着穿过了华盛顿大桥。我的脚踝依然疼痛，但已经好了许多。马歇尔将在今天晚些时候跑到市政厅。他完成了整个远征，完成了一个伟大的成就。但他没有打破弗兰克·詹尼诺的纪录。

第十一章

　　我扫视了一下人群，想找到布雷特和凯文，在房间的另一边我发现了他们。他们看起来信心满满，穿着马球衫和卡其裤，裤子看上去有些蓬乱的风格。看到他们在交际的样子我笑了。他们都在做着自己的事，没意识到我正在看着他们，我喜欢这样子。时间已经是二〇一〇年五月十九日，在格林斯博罗（译注：美国北卡罗来纳州中北部城市）的一个剧院里挤满了人，他们都在等待着纪录片《穿越美国》的首映。尽管我没有达到此次远征的目标，但我依然为这电影感到骄傲。电影拍摄得非常漂亮，故事也非常有趣。在放映结尾的时候，我被家人、朋友和许多微笑的陌生人围绕着，感受着无比的快乐。

　　第二天下午，六个全副武装的美国国税局的人从一个咖啡馆里冲了出来，在我想要进入公寓大楼的时候抓住了我。

我第一时间的想法是他们认错人了。或者我居住的大楼内出现了杀人犯，这些人想要保护我。但就在我想着其他可能的解释时，我被扭过了身，戴上了手铐——我被捕了。在我被带去停车位的时候，我感觉有些眩晕。所有的一切都在旋转。我努力地保持前进。这不是现实，这只是一个扭曲的梦。醒来，查理！是时候去绕着勃兰特湖跑一圈了。

但我没有醒来。我被塞进一辆没有标记的车内，我仔细地看了一下逮捕我的特工中的一位，他看起来有些熟悉。该死，我之前在哪里见过他？我想起来了，他是罗伯特·诺德兰德特工。一年以前他曾在我的公寓大楼内出现过，问了我一些关于投资与收入的问题。我诚实地回答了他们，我没有什么可隐瞒的，然后他离开了。尽管我对他的拜访有些迷茫与震惊，但此后就再也没有见过他，甚至把他完全忘记了。

我给我的朋友兼律师克里斯·贾斯蒂斯打了电话，他说将尽快赶来。我在一个上锁的审讯室里等着他。

"他们派了一支特种部队？"克里斯一进门就问，他的脸色有些红。

"是啊。"我说。

"这太可笑了。"他说，"太让人吃惊了！"

他说，通常只有在对付极危险的罪犯时才会这样。我又不是阿尔·卡彭（译注：美国黑帮首领），我只是个中年人，住在北卡罗来纳郊外一个普通的公寓内，开着一辆十年的老车。我确定克里斯说了一些宽慰我的话，并保证会弄清事实，但我所听到一切却是："查理，他们不应该这样对你。但我必须要告诉你，伙计，情况太糟糕了。"

我让克里斯打电话给我爸爸，告诉他发生了什么。

在他离开后，我被他带到了一个挤满人的牢房，里面躺满了人，地板上也是。有些人在打鼾，有些人在看着肮脏的天花板，有些人正在哭泣，哭声有些黏糊，是那种只有喝醉的人才会有的哭声。没事的，我对自己说。我以前在许多不舒适的地方睡过，和比这些人还醉的人睡在一起。我会将其视为世上最糟糕的兄弟会聚会。我会度过这个夜晚，在明天的时候把这一切修正回来。

早上五点的时候，一个警卫叫道："恩格尔！"我的手上戴着手铐，脚踝上带着脚链，就这样被带过了街道，到了联邦大楼内等待，别人和我说这是早间晨讯。我被安置在一个审讯室内，里面有铁制马桶和一个又长又硬的金属长凳。保持冷静，我对自己说，你可以处理好这些的。

一个警察摇摆着进来了，给了我一叠貌似官方文件的东西。

我阅读这些文件，想要弄明白我为什么会在这里。这些文件，最上面的一份上的文字是我根本没有想到的。"美利坚合众国起诉查尔斯·R·恩格尔。我拿着这份多达十五页的起诉书，反复地读着，每部分的内容都让我感觉恐惧和疑惑。大部分都很难懂，满是法律术语。终于，我明白政府之所以逮捕我，是因为我在一次住房贷款申请中夸大了我的收入，就因为这个，我可能会被关押三十年之久。我的胃在翻滚着。

为了理清眼前这难以想象的局面，我回忆着特工诺德兰德当初通过对讲机和我所说的话，他自称是格林斯博罗市的警官，请求进来。我当时以为是有人闯入了大楼或是消防规范的问题，所以我按下了底层大门的解锁按钮，等待着他到达我三楼的公寓。

我打开了大门，等待穿着警察制服的人进来。但我看见的却是一位身形矮胖、穿戴着长方格运动衫和领带的男人，还有一个比前者高一头的男人站在他旁边。诺德兰德说他们是美国国税局（IRS）刑事审判庭的。同时他们向我展示了钱夹式证章，我想他们这动作肯定是练过的。就在诺德兰德把他的证章放回腰带的时候，他亮了一下腰带上的手枪皮套，并看着我，以确定我有看见它。

我对诺德兰德的身份感到迷惑，他是一个IRS的特工，不是最开始在楼下时声称的格林斯博罗警官。我猜他认为我可能会不欢迎IRS的人进入这大楼。他也许是对的。在南方这是很有可能的事，我倾向于有礼貌地面对他们，哪怕是对这些凭借撒谎进入我公寓的IRS特工。我请他们坐下，坐下了之后，我请他们喝东西，他们拒绝了。

诺德兰德想问我一些四年前在弗吉尼亚州查尔斯角房产的贷款问题。我不知道这些老贷款有什么好问的，但我还是回答了每一个问题。他还问了我的收入、资产和负债，还有冰雹凹陷修复生意、《绝对改变：房子篇》工作、浴室装修生意中的损失等问题，最后还有跑步的问题。我的回答似乎让他有些沮丧。

"为什么银行会贷款给你？"他问。

我感觉这是一个奇怪的问题，我对他说这你得去问银行。

然后他从一个华丽的文件夹中抽出了一张纸。他说这是一张贷款申请，并指着这个文件上的签名问。

"这是你的签名吧？"他问。

我看了眼文件，看见了我的名字，但明显不是我的笔迹。

"你是否在这儿写了你名字的缩写？"诺德兰德用一根粗短的手指在上面指着问道。

"不。"我说。上面有我的名字缩写"CE"，但我并没有在上面写过。

诺德兰德又问了我一些问题，然后他和他的搭档开始陷入尴尬的沉默。我很想请这两位劳莱与哈代（译注：美国早期戏剧节目名，也指该节目的两位滑稽演员斯坦劳莱和奥立佛哈代）离开。终于，他们站了起来，朝门走去。

"我能就……问一下吗？你们为什么要问我这些问题？"我说。

"我看了你穿越撒哈拉沙漠的电影，"他回答说，"我很好奇像你这样的人怎么能支付得起那样的活动。所以我决定对你展开一次调查。"

他们的拜访使我恼火，在他们离开后我马上给克里斯·贾斯蒂斯打了电话。

"IRS特工？"他说，"你没有和他们谈话吧？对吧？"

我承认自己和他们说过一些话。

"我没有什么可以隐藏的。"我说。

我可以感觉他在电话的另一头摇着头。

"联邦政府工作人员不会去敲你的门，除非他们已经掌握了你的一些罪证。别再在我不在场的情况下和他们谈话了。"

克里斯的话让我有些紧张，但随着时间的过去，我忘记了诺德兰德。我感觉自己的回答让他满意。现在，看着手上的起诉书，我知道并没有让他满意。

时间流逝着，我坐立不安。终于，在下午快三点的时候，一名警卫出现对我说是时候走了。克里斯安排了他的法律搭档斯科特·库尔特代表我，后者正在法庭等着我。

"穿得不错。"他说，笑着对着我的红色囚犯连身衣裤打着手势。

"谢谢。"我说，知道他是想要让我放松一点。

指控被宣读出来，我下一次的出庭时间也确定了，地点是在弗吉尼亚州的诺福克。然后联邦政府的律师向法官要求让我保持拘留状态。我被认为是有可能逃离的，因为我有着大量的旅行经验。谢天谢地，法官并没有同意，并在我支付了一万五千美元的保释金后释放了我。

我已经有三十小时没有睡觉、吃东西了。从监狱里出来的时候我脏兮兮的。我想起了之前扔在洗涤槽里的脏盘子，我已经有点等不及想把它们洗干净了。通常，我并不是一个热衷家务的人。现在，我想做一些普通的事，清除一些可以清除的东西，慰藉一下自己。

脱去连身衣裤，并在一些文件上签字后，警卫带我走向一个电梯，电梯通向地下车库。当电梯门打开的时候，诺德兰德正站在他车旁。

"晚上过得怎么样？"他假笑着说。

"非常不错。"我说。

我问诺德兰德，如何才能取回我的物品。如魔法一般，他拿出了一个塑料袋，里面放着我的手机和其他被逮捕时口袋里的东西。他把已经打开的包给了我，我从里面拿出了我的手机，同时他也在注视着我。我来这里的时候手机是充满电的，在他们拿走的时候我曾把它关了。现在它却无法开机了。该死，如果现在我无法打电话给某人，我该如何才能回家？

"需要我捎你一程吗？"诺德兰德问。

郡政府所在地离我家有十英里远。我看了一眼停在我右前方的车。他的搭档正站在车门旁，看着我。我犹豫了，当然我也想回家。

"好吧，当然。"我说。

"转过身，我需要再次把你铐起来。"诺德兰德说。

我抗议，但他还是把我铐了起来，把我推到了后座上。然后他挪挪身子靠近我，把安全带给我系上了。

车出了车库，朝我的公寓驶去。大约沉默了五分钟后，诺德兰德向我靠过来。

"你想不想我主动给你提些建议？"

我犹豫了，然后带着讽刺的表情说："当然。"

"我们有你的磁带。你应该去找联邦检察官，做一个交易。"

我不知道诺德兰德所说的是什么，但我有些疲惫，无法思考。我回到了家中，洗了个澡，给我的孩子打了电话。他们很难过，但我向他们保证不会出事的。然后我给我的母亲打了电话。她正在变得越来越糊涂，所以我用尽可能简单的词汇向她解释所发生的事。我对她说这一切只是误会，很快就会解决的。最后，我给父亲打了电话。

"查理！我刚和克里斯·贾斯蒂斯通过电话，"他说，"这真是太扯了！"

"我真的不知道发生了什么。"我说。

"我已经卖掉那处房产十五年了，"他说，"银行在2005年左右的时候所做的事就是，如果你有脉搏，你就可以得到贷款！和一个人赚多少钱根本没关系。"

"所以，你感觉这会没事吗？"我说。

"当然，你只要朝前看就好。我们去找那些混蛋。把你的一切都交给我吧，别担心太多。"

"谢谢，爸爸，"我说，"我爱你。"

"我也爱你，查理。"

第二天早上，我按命令给格林斯博罗联邦大楼的官员凯伦·弗兰克斯打了电话。她是我的预审缓刑犯监督官，虽然我不太清楚那是什么官职。弗兰克斯女士对我还算友善，尽管她的责任之一就是保证我的脚踝监控器正常地装在我的脚上。我问她这东西是否有除了黑色之外的其他颜色。她礼貌地笑了笑，我想她以前也可能听到过这种话。

我只被允许在北卡罗来纳州的中部地区活动。我不能在早上八点之前离开房子，必须要在晚上七点之前回来。如果我想要去任何其他地方，都需要事先征得批准。无法远行，也意味着我无法赚钱。想要支付房租，抚养我的孩子需要我在脚踝监控器规定距离之外的地方工作才行。

有关我被逮捕的新闻似乎到处都是，送上门的报纸上有，电视上有，我经常阅读的跑步博客上有，就在不久前还刊登了我的成就。有关我"衰败"的报道在他们看来有些喜剧感。许多仅仅只是翻版了政府有关我"抵押贷款欺诈案"的新闻稿，我的罪行就变成了事实。没有一个记者联系过我。

我意识到这些人在看了《穿越撒哈拉》之后，把我视为一个怪人，并很快就相信我是个罪犯。网络上，我看见了一些类似"看，我和你们说过他是个混蛋""他从他的供水慈善项目中偷了上百万美元出来""他把他的房产烧了，来骗保险金""职业罪犯！"和"骗子！"等评论。一些人甚至认为我是用偷来的钱来支撑穿越撒哈拉沙漠项目的，就好像马特·达蒙需要我帮他找钱一样。

我一直相信我不在乎别人对我的看法，但我错了。这些言论压垮了我。但我知道为自己去辩护也是毫无意义的，只会火上浇油。

另一方面，我也有许多支持者。朋友给我的孩子提供了帮助。其他人为我的利益向媒体发声，写信给当地的报纸证明我的为人。一些人给我带来了砂锅菜和派。我不断地听到"查理，我很难过"，就好像我被绝症宣判死刑了一般。我不想人们为此难过。我不喜欢他们眼中的悲伤与担心。我努力安慰他们，告诉他们一切都会好起来的。

我必须出现在诺福克的法官前，以确定我的审判日期。在短暂的听证会后，我被告知，以我不太高的收入可以让我有资格请一名公设辩护律师，如果我想的话。我选择了要。然后我被告知去见审前缓刑主管。我对一位坐在桌子后的女人问好。我问她，我是否来对了地方。她没有抬头。我等待着。她拿起一张文件，用毫无变化的语调开始读一份表单，上面罗列了我可以做的和不能做的事。然后她终于和我有眼神交流了。

"不要搞砸了，不然我会在审讯之前把你关到监狱里去。"她说。

我点了点头。

"沿着走廊，"她说，一边用手指着，"尿检。"

我不担心尿液检测。但真正的问题是撒尿这一过程，这一切要在一名工作人员手悬在我肩膀上的情况下进行，如果他再靠近一点的话甚至可以碰到我的那里。自从被逮捕以来，我就很少睡觉，吃得也不多，喝得也不多。我压力很大，所以有些脱水，以至于尿都尿不出来。时间已过了下午三点，我还要担心开车回格林斯博罗，路途很长。然后我就坐在等待区域喝了一加仑的水，希望能快点尿出来。

在尝试了两次之后，依然尿不出来。如果我无法在五点之前完成这事的话，就不得不在明天白天的时候再来试试。

终于可以了，我的尿液是"干净"的，五点过后不久我离开了法院，有些疲惫。车雨刷下夹着一张五十美元的罚单。回去的漫长路途上，我每隔二十分钟就要停下来小便一次，我花了七个多小时才回到家。

被逮捕对我生活的伤害是巨大的。赞助商在没有经过商议的情况下就放弃了我。好几个演讲都不再邀请我了，而我本来指望依靠它们来支付账单。而最让人痛苦的是我被几个非营利组织董事会踢了出去，其中还包括H2O，这个我创立的干净水源慈善组织。不仅将我开除了，还将我净化了，抹去了，就好像我从来没有存在过一样。

就在几个月前，我开始和诺玛·巴蒂达斯约会，她是一个杰出的跑者兼登山家，一个严肃的女人，为她的两个年幼的儿子奉献着。我被逮捕的时候她正在攀登麦金利山的半途之中，尽管我能联系到她，但我也没有联系她。我曾爬过那山，知道那需要集中精力。一旦她登顶之后我就会联系她。我们曾非常认真地对待未来，但这一切都将在这里结束。而结果也证明我的猜想是正确的。

沃尔特·道尔顿作为公共辩护人被指派负责我的案子，他的年龄和我相仿，有着一头灰色的细长头发和浓密的胡子。见面之后他立刻和我说他也是个跑者。这看起来是个好的征兆。我的兴奋很快就被熄灭了。道尔顿之后花了二十分钟在叹气，摩擦他的眉毛，告诉我他待处理案件的数量多到快把他压垮了。能分给我的时间有限，他说，无法投入太多的精力在我的案子上，而且他对房地产的事情了解非常有限。他只处理过一桩和抵押贷款有关案子。

"结果如何？"我问。

"哦，他承认有罪，非常直接。"他说。

我尝试保持乐观。我希望这一次道尔顿能了解我案件的事实，这样他可能会感觉我们有机会赢。当他提出我们去他的办公室看一下"透露"（译注：法律方面对事实真相或有关文件内容等）材料时，我有些喘不过气来。在透露阶段，原告及其律师会被另一方的律师要求递交所有调查阶段所收集到的信息，哪怕这些信息可能对他们不利。

我走进道尔顿的办公室，预想会看到一大箱文件。但并没有，他只是给了我一张CD。

"就这些？"我问。

道尔顿点了点头。

"在这里面有数百份文件。"他说，"你要自己把它们弄清楚。"

我希望听到的是："我们要把它们弄清楚。"不管怎样，我想要开始看了。

"你能给我点建议，我应该从哪里着手吗？比如我应该找什么？"我问。

"没有。我也没有机会仔细看。"他说，"对了，从原告那儿拿来时附带有一张纸条，上面提到了一件东西。除了这些文件，光盘里还有三个小时的音频文件。"

他已经完全引起了我的注意。诺德兰德曾莫名其妙地声明过他有我的录音带，我努力搜寻着记忆，想要想起我们被记录的谈话。

"我们正在听那音频。"道尔顿对我说。他所用的词是"我们"，这让我很疑惑。然后，一个年约二十多岁的女人进入了办公室。

他介绍说这是她的实习生，她将用几周的时间帮助我们。她说她已经听了这录音的前两个小时，到目前为止还没有发现什么重大的信息。她为我拉来了一张椅子，启动了一台电脑。看着屏幕上布满的文件，我惊呆了。

"所有的文件都是有关我案子的？"

她抬了抬眉毛，看着我说："你什么都还没看过吗？"

她是对的。每个文件夹里还有许许多多的文件。我接下的工作就像是在大海里捞针。我只能假设有一些针需要我去找，只是不知道要从哪里入手。

这名实习生带上了耳机，回去继续听录音带。当我遨游在这数百页的文件中时，时间流逝得飞快。这些东西有些和抵押贷款有关，其他的满是些难懂的术语，让我根本无法对它们进行分类。

"哇！我想我找到了我们正在找的东西！"道尔顿的实习生说。

她拿下了耳机。

"你是否记得你曾和一位IRS女特工吃午饭？"

我茫然地看着她。这听起来是我应该记得的东西。

"她的名字是艾伦·布拉德肖。想起来了吗？"

我努力回忆着，想起了大约在一年前曾和一位名为艾伦的女人在我的公寓大楼内见过面。她很迷人，身材很好。她说她要搬到我住的大楼内。她问了我一些有关这公寓里邻居的问题，她告诉我她是一个热心的跑者。然后她邀请了我吃午餐。

"当然！"我说，对于能给她留下那么良好的第一印象我感到非常荣幸与高兴。

我们吃了一次午餐，之后我就再也没有见过她。我将其视为一段不错的经历，"不错，但也没有什么特别的的感觉。"

"只是几句话。"她说，把耳机递给了我，"很遗憾，你要活着离开那里了。"

我有些尴尬，因为这实习生刚听了我认为是私人谈话的内容。在午餐时候和一位美女谈了两个小时的话，谁知道我可能会说出什么蠢话。我按下了播放，然后倒带再次听了一遍，确定我肯定有什么没听到。我拿下了耳机，对着实习生。

"就这些？"我问。

她点了点头。

"里面什么东西都没有。他们怎么可能用这些东西来对付我？你有在里面听到我供认了什么吗？"

实习生耸了耸肩，想要从空气中寻找回应，但什么都没有找到。

"你应该和道尔顿先生谈谈这个。"她说。

艾伦·布拉德肖自称是从事帮助他人理财投资的工作。我记得她操纵了我们的谈话方向。所谈的内容并不是我通常会讨论的话题，但她看起来似乎对我所说的内容很感兴趣，所以我们就继续谈论着。这所谓的证据就是我和她讨论时的一段三十秒的片段。在一段连续不断的话中，我告诉她我曾有过几个"骗子贷款"，一个经纪人把我的收入写成了四十万美元，虽然他知道我并没有那么高的收入。这只是个非正式的言辞，我并没有解释说我所认为的"骗子贷款"是指贷方在借出贷款时只要一点或不需要文件证明。最近我在看了一个电视节目后又看了由斯科特·佩利所写的名为《六十分钟》的报告，我非常好奇我的贷款，所以从抽屉中找出了我二○○六年收到的信件，这些信件我都没有打开过，只是寄到了我的邮箱中。我的经纪人在电话中帮我填写了申请，我承认我并没有在细节上太过关注。当然，之后我也得到了佩利所描述的这笔贷款。

当我意识这就是原告所说的供认时，我愣住了。这算不上是什么证据，不过是我误入歧途想要给一个女人留下深刻的印象，虽然这个女人对我的贷款事情感兴趣是件很奇怪的事。但我并不承认这罪行。如果一定要有说的话，那也是我的抵押经纪人约翰·赫尔曼所引起的。在我不知道的情况下帮我虚构了收入。不管怎么说，我怎么能对一个我甚至不知道其存在的东西认罪呢？而且我在二○○五年至二○○六年还了贷款。

诺德兰德所谓的证据是脆弱的，这让我受到了些鼓舞，又继续用了数小时的时间查看文件。包括IRS的内部备忘录，会见备忘录，银行申明，抵押贷款文件，纳税申报单。甚至还有一份详细目录，我被震惊了。这是真的吗？诺德兰德曾搜查过我的大垃圾桶。突然，我感觉有些不舒服。今天我看的听的东西已经足够多了。

我和道尔顿又见了几次面。当我意识到他正在假设我会直接认罪的情况下对我进行辩护时我感觉有些沮丧。他可能相信我是无罪的，但他的策略是建立在让我避免最糟糕的结果上，即在审讯之后我是被认为有罪的。他说如果这事发生了，那么我所遭受的刑期将比现在就认罪要久。

当助理检察官约瑟夫·科斯基和特工诺德兰德来找道尔顿，对他提出一个认罪协议时，他显得释怀和兴奋。对于指控我的十五项罪名我可以选择性地承认。由我自己选择！道尔顿在一个擦写板上把这些指控的概略都写了出来，解释着每一种罪名的轻重，划掉一些我可以避免的。

道尔顿的"认罪101"课程非常清晰、完整，但他正在浪费力气。不管什么情况我都不会认罪。我甚至对他有些厌恶。他现在显得非常活泼愉快，是我见到他以来最活泼愉快的状态。我研究了下板上的内容，好像是在考虑他的建议，然后我说："为什么我们不说出事实，看会发生什么呢？"

道尔顿看着我，就好像我有两个头。

"如果你接受审讯，站在证人席上辩解，你肯定会被指控妨碍司法公正。"他说。

"什么？"我说。

"如果你站在证人席上为自己辩护，你就会被认为有罪，法庭会认为你在撒谎，然后你就被认为是在妨碍司法公正了。这可能会让你的刑期增加两年。"

"你是在对我说，在美国，如果我接受审讯，为自己的无罪而奋斗、辩护，如果最终有罪，那么我的刑期将增加两年？"

道尔顿点了点头。

我疑惑地离开了他的办公室，我被吓到了。我感觉自己正在滑入联邦正义系统的某种瓶颈，就像牲畜在进入屠杀场一样。

　　我的父亲也得到了一份"透露"光盘的拷贝件，他花了许多时间对其进行阅读、打印和整理。我们每天都会在电话中交谈数次，兴奋地分享着我们认为能渡过难关的方法。我们都知道，道尔顿根本没有对这些内容进行挖掘，一切都得靠我们自己。我们认为，我应该请求准许去加利福尼亚一周，这样我们就能一起工作。如果我们能为道尔顿将事实弄清楚，那么我们就可以带着他通过这难关。我申请了远行许可，并得到同意。

　　爸爸和我在机场见了面，他拥抱了我并马上开始讨论。

　　"这事情太糟糕了，那些经纪人害死你了。"我们一边走向他的车一边说。

　　"我知道。"我说。

　　"他们使用不存在的贷款指南和政府的监管疏忽，去怂恿人们借入损人利己的贷款这一行为注定是要挫败的。但他们并不在乎，因为他们借出的不是自己的钱！这些银行家富了，而你却惨了！"

　　"就是这样。"我说。

　　"现在，他们又想把你投进监狱？这真是太龌龊了！那些扭曲的杂种。"

　　他坐在驾驶位上然后看着我。

　　"所以，你现在？"他说。

我笑了。父亲对待事物那种粗暴的态度有时会引起我们之间的冲突，但现在，我因此而爱他。这是我生命中第一次和我的父亲组队。这感觉不错。我只是难过，是这个原因才让我们团结起来。

父亲办公室里的桌子和地板上满是文件。

我们感觉可以确实地证明这些年我的房屋贷款都已经处理好了。经纪人在没有得到允许的情况下夸大了贷款人的收入，还经常伪造他们的签名，我的情况就是如此，然后他们就从这笔生意中获得大量的奖励。我的贷款和其他数百万美国人的贷款并没有什么不同。我并没有要求特别的贷款类型。只是贷款本身有些问题。不管是什么原因，约翰·赫尔曼把我置于一个无文件证明贷款或无收入申明贷款的境地，只是在多年以后，变成了口头上所称的"骗子贷款"。如果说我有任何罪的话，那就是相信了专业人员的话。

我的文件大都是由特工诺德兰德制作的，我整理着这些文件并寻找有用的信息。一页又一页的内容揭示了他调查我的策略。他在我身上花费了七百多个小时，用来调查我和我过去的纳税申报表。到目前为止，IRS的文件并没有显示我有没有申报的收入。这可能并不是诺德兰德想看到的。

最后，他使用了《爱国者法案》对他的上司表达了非特殊性的和无事实根据的洗钱担忧。这使得他和他的IRS同伴可以搜索我的垃圾，整理我的邮件，让我和我的一些朋友处于监视之下。

不管是什么原因，他的行动起因看起来都是从"查理·恩格尔是罪犯"开始，然后反过来调查的。我无法理解这事，为什么我会成为某人的目标呢？我阅读过大陪审团的谈话，他们也和我有同样的想法。一名陪审员曾问过诺德兰德为什么对一个没有犯罪背景的跑者那么上心。

　　对此，诺德兰德回答说："我只是认为，在连续几年没有收入的状况下，没有人能一下去戈壁沙漠，一下去这，一下去那。"

　　大陪审团继续问："我只是有一个很大的疑问，为什么你挑选了恩格尔先生。有什么让你想追踪他吗？这感觉就像是我们好像有什么东西没注意到不是吗？你还对其他人做过这样的事吗？"

　　"好吧，嗯……有时候，这只是，真的，这就像你感觉法拉利很漂亮一样简单。如果你拉出他的信息，看见一年收入五十万美元，会感觉这收入真不错。没问题。但我看得更深入，看得出这是有问题的。"诺德兰德回答说。

　　一天下午，父亲从桌子中抬起头，睁大着双眼。

　　"你知道吗？"他说，"在你的贷款中没有FDIC（译注：联邦存款保险公司）担保的贷方牵涉其中！你的贷方，除了查尔斯角的湖滨银行外，都是所谓的"冒牌者贷方"。他们只是发放贷款，然后把它们打包出售。而你和湖滨银行的贷款则是文件齐全的，你还清了它。其他的都没有FDIC的担保。

　　"所以诺德兰德并不明白这一点，或他知道这一点却忽略了它？"我问。

"这并不重要，"我的父亲说，"一旦诺德兰德知道在这些贷款中没有一个是联邦担保的银行贷款，那么他就应该不管这些贷款。联邦政府根本没有立场进行起诉。但他已经研究了七百个小时，花了大量的钱，如果一切落了个空，那么他可能会失去工作。"

我怀着激动的心情回到了格林斯博罗，确定自己能够说服陪审团这些指控都是假的。我安排了一场与克里斯·贾斯蒂斯的会面。我想要把我们发现的东西给他看，我想要听他说我们有机会赢。

"看看这些。"我指着一个贷款文件上被圈出来的手写内容说，这些内容是用黑色记号笔写的，写的是"没有收入要求，谢谢！"。

"赫尔曼甚至没有问过我的收入！"

"好的，我看到了。"他说。

"再看，"我说，"这文件显示担保人计算的收入需求是三万二千五百美元，魔法一般，这数字也出现在了写着我名字缩写的伪造贷款申请上。这担保人和赫尔曼在同一个地方工作。看起来他们是一起搞定的这事。"

"是的，也许，"克里斯说，"但你也收到了交易确定文件，并在上面签了名，包括这写了错误数字的贷款申请。我知道这贷款是已经被批准生效的，你签名了。"

"我在这红色的标签上签名！我并没有阅读整个文件包。难道有人会读这些东西吗？"

克里斯耸了耸肩，"有些人会，可能并不多，但这并不重要。你签名了。"

"我不知道自己签了一个满是谎言的文件！我只是签了公证人让我签的东西，就像平时那样。"

"查理，我明白了。真的，我知道了。情况有些糟糕。我可以看出你非常努力，你几乎没有做错事。你只是被骗了。但你需要知道一点，"他说，"当一个人在美国被联邦政府指控了，那他将有百分之九十九的机会被判有罪，不管他是否接受审讯或选择认罪交易。我很抱歉，但你会进监狱。"

我拉开了他的手。

"这是什么狗屎话。"

"事实就是这样的，"他说，"你不可能击败他们，没有人能。"

我想要打他。我抓起所有的文件，冲了出去。我回到车中，开车去了国家公园。在今天早些时候我跑了十英里，跑步服还在我的车内。时间已经接近傍晚，但依然很炎热，停车位也几乎是空的。我换上了短裤和短袖，然后沿着树木繁盛的小道快速跑起来。我以几乎无法呼吸的速度跑着，想要快速到达净化的状态，感受解脱之感，我急需这种感觉。我熟悉这些道路的每一寸，我知道哪里有树根横亘在道路上，知道哪里有急转弯可能把我甩出去。

终于，当我无法再跑得更远时，我减慢了速度。天色已经全黑了，我感觉周围的橡树包围了我。我听到蝉的叫声和树蛙的颤声。我全身都被汗湿透了。当到达停车位时，我停了下来，抬头望着天空。微风吹在我潮湿的皮肤上，有些冷。至少我还有这，我想，我还能跑步。他们不能把这些从我身边带走。

在多次讨论了道尔顿根本没怎么花时间在我的案子上时，我父亲和我认为我们需要找另外一名律师。爸爸拿出了一些钱来帮我从私营律师事务所请了一名律师。他并不是一个有钱人，所以这可不是件小事。我从来没有请求他的帮助，但对于他给予我的帮助心怀感激。

律师保罗·孙是我父亲朋友的一个合作伙伴，他同意给予我们一些费用优惠。这是一个非常棒的消息。对于他我只有一个保留想法：他来自杜克法学院。我有一种刻在基因中的倾向，即与任何杜克大学的人对立。保罗忽略了我几乎每天都穿在身上的北卡罗来纳短袖。我也承诺如果他能搞定这麻烦，那我就在接下来的篮球赛季中穿上杜克篮球队的短袖。

保罗的办公室在罗利（译注：美国北卡罗来纳州首府），他年龄和我差不多，热衷于骑自行车。作为一名律师，他的安静与低调让我惊讶。我希望他作为我的律师时能表现出自信。对于房地产的法律他知道的也不多。但我想如果我和我的父亲能整理好案件的细节，保罗应该也能做好工作。

我的审讯在九月十二日。原告上百次地称我为骗子，痛斥我的生活方式，就好像我是生活在里维埃拉（译注：从意大利拉斯佩齐亚沿地中海到法国戛纳一带避寒胜地）的顶层公寓一样。那三十秒的录音带被放了一次又一次。我焦虑地等待着律师阐述他的观点。但我对于他的辩护方式变得越发担忧。对于法官的进攻，他看起来越来越忧虑了，辩护也显得无力。他并没有问诺德兰德有关他在大陪审团前所说的证词。他也没有向法庭施压让FDIC银行出席。他也没有提到伪造文件和贷方损人利己的行为。他甚至没有对约翰·赫尔曼（我的经纪人，他已经对他自己洗钱的罪行供认不讳）的证词提出异议，包括在贷款文件上伪造他父母的签名。赫尔曼还没有被宣判，根据保罗的说法，他和联邦政府的人达成了交易。如果他指认我的罪行，那么他的判刑将会被减少。

在和保罗进行策略会议的时候，我曾一度有过希望。我对他说，一次我被提审后，诺德兰德曾载过我。保罗显得非常生气，他说在释放后还铐着我，把我按到他的车里可以被认为是非法监禁，之后的提审也是非法的，因为我的律师没有出席。保罗在法院上温和地提出了这个问题，尽管法官看起来因为诺德兰德感到不舒服，但除此之外什么都没有发生。

在长达六天的有关抵押和贷款和银行的管理条例证词发言后，每一个人，包括法官，都陷入了恍惚之中。一些陪审团的成员昏昏欲睡，然后睡醒时发现他们仍坐在不通风的法庭里时就显得很失望，还不得不听着漫无边际的有关贷款、税收、司法人员的问题的讲话。当审讯要结束的时候，我意识到克里斯·贾斯蒂斯的话是有多么正确。我被玩弄了。

在二〇一〇年十月八日快傍晚的时候，我的家人坐在我的身后，我被宣判十二次诈骗银行、电信欺诈、邮件欺诈。滑稽的是我并没有被判提供了虚假的贷款申请信息。我的第一反应是释怀了，比茫然不知未来之路要安心。但当我转过身时，我看见了母亲正在哭泣。这让我心都碎了。我知道我会想办法渡过这段煎熬的难关，但我不确定她是否可以。

法官允许我回到格林斯博罗等待九十天，直到一月十日的时候刑期被宣布。

我清理了我的公寓，把东西都放在了一个仓库内，然后搬到了朋友奇普·皮特的家。我花了很多时间和布雷特及凯文待在一起。我不停地拥抱他们，想要把爱给储存起来。我频繁去找母亲，并一直想要保持我们的谈话简单而光明，尽管最后总会转到监狱的话题上来。她看上去就快在我眼前消失了。如果我被送进了监狱，我甚至不敢相信自己能作为一个自由人再次见到她。

让悲伤变得更加沉重的是布雷特在格林斯博罗的北卡罗来纳大学校园内酒驾了。他的血液酒精含量是低于法律限制的，但他还是未成年人，所以大学让他停学了。他有些挣扎，而我更担心他会因为我的入狱而生病了。

在裁定后的几周内，我疯狂地跑步，这和我刚获得清醒时的感觉很像，那时我就感觉自己如果不跑步就会死去。没有其他方法能释放这种压力。我每天都出去，跑过让人感觉有些过于激进的路程，脚踝上的监控器磨破了我的皮肤。一天，我开始沿着小道跑步，发现疼痛异常，疼痛到无法再走一步的程度。我第一次注意到，右膝盖有些疼痛是在被捕的几周前参与的巴克利马拉松上摔倒造成的。现在疼痛变得更加严重了，但我依然在跑，最后，它变成了无法忽视的存在。带着恐惧感，我去找了医生。他说我的半月板有些撕裂，在去监狱前必须进行手术。然后他又说，手术可能有些复杂，相比我之前的膝盖手术风险要更大。要在我的膝盖上钻一个洞，让半月板伤害得更严重一些，好让它更努力地修复自己。医生说成功的概率只有一半。

体内有些东西在变化，就像一个锁打开了。我发现自己在想酒与毒品。我已经很多年没有在梦中梦到过那些东西了，但现在几乎每晚都梦到。我经常满身汗水地醒来，我确定曾经的瘾症正在重新归来。我知道如何把这种内部的痛苦释放出去。喝点酒，吸点毒。然后我会感到全身心的舒畅。我明白如果我再次复吸，那么我的处境将变得更加糟糕，但我无法停止这种渴望。

我接受了手术来修复被撕裂的半月板。之后，我的朋友莉斯开车把我送回了家。以前我手术后只会用异丁苯丙酸（译注：

抗炎，镇痛药）和一些纯天然的抗炎药。我知道我不能冒风险使用麻醉剂，因为我可能会过度地使用它们。但这一次，当莉斯问我是否要去药店买处方上的止痛药时，我的回答是肯定的。

当我们到达奇普家时，她把那瓶止痛药放在厨房的柜子里。然后她给我拿了些苏打水、食物、饮料及一个靠垫。奇普到镇外去了，要几天后才会回来，所以莉斯答应晚些时候再回来检查我的状况。我躺下后立刻就睡着了，我被强烈的尿意所惊醒。我拿起拐杖，快速地站了起来，却因为疼痛几乎晕倒了。

这比以前所经历过的手术都要糟糕。我缓慢地朝厕所走去，想起装着止痛药的瓶子就在厨房。在药店时的记忆已经有些模糊了。小便之后，我朝柜子走去，拿起了止痛药。"氧可酮"，我研究着它。氧字开头的东西似乎是我可能会喜欢的东西。我从来不是一位药片使用者，但我有很多朋友是。瓶子上写着"在服用该药品时不要饮用酒精"。酒精！

我想起来，我好像在冰箱里看到了一些啤酒。我来到冰箱旁边，看了里面一眼。在冰箱门的架子上有一打瓶装啤酒，牌子是我不熟悉的。我拿出了一瓶，把它放在了柜子上的药片旁边。内华达淡色麦芽酒，听起来挺提神的。我坐在厨房的桌子旁，盯着啤酒和药片。我站了起来，再次拿起了啤酒。它给人的感觉冰爽无比。我喜欢它在手上的触感。然后我检查了药片标注："根据需求，每四小时一至二片。"这是很大的一瓶药片。

我把药片和啤酒留在柜子上，瘸着腿回到了沙发上。膝盖上的疼痛无止无尽。为什么我不能像一个正常人一样吃一些氧可酮来缓解术后的疼痛呢。有问题吗?

"想吃就吃吧,"我想,"这是药,而不是再次堕落。"

我回到了厨房,从瓶中摇出了一片药,又一片药。我把两片药放在啤酒旁边。啤酒的盖子是螺旋的。有啤酒是螺旋盖的吗?我想不起来。我按着盖子打开了它。没打开。我再次尝试,但依然无法打开它。我打开一个抽屉,找到了一个开瓶器,"砰",甜美的声音我曾听过数千次。如松木般的美味气息扑到了鼻子中,太美妙了,我想喝它。

我想起了很多AA的常用标语,但在此刻,我实在找不出一个理由不吃这药、不喝这啤酒。如果事情失控,我也不用害怕,我可以在服刑期间让自己恢复,没有人会知道。我做出了决定。

我必须定一个计划,保证没有人能打扰我。莉斯正在回来吗?也许我应该等她回来看过我之后再说。或者我可以现在打电话给她,告诉她我一切安好,她不需要回来。我的孩子明早可能会顺路来访,我可以给他们发信息说我生病了,让他们不要来。我拿起手机准备给莉斯打电话,但在我开始拨号之前它响了。我看着它,那是我妈妈的号码。我按下了忽略按钮,但它又响了起来。也许她遇见了麻烦,我接起了电话。

"妈妈。"

没有回应。

"妈妈?你在吗?喂?"我大声地说。

"喂？"我听见了她的声音，"有人在接听吗？喂？"

"妈妈，我是查理，你给我打了电话，一切安好吗？"

"我给你打的？我想没有吧。但既然我在和你通话，那么我想问你一个问题。"

我等待着，但只有安静。

"你想要问什么？妈妈。"

"该死，我想不起来了。"她长长地叹了口气。

"是和狗有关的吗？还是你的药？"我尝试提醒。

"我不确定，哦，等等，我很高兴你打电话。你知道咖啡过滤片放在哪儿吗？"

她以前问过我这问题。

"看看橱柜，就在咖啡机下面。我想你是把那东西放在那儿了。"

"我已经看过了，它没有在那儿。"

我想了一会儿。

"你有看过冰箱吗，你会把多余的咖啡放在哪儿？"

一些东西，包括她的电话，不久前都被她放在了冰箱里。

"哦，它们就在里面！你怎么知道的？"她问道，但还没等我回答又说，"好的，谢谢你打电话。我爱，我爱，爱，爱你。等下再和你聊。"

我拿着电话在耳边没有放下。我听到了碰撞声。我意识到她没有挂掉，她只是把电话放下了。我听到了橱柜打开和关闭

259

的声音。我听到了流水声，狗叫声。她走到了房间外，然后唱着一首露辛达·威廉姆斯的歌回了来。我听到她再次拿起电话，我可以想象出她疑惑地看着电话正在通话中。然后我听到了她的呼吸声，她在听着。我什么都没有说，她挂上了电话。

我看着手中的药片。不，我不能这样对母亲，我不能这样对我自己。现在不行。我拿起氧可酮，将它放回了瓶中。然后我走到了水槽边，拿起啤酒在我的鼻子前嗅着。它现在闻起来并不怎么棒，我倒掉了它。

我摇晃着回到了沙发上，伸展着身体，闭上了眼睛。我是如此累，很快沉沉睡去，迷糊中我在想，如果明天感觉需要的话，我会允许自己饮酒与吃药片。释放自己，说"去他妈的"。粗鄙的语言让我放松，我感觉到酒精在我身体里流动，药品融入我的血液。我允许自己放纵，让自己喝醉，明天，但不是今天。如果明天我醒来，我依然想使用这些东西的话，那么我就能用它们。

当第二天早上醒来时，我明白了一件事，我的刑期和定罪已经拿走了我太多的东西，我不能再让它拿走我的清醒。

我对家人和朋友宣布说，在本周末我服刑之前，我要搞一个聚会。这个盛大的聚会将在周六晚上举行，然后在周日早上进行十英里的趣味跑步。大约一百五十人出席了。我在一些手掌大小的石头上印上了"RIP"，并将它们分发给来跑步的每一个人。我告诉他们这些字母并不是指"安息（rest in peace）"，而是指"原地跑步（running in place）"，我感觉自己的膝盖一旦康复，那么我可能会在监狱中做很多次这种事。许多人笑了，我感觉自己的力量又回来了。

在周日晚上服刑之前，我去参加了AA会议，这是我被逮捕以来第一次参加。AA要求你绝对的诚实，甚至是我曾做错过的事，我担心那些人会把我视为一个骗子，一个生活在阴暗中虚伪的人，一个非法的存在。在我内心，我知道AA会议并不是一种审判，但在保持了十八年的清醒之后我依然无法摆脱这种感觉，我不再受欢迎了。

我坐在房间后面，听着人们讨论着感激、恐惧和容忍。我感觉他们都是在直接和我说话。他们的话帮我记住，我依然要活下去。我决定不再被吓倒，接受任何即将会发生的事。我无法控制已经发生的事，但我能控制如何去应对它们。

第二天早上，我开车去了弗吉尼亚的诺福克。法庭里全是人，跑者、恢复中的戒瘾者、家人、老朋友、前女友、陌生人，他们来自全国各地，给予我力量。帕姆、我的孩子、我的母亲、我的爸爸、我的继父全都在我面前。

诺德兰德和科斯基继续着他们的发言，想要让刑期更严厉。终于轮到我说话了。在我读一封写给法官的陈述信时我的声音有些颤抖，我希望他能放我回家，给我一个机会，用社区服务的方式在外面服刑。当我说到我的母亲和孩子时，我的声音凝噎住了。我听到身后传来哭泣声。

法官承认他收到了一百二十封的信，这些人愿意为我的人格担保，这是他单个案件中收到数量最多的信。我感觉到了一丝希望。

然后他清了清嗓子，宣布我需要在联邦监狱中服刑二十一个月。

第十二章

　　情人节的那天，布雷特、凯文还有奇普、莉斯以及我一起离开了格林斯博罗，驱车三小时去了位于弗吉尼亚州西部比弗市的贝克利联邦监狱。路上，我们搞得自己好像是在进行一次有趣的旅行。我们说着粗俗的笑话，引用电视里的台词，跟着收音机唱着走调的歌。但在下午四点半的时候，我们拐过了一个弯，看见了监狱的大门，我感觉到压力骤增。

　　高高的带刺的铁丝网，墙壁上插着许多细长玻璃的哨塔，就像我曾在A&E（一个美国有线／卫星电视频道）上看过的监狱秀节目一样。如果我只是来参观的话也许我会更加有兴趣。但布雷特和凯文的脸上却布满了愁容。我不太确定把他们带过来是不是一件正确的事，但他们想跟着来。我从来没有在他们脸上见过更糟糕的表情，就好像我将要面临着比实际要糟糕得多的东西。我为我的两个孩子感到骄傲，尽管他们有些被吓到了，但他们还是一起来了。我也被吓到了。

我们停了车，从车中出来。阳光很明媚，但强风给人的感觉完全不像收音机里报道的温度有五十华氏度以上。我摘下了太阳镜，掏空了口袋，把一切东西都交给了布雷特。我手上拿着三张两美元，这是几天前在一个杂货店换到的。当收银员把它们给我时，她耸着肩笑了笑，认为这很奇怪。我把其中一张给了布雷特，另一张给了凯文，最后一张塞到了自己的钱包里，然后把钱包交给了布雷特。

"把这些放在钱包里，"我说，"当你们看见它的时候就会想到我了。"

布雷特和凯文凝重地看着我，点了点头。

"除非遇见紧急情况，不然别花了它们。"我笑着说。

我们又在外面徘徊了一会儿。这几个月，因为我的审判，我们几乎很少说话。似乎没有什么事看起来是对的。现在，在这最后的时刻，我有了许多想要抗争的想法，让一切扭转回来。我极度渴望把他们的痛苦带走，确保他们一切平安，但我们正处于未知的水域。我不知道要如何才能让一切变好。

最后我拥抱了凯文和布雷特。当我转身走向监狱大门的时候，我可以看出他们在努力不哭出来。

我对坐在桌子边的警卫报上了自己的名字，告诉他我是来服刑的。他说他们以为我会早几个小时到来，而现在我错过了晚餐。但我却有些饿了。

之后我被带到了一个库房，被告知换下我的衣服，把衣服放在地板上的盒子内。他们将把这些衣服寄送回我家。作为欢迎我来到监狱的一部分，我光身被人搜查了，包括抬手、蹲坐与咳嗽。我领到了一条有些过大的灰色长运动裤，橙色的人字拖，一件白色的短袖与内裤，这些东西是干净的，但不是新的。然后我被送进了一个临时的牢房，我过去生活的大门也就此被关上了。

让我感激的是这房间里没有其他人，因为我是一个肮脏的人。我坐在一张长凳上，但我的膝盖猛烈地摇动，我不得不站起来，在房间里来回走着。我已经为这一刻准备了数月之久，但和我的孩子说再见让我感到难受。我感觉自己正处于濒临崩溃的边缘，但我不能崩溃，我必须从这里出去。

我对自己的表现感到气愤。别做一个懦夫，我对自己说。要忍耐，直面它。长久以来，面对困难我一直都会忍耐着等待机会来临，现在也需要这样做。

等了一小时左右，一名警卫进来领我出去。我有许多问题想问，但我想我最好保持沉默，静待接下来会发生的事。警卫带着我走出了前门，然后指着路边一辆破旧的小型载货卡车。这是让我坐在后面？我想让他说明白，但他只是做了个手势。我开了卡车门，然后坐了进去。警卫关上了门，一语未发地离开了。

卡车司机是个胖胖的白人老者，约六十岁，浓密的灰色胡子，一头奇怪的内卷头发。出于习惯，我找了找安全带，并没有发现。

"帕勒姆。"他说，眼睛盯着前方。

我茫然地看着他，然后意识到帕勒姆是他的名字。通常来说，都是我先自报家门的。

"恩格尔。"我说。

帕勒姆看起来是个不错的人，如果所有的警卫都像他这样友好，那么情况也不算太坏。他发动了卡车，驶离了路边。我感觉到奇怪的兴奋，一种驶向未知的兴奋。我们开了约有一英里，然后在一个看起来像是单排商业区入口的石砖建筑前停了下来。帕勒姆指着门。

"进去，然后告诉Correctional Officer（译注：惩教官，简称CO，下文同）你是谁。"

"呃，CO？"

"惩教官，警卫，有证章的家伙。"

"哦，好的，谢谢。"

进去之后，我朝着一个装着塑胶玻璃隔板的柜台走去。我假设坐在隔板后面的人就是CO。

"有事吗？"他头都没有抬地问道。

"有人说，我应该到这里来报到。"

"谁和你说的？"

“警卫，我是指……CO，开车带我从那主建筑来的人。”

他抬起头看了我一眼。

“你是谁？”

“恩格尔……E开头的，我是个自首犯人。”

他低头快速地翻动着一叠文件，手指在一个名单上划动着。

“如果你没有时间，”我说，“我可以等下再来。”

没有回应，难搞的家伙。

“坐在那儿，”他说，“等着。我只想让你知道，那个送你来的人只是个同狱犯人，而不是个CO。你应该学习其中的区别。哦，你已经错过了晚餐，因为你来得太晚了。所以我之后不想听到你的抱怨。”

我转身看到了一张椅子，便坐在那上面等待着。为自己做着一些平静的祷告。

神啊，请让我安宁地接受我无法改变的事，给予我勇气改变我能改变的事，赐予我智慧分辨这两者的不同。

在过去十九年的清醒时间里，我曾这样祷告过数千次，但现在它对我来说意味着更多。

我右侧的一个玻璃门打开了，一个结实矮小的大约五十岁的黑人男子面带微笑走了出来。他穿着墨绿色的裤子，黑色的拖鞋和墨绿色的印有白色字母“T”的长袖。这汗衫上印有名字和号码。我想起那个送我来的人身上也穿着同样的衣服。

“你是恩格尔？”他问。

"是的……E开头的那个。"

"你迟到了。但不用担心，我给你留了饭。我是挡拆（译注：篮球术语），但你可以叫我挡。"

我站起来同他握了握手。他向我伸出了拳头，我坚定地和他碰了一拳。

"我从来没见过有人叫挡拆。"我说，"你打篮球？"

他看着我，显得不太客气，好像是在评估我。

"你以前从来没有进来过？"他问。

"嗯……"

"你以前入狱过吗？"

"没有，第一次。"

"你做了什么？"

"嗯……"

"你要在这待多久？"

"哦！二十一个月。"

"这连让你放下行李的时间都不够，"他说，"跟着我。"

在我们通过一个开阔的院子时，他指着一些门。

"医务室……洗衣房……理发室……杂货店。"然后我们来到了一个餐厅。里面没什么人，只有一个黑人正在拖地，另外一个在擦桌子。拖地的囚犯抬起头，阴沉着脸喊道："我们关门了，从这里出去！"

我停了下来。挡冲着这个男人大笑了起来，指着我。

"哦，上帝，你应该看看你的脸。"挡擦着眼说，"过来，E字开头的恩格尔，坐在这里，我给你把吃的拿来。"

我不是真的很饿，但也感觉有必要吃点什么。我的新朋友看着我强咽下糊状的绿豆，白米饭和一片干玉米面包。我想让自己看起来尽量在享受这晚餐。

"吃起来像屎一样，对吧？"他说，"这鸡肉你还要吃吗？"

我摇了摇头，他看了一下周围，然后像变戏法一样从口袋中拿出了一个塑料袋。他走过来，把我托盘上的鸡肉拿走，扔进了塑料袋中，然后放进了夹克衫里面的口袋中。

回到洗衣房，我领到了床单，一个枕头和一个枕头套。然后沿着一条长长的人行道到达了我的住处——长绿园，接下来的一年半时光我将在这里度过。长绿园，我很想知道这个地方为什么会叫这个名字。墙是灰色的，空气中有种难以辨认的味道，闻起来有些古怪，有些甜，有些像奶酪，又混着点鱼腥味，当然还有人的体味。前方的门开着，通向一个公共区域，公共区域的两边是两个居住区。在前方还有两个电视房，每个房间大概能容纳二十五个人，每个房间内都有一张大桌子，上面放着微波炉，这会成为监狱中某些争吵的起因。

挡向我解释了杂货店及电话系统是如何动作的，最后他带我到了我的房间。

"欢迎来到泡泡房。"他说。我可以看出他为什么这样叫它。在走廊处有一个巨大的平板玻璃，人们可能通过那玻璃看到房间内部的情况，对于里面的囚犯来说就像一个鱼缸一样。我们走了进去，两个坐在下铺的人抬起头看着我。我若无其事地点了点头，但他们移开了视线继续聊天。另外一个囚犯正在上铺睡觉。这个房间有四个灰色的金属双层床，地板却是惊人的闪耀。每个双层床旁有一个柜子和一块软木板，上面贴着孩子和狗的照片，还有从杂志上剪下来的几乎全裸的女人图片。唯一的自然光来自两个小窗户，高高地挂在砖墙的上方。

我被分配到上铺。挡和我说下铺一般是给那些有健康问题或年龄较大的人。

"如果你想要在这多待六到八年，我可能帮你搞到下铺。"他说，这让我笑弯了腰。

他指着我的柜子。

"不要把任何贵重的东西放进去，除非你有把锁。"他说，"每天早晨都要整理好床铺，不然其他住在这个泡泡里的人都会受到惩罚。而你也会因此受到'审讯'。"

我不太确定这审讯是什么意思，但也不敢再问。

"哦，还有一件事，"他说，"当你见到格兰姆斯的时候，千万不要把手放在口袋里。他不喜欢那样，他会把你送到洞里。一些犯人曾在几年前揍过他的屁股，他很害怕有人打他。"

他笑着，就好像刚说了一个好消息，然后拍了拍我的肩膀，离开了这牢房。然后我听到背后传来沉重的脚步声，当我转过身的时候，看到了一个浅肤色的黑人的胸口，他可能有七英尺高。他低头看着我，问我是不是新人。我回答是。他伸出了他的大手掌。

"肖蒂。"他说，我猜这是他的名字。

肖蒂说他也刚来这里几天，还在学这里的规矩。他告诉了我一些有用的信息，比如什么时候吃早餐，最好的洗澡时间，我应该尝试什么工作。

"哦，当你见到格兰姆斯的时候，别把手放在口袋里。"

肖蒂问我是否去过院子里，我回答没有，他就让我跟着他。走在他旁边是一件让人安心的事，就感觉自己有了一个大保镖。他点头问候了一些囚犯，和他们碰了碰拳头。有些人他会沉默着经过，当我们走到他们听不到的地方时，他斜靠过来说："你肯定不会想认识这些混蛋的。"

我们来到了篮球场，停下来看一场正打得火热的比赛。我看向肖蒂，在我问之前他就开口了："是的，我曾经玩过，但很久以前伤了膝盖。"

篮球场之外的地方还有些积雪，在灯光照射之下若隐若现。我注意到有一条较宽的被铲过的道路围绕着这片娱乐区域。

"那是跑道吗？"我问。

"是的。"

"一圈大概有多长？"

"我不知道，伙计。你感觉我看起来和你一样像个跑者吗？"

我看见一个蓄着胡须、有一头灰色长发的老男人正在跑道上漫步着。

当他靠近的时候，肖蒂喊道："哟，弗兰克，这跑道多长一圈？"

"四分之一英里！"他回头喊道，继续走着。

"很多人在这里跑步吗？"我问。

"只有弗兰克，也许还有几个，"他回答说，"大多数人只是走着穿过去。"

我们转头朝居住区走去。

"你为什么进来？伙计。"他问。

我有点兴趣想讲一些比较刺激的事，比如持械抢劫。我的意思是说，抵押欺诈？接下来我要怎么做？

"我被指控在一个抵押贷款申请中提供了虚假收入证明。"我说。

弗兰克迷迷糊糊地看着我。

"嗯……嗯……嗯，"他说，"你让谁讨厌你了吗？"

我笑了笑，继续走着。他指着另外一个门。

"那里是图书馆。"他说。

我曾想多花些时间用在阅读上，让我的朋友和家人给我多寄些书来。但这里有一个图书馆，所以也就不用寄了。我问肖蒂是否愿意一起去看一下。他说他要回泡泡里去。我差点要问他是不是要去约会，只是想开个玩笑，但最终还是忍住了。在外面，我喜欢让人们欢笑。但在这，我需要学习什么是有趣的，什么不是。

我抑制着冲动跟在肖蒂后面，对他的介绍表示了感谢，说等下再找他。他说要在晚上十点"数数"前回来。我说我会的，虽然我还不太明白"数数"意味着什么。不管那是什么，我想到了十点的时候，我自然会明白的。

我没有意识到这监狱有多么吵，直到我步入极其安静的图书馆。有几个囚犯正在里面阅读报纸与书。他们抬起头看了看我，然后又做自己的事去了。我浏览了一下书架，看见了许多熟悉的作者的名字。海明威、斯坦贝克、史蒂芬·金、保罗·科埃略，还有一些法律方面的书籍，也许我可以拿它们来研究一下。我拿了一本《愤怒的葡萄》，这是我最爱的书之一。现在我需要想法借出来。我问了一个坐在桌子后面的老男人需要做什么。

"这是监狱，你什么都不需要做。拿上这书，你可以带它到任何地方。"他实事求是地说。

一个衣冠整齐的中年白人男子站起来走向我，浅棕色的头发向后扎着马尾，手上拿着纽约时报。

"你可以在我读完这个后再读这个，如果你想的话，"他说，"几天前的报纸。"

"谢谢。"我说。

"不用客气。我是豪厄尔·沃尔兹。"他是第一个在介绍自己时把全名告诉我的。

"查理·恩格尔。"我说，这也是我第一次在监狱说出全名。

"欢迎来到卡帕凯可营地，"豪厄尔说，"是什么东西把你带到这个有趣的设施里的？"

　　我感觉气氛比较缓和，兴许我可以说点笑话。

　　"是旅行社把我送来的，你懂的。"我说。

　　几秒钟之后，豪厄尔开始笑了。当他笑后，其他的人也笑了。他们的反应让我感觉舒服。豪厄尔对我说他在外面的时候曾在投行里工作，这并不让我惊讶。他看起来非常有教养，像过奢华生活的人。豪厄尔为我介绍了图书馆里的其他人。他们之中有道格，一名内科医生，豪厄尔称其为"天才大毒枭"，还有菲尔，一位财务顾问，用豪厄尔的话说就是"他是在马多夫被正确地审判后最大的不幸。"

　　大约在九点的时候，豪厄尔、菲尔还有道格站了起来准备离去。

　　"想加入我们吗？"豪厄尔问，"我们要开始我们的夜晚巡游了。"

　　"当然，"我说，"我要向任何人申请外出许可吗？"

　　"不，不用，"豪厄尔说，"跟着我们来就行了。"

　　我感觉自己被这群监狱书虫们接纳了。我们走到了跑道上，经过了几个冷漠的警卫。天空看起来很清澈，满是闪烁的繁星。我们开始步行。

　　"那是猎户星座，那是双子座，看见那双胞胎了吗？"

　　我们绕着转了几圈，然后菲尔问我犯了什么事。在来贝克利之前，我曾被警告过要小心跟自己交谈的人，但我不能控制自己，在一个深呼吸之后我开始讲述自己的故事，并持续讲了六圈。

扬声器传来了巨大的声音，告诉我们娱乐区域关闭了，是时候回到居住区了。我跟着他们往回走，当我们到达长绿园的时候，豪厄尔看着我。

"你还好吧？"他问。

我被他的关心感动了。他已经在这里关了五年多了，曾见证过许多人的来来去去。我想他能感觉到我在外面是一个既强大又酷的人，但在我脑海内有些不平静的东西。我犹豫了，不想要露出脆弱的一面。

"我真的不知道。"我说。

"听着，如何在这里度过这段时间取决于你。如果你想，你可以在恐惧之中度过。你会有很多同伴。或者你可以对这一经历保持一个开放的心态。我不知道你得罪了谁才被送到这地方来的，但要如何面对它取决于你自己，"他说，"我感觉你能处理好这事。"

"谢谢。"我说，然后转向门走去。

"哦，还有，恰克？"豪厄尔说，我笑了，转过身。从来没有人叫过我恰克，"记住，CO们不是你的朋友，这里的大多数人都不是。别过多地谈论自己和家人。别陷入争执，也不要惹上任何麻烦。不要和任何人讨论你的案子。如果你说的是真的话，那么你需要小心。如果不是，一些告密者会告诉联邦律师你承认杀了某人。要低头做人。"

牢房里只有我一个人。我爬上了床铺，拿起自己的书看。几分钟之后，扬声器里发出很大的声音："清点时间！这是站立清点，别搞砸了。"

人们仓促地进了牢房，依然站立着，像是在等待着什么。我也等待着，然后听到门外有人敲打墙壁并大喊道，"清点时间！"一个全副武装的剪着碎发的警卫走进来，指着我们每一人清点着，嘴里一边默数着。他离开房间后，每个人都放松了。几分钟之后，一个身形庞大的CO进来。他计数方法是对每个人点一下头，我差点，点头回应对方，但我意识到这并不是问候。在他离开之后，肖蒂走向我，"不要惹那个警卫，"他说，"他是个真家伙。"

灯灭了，我爬上了床，依然穿着毛衣和短袖，我拉过毯子盖在身上。其他床铺上的小型阅读灯亮着。我闭上了眼睛，感觉自己有些累坏了。今天是如此繁忙，我正在尝试把自己推进现实。但现在，我感觉到黑暗的恐惧接管了我。我所在的这所监狱是在西弗吉尼亚州的一座吹着寒冷狂风的山上。而今天还是该死的情人节，我还会在这里度过阵亡将士纪念日、七月四日（译注：美国国庆节）、万圣节前夕、感恩节和圣诞节，以及下一个情人节及下一个阵亡将士纪念日。

早上，我领到了我的犯人"绿"，两条绿色的长裤，两件绿色的长袖，两件绿色的短袖。我还领到了一件绿色的冬衣，非常大的衣服，上面有许多口袋。每件衣物上都用胶水贴着我的名字和囚犯号码，或"注册"码——#26402-057。前面五个数字是指我是该区的第26402名联邦犯人。"057"是指北卡罗来纳州。最后的三个数字可以让其他的囚犯认出我是来自格林斯博罗，这不是什么必要的好东西。

之后的几天内，我竭尽全力让自己融入，学习这里的规则，避免哪怕和麻烦有一点点关系的事。我感觉自己像是一个孩子，掉进了世界上最糟糕的夏令营。我非常想家，也很沮丧。我还忧虑着如何才能让家人和朋友们知道我在这里一切还好。我看过很多的监狱节目和电影。至少，我希望他们能知道我并没有被打倒。

在我能打电话之前，我的PAC或囚犯账户里必须要有钱。但我无法自己做这事，直到我见到我的法律顾问约翰尼·格兰姆斯，"和我说话的时候不要把手放在你口袋里。"他也是被批准的访客名单中的一员，我急切地想要把一切弄好。他的休息日和我到达贝克利的时间撞在了一起。

当他回来的时候，我被告知我可以见他了。当我进入他办公室的时候，他上下打量了我。他理着平头，有一双小眼睛，整体看上去非常瘦弱，但让人费解的是他的腹部很肥。

"你那里有些什么？恩格尔。"我给了他访客的名单。他坐了下来，头轻微地歪向一边，拿起了他桌子上的一个杯子，把烟色唾液吐到其中。然后他靠在椅子上对我露齿笑着，把我的访客列表放在了旁边一张矮桌上的碎纸机里。

"你不需要访客，恩格尔。没有人想要看落魄的你。"

我有些恼火，但我知道我必须控制我的怒火。格兰姆斯看着我，嘴里嚼着嚼烟。他把棕色的东西吐到杯子里。

"你的信仰是什么？"他问，手里拿着根笔。

"没有。"我回答说。

我已经许多年没有去教堂了，我不想承认自己是任何东西的一部分，除非我理解我致力要做的事是什么。

"你是指你不确定自己是哪种基督徒吗？还是说你信仰那些假的宗教，比如佛教或穆斯林或其他戏弄你的狗屁东西吗？"

我沉默不语。他又吐了一口。

"好吧，混球，但你不可能永远不改变你的回答，所以别在复活节的时候再来这里，别以为你告诉我你是一个该死的犹太人，厨房就会因此施舍你一点烂饼干。现在，就从我的办公室滚出去。"

当门在我身后关上时，我小声地说："这实在太好了。"

在我来的第一个周六，监狱里举办了篮球赛。我希望我能参加，但这距离我膝盖手术后才数周，我不能太冒险。我来到了院子里观看比赛。当我到达那里的时候，一个大家伙喊道："还有人想要报名参加三分球比赛吗？"

毫不犹豫，我走向了他。他至少有六英尺五寸高，二百五十磅重，留着光头，二头肌和我的大腿一样粗。

"你想要参加？"他问。

"是的，为什么不呢？"我回答。

他给了我一个写字夹板，让我把名字和囚犯号码写在上面。我小心地从口袋中拿出了一张纸，因为我还没记住我的号码。报名表上已经有好几十个名字了。比赛可能要花一段时间，我想要退出，但这大家伙正盯着我。我在三分球和罚球项目上都写上了自己的名字。他拿回了写字夹板然后伸出了手。

"詹姆斯，"他说，"但在这里他们叫我摩。"

我和他握了手。在我说出名字之前，他就转身喊道："又有一个白人男孩报名了。他们有五个人了。"

院子里总共有两个篮球场，所以当一个场地在举行比赛的时候，我就在旁边的另一个场地练习。我已经很多年没投过球了。摩一个接一个地叫着名字，参赛者则会上前投篮。这里有许多好手，但篮筐是老式的。许多家伙的前几投都会投丢，每次摩都会借机嘲讽他们。有些人十投全失，则会被嘲笑着下场。也许参赛是一个错误的决定，我应该回住处去。

"恩格尔！"摩叫道。太迟了。

摩把球扔给了我。

"你需要投中七球才能赢。"他说。

我运了几下球，想要掌握它的球感，然后开始了第一投。球重重地砸在了篮筐后沿，然后弹了回来。

"一投零中。"摩说。

我再次扔出球，这次球击中了前沿，高高地弹起，落进了
筐中。

"幸运的一弹，二投一中。"

接下来的一球干净利落地进了，只碰到了网，发出清脆的
擦网声。之后我又连续投中了五球。我感觉气氛正在升温，人
们在关注着我。一群白人在我每次进球的时候都会欢呼。

"八投七中，"摩喊道，"你只需要再投中一球。"

我感觉不错的同时也有些紧张。我又投了一球，但这次只
是轻磕了一下前沿。一些囚犯哄笑着。

"九投七中。这新来的家伙压力很大！"

没有等待，我直接投出了最后一球。这球的弧线很高，我
知道它将按我的想法行进。球清脆地入网，人们"哦哦哦！"
地呼喊起来。这一刻我有些迷茫。突然，我认识到自己引来了
许多的注意力，也正是豪厄尔说过不要做的事。摩带着奖品走
向我。四小捆佳得乐。当他把东西交给我时，他把他一只巨大
的手搭在了我的肩膀上。

"你真是一个很棒的射手，恩格尔，一个大龄的白人伙计。"
他说，然后向我靠近，用力抓了我肩膀一下。

"一个友好的建议。如果我是你，"他说，"我会保证自己不
再赢得罚球比赛。"

我点了点头。当我站在罚球线上时，我投了十次，七次没

有命中。我看向摩，他正向我眨眼。

当我的PAC里终于有钱时，就需要在繁忙的大厅里找到空闲的电话。我给孩子们打了电话，我害怕在听到他们声音时自己会忍不住哭泣。我对自己说要保持冷静，不要让他们感觉糟糕。在谈话中我尽量让话题轻松一点。我甚至讲了几个不太合适的监狱笑话。我的十五分钟很快就结束了。我提醒他们我们将共渡难关。挂掉电话后，我感觉到了空虚，渴望和其他人谈话。我必须再等待一小时后才能打另外一个电话，当可以打电话时，我给母亲打了电话。

电话响了几声后她接起了电话，但被问候她的录音声音所困惑着，这录音问她是否想和贝克利联邦监狱的一名犯人通话。我怕她挂掉，但她按下了正确的按钮，用颤抖的声音说："喂？"

"喂，妈妈。"我说。

在我生命的前十二年，我一直叫我母亲妈妈。之后我大多数都是叫妈。但我听到她声音时，我感觉自己再次像一个小男孩一样。

"喂，妈妈。"我说，"我是查理。"

我告诉她我一切安好，不用担心。她和我说了一个有关她的猫的故事，还说她非常渴望能再次专注于写作，但她的心已经无法静下来工作了。然后她把她的猫的故事又说了一次。我并不想打断她。她的声音听起来那么遥远，那么缥缈，那么的失落。我的喉咙有些紧。她正在溜走。我不确定当我出去的时候是否还能见到她。

除了每月三百分钟的通话时间，我还可以有限制地使用一个电子邮件系统。我们被按时间索取费用。我和我的父亲每天互发电子邮件，他依然在为我的案子战斗着。他对整个审判笔录和其他文件进行了整理。他让我了解着国家的时事新闻，他说，房地产市场正在崩溃，每天都有许多惊人的东西被披露。银行被罚了创纪录的罚金，但不是因为刑事起诉，而是一些让人们吃惊的东西。我父亲的顽强让我笑了。我知道当事情和政府相关时，他会有很强烈的犬儒主义精神。但现在，这是私人问题。政府正在追踪着他儿子。知道他站在我这边让我感觉很不错。虽然我们有很多分歧，但我知道他爱我，他决定不让那些混蛋赢。

我的膝盖感觉好了些，我渴望着再次跑步。但在我能再次跑步之前，我又有另外一个问题需要解决。我没有跑鞋，只有分到的标准的绿色铁头靴子。我可以从杂货店订购其他的鞋子，但我必须要等钱进入我的账户。这种购买也要得到格兰姆斯的批准，根据我和他第一次见面的情况，我认为他不会很快批准申请。我怀疑如果他知道跑步对我的重要性，那么他可能永远不会让我买鞋子。

我决定试试看能否从其他人那儿买到旧鞋子。在外面，我从来不会考虑旧鞋子。跑者的跑步方式会影响跑鞋的磨损情况，穿着它们可能会让你受伤。此外，任何通过非杂货店途径获得的物品都是违反规定的。如果我被抓住了，我将被处罚，写检讨，还有可能被关到小黑屋里单独拘禁。但是，虽然我到达这里的时间不久，但我依然见识过这里强大的自由市场。人们互相交易着手表、鞋子、插图和食物。我非常渴望鞋子，我要试试。

一天，当我排着长队吃午餐时，一个黑人接近我，他可能有四百磅重，手臂巨大无比。

"你想要球踢？"

我看了下周围，看是否有警卫能听见我们的对话。

"是的。"我说。

"你要付点马克。"他说。

"没问题。"

事实上，我根本没有什么袋装马鲛鱼或金枪鱼或邮票或其他任何能在贝克利被视为通货的东西，因为我还不被允许在杂货店购买东西。但我想要鞋子。我必须要买到它。

几天之后，这家伙在我的牢房外面，手臂下夹着一双黑色的耐克鞋子。他把它递给我。

"检查一下。"

这鞋子看起来真的很破烂，上面有好几个洞，鞋底磨损也很严重。我拉出鞋舌检查尺码，一股味道扑面而来。这鞋的尺码是十二。

"是的，"我说，想要掩盖我的兴奋，"还行，不错。"

我承诺会给他十二包金枪鱼和一罐花生酱，尽管我被告之拥有其他囚犯的东西可能会让我陷入严重的麻烦。我将之后再处理这问题。这鞋子是我的了。当他离开之后，我脱掉了我沉重的鞋子，穿上了耐克鞋子，跳了一跳，尽管膝盖有些疼痛，但我依然围着牢房全力跳着。不错，跑鞋不愧是跑鞋。现在我只需要等待膝盖的恢复。

在尝试了两次之后，格兰姆斯终于批准了我的访客名单。他也许想要变得通情达理，我带着另外一个请求来到他身边，即我想要在娱乐部门找一个工作。囚犯并不被要求工作，但我想要保持忙碌的状态，顺便赚点钱在杂货店花费。我找到了娱乐部门的负责人，让他在我的申请表格上签了名，用监狱里的术语就是"投名状"，然后去找格兰姆斯。

"我需要把这个投名状给你吗？"我问。

"你为什么要这鬼东西？"格兰姆斯说，盯着我。

"我知道娱乐部门需要人手，而我也想在那工作。沃尔先生也在上面签名了。"

"我才不管他签了什么，"格兰姆斯说，"选择权不在你，我明天会给你分配一个工作。"

之后的周一，我被分配去回收垃圾。我的工作就是对垃圾进行分类，这些垃圾来自营地和隔壁的中等戒备部门。这些垃圾大多是废物，但有时我会发现一些让人意外的东西，比如皮下注射针头，切成两半的苏打罐子，这罐子里有用来文身用的墨水，有时还会发现带血的衣物。这些东西让人恶心。我每周赚五点二五美元，只够买一罐花生酱。在六个月的任期结束后，只有精神错乱的人才会再去干。

每晚的清点人数前，我会和豪厄尔他们一起在跑道上散步。在豪厄尔之前的人生中，他曾是一个投资银行家，为一群极具能量的家伙管理证券投资组合。他告诉我一个不道德的检察官要求他对他的前客户做假证。他拒绝撒谎，而这也让他成为这名检察官的眼中钉。他的官司失败了，被判监禁八十四个月。因为发生在他身上的这事，还有他在这监狱系统里见到的其他人的事，豪厄尔已经变成了一个律师，专业的波诺监狱律师，为许多需要帮助的囚犯打抱不平。

豪厄尔也想帮助我，我感激地接受了。我把所有相关的文件给了他，包括海量的庭审发言和审判笔录。在读了所有的文件后，他说我的案子是他见过的最糟糕的原告伪造的案例。他鼓励我继续战斗。

没有了跑步，也没了AA会议，我的焦虑感直线上升。我知道我必须跑起来，不管我的膝盖有多疼。在一次晚餐后，我第一次穿上了我的耐克鞋，来到院子里。像往常一样，一些人正在锻炼，还有一大群人在吸烟。吸烟是违反规定的，但阻止不了人们在跑道附近的林地里吸烟。

我走了四圈，然后开始加快移动速度。我每一步都非常小心，想让我的身体准备好应付术后的第一次跑步。我选了一个记号作为起点，然后用我好的那条腿把自己推出去。当我用坏的那支脚着地时，它扭曲了，我在地上爬着，然后快速地站起来，假装若无其事地走着。

当我来到吸烟者附近时，没有人说话。不错，我想，他们没有看见我的丑态，然后我和其中的一个人有了眼神接触。

"不错。"他假笑着说。我说谢谢，然后继续走路。当我路过他们之后，他们爆发出了笑声。我转过身，向他们挥了挥手，他们继续抽着烟。这比在高中时还糟糕。

在跑步试验之后，我感觉非常沮丧与担忧，但却没有任何办法能加速我恢复的进程。我不能去看理疗学家，也不能使用鱼肝油或葡萄糖这些能帮助我回到正常生活中的东西。在监狱里，所有小病的药方都是"维他命I"——异丁苯丙酸（译注：一种抗炎镇痛药），药物胶带，而这些东西对我完全没有效果。我能所做的一切就是冰冻我的膝盖，等待和希望。

有一天，我躺在我的床铺上，我的一个室友罗兰走了进来。他的夹克鼓鼓囊囊的，塞满了他从厨房偷来的东西，好几桶软干酪，新鲜的番茄，几包西兰花。我是名素食主义者，正处于严重的营养不足中。自从来到这里，我就很少吃到蔬菜。也许这些东西是在上餐桌前就被偷了。

罗兰吓到我了，并不是指物理上的，而是他对这地方的适应性。我依然在学习中，而罗兰却已经拥有了"监狱经济学"的"博士学位"。我问他我要如何才能得到番茄和西兰花。他看着我，就好像在评估我是否值得他花时间和精力。

"让我给你说明白吧，"他说，"每个监狱都有它的经济体系。在有些地方，它是袋装金枪鱼和马鲛鱼。在过去，它是香烟。在贝克利，大部分是邮票。所以如果你想要这番茄，你要花费四枚邮票。西兰花是五枚。这个软干酪我从来没有看到别人吃过，你需要为此支付整整二十枚邮票。"

"所以我要去哪里弄到邮票呢？"我问。

"你没有在杂货店买过东西吗？"

"没有，格兰姆斯还没批准我。"

"我真讨厌那狗娘养的家伙，他也讨厌我，因为我在这个游戏中打败了他，"罗兰说，"你有两个途径获得邮票。你可以每周以全价在食堂购买两本邮票，大约九美元，就像在外面一样。或者你可以从我这里以六美元买入。我把邮票给你，然后当轮到你去杂货店买东西的时候，你就要购买价值六美元的东西给我。一旦你有了邮票，你就可以买到蔬菜或色情书刊或毒品或任何你想要的东西。在街上，我必须要为我的客户工作，但在这里，有四百个人想要我搞到的东西。"

"你害怕被抓住吗？"我问他。

"我被抓过几次，但不要紧。这就是我的生活。在外面我什么都不是，这是我唯一能为我自己获得些东西的途径。"他说，"相信我对你所说的，在这里每个人都会有自己的行当。你可能不这么想，但你也会找到自己的行当。"

在泡泡房住了几天后，我被搬到了一个两人间，一个在这监狱被称为"拖车屋停泊场"的部分，这里居住的人大多是白人毒贩和瘾君子。冰毒头子通常自己制作毒品，但他们是糟糕的商人，因为他们太喜欢自己的产品了。居住区的另一部分则是"兜帽"区，几乎都被卖可卡因的黑人毒贩所占领了，但他们本身并不是瘾君子。拖车屋停泊场所讨论的话题几乎都是NASCAR（译注：全国运动汽车竞赛协会）、钓鱼、打猎，还有女人。而兜帽区所讨论的内容几乎都是篮球、嘻哈音乐、耶稣基督，还有女人。至少，他们还有共同的话题的。

我的新室友是格雷格，一个毒贩，他的兄弟因为谋杀被关在乔治亚州的死囚牢房。格雷格想要通过告发他在外面一同从事毒品活动的同犯来减轻刑期。我知道我必须小心提防他。我肯定不会和他讨论自己的案子。

我继续和我的父亲交换着电子邮件。他联系了乔·诺切拉，一位《纽约时报》的商业专栏作家。诺切拉曾写过述评称没有人因为金融危机进监狱。我父亲联系了他，说这话是错的，他自己的儿子正在监狱之中。他希望诺切拉能在自己的文章中提到我。在三月二十五日，我收到了来自父亲的电子邮件，里面提到在当日的《纽约时报》上，诺切拉用他的整个专栏写了我的事件，他决定站在我这一边。

我去了图书馆，看《纽约时报》是否已经到了。豪厄尔正在阅读那篇文章，他抬头看着我，笑了起来。

"恰克！这是你从这里出去的票子！"他说。他拿着报纸走向我。文章就在商业部分的头版，标题是《因为接受了骗子的贷款而进监狱》，我坐了下来，仔细阅读着。

"从许多原因来说，恩格尔先生的故事都是值得讲述的，"诺切拉写道，"恩格尔先生是因为运营一家次级贷款公司所以被判有罪吗？他是惹了那些掠夺性抵押贷款的经纪人吗？或者他是华尔街的商贩，卖着有毒有资产？"

"不，查理·恩格尔并不是一个劣质抵押贷款的销售者。他只是一个借贷的人。他被抵押贷款的骗子骗了，和次贷危机泡沫中数百万美国人一样。

我继续读着，每个段落都让我更加兴奋。

"……恩格尔的案子所引起的问题不仅是政府的优先权问题，还包括一些更加基础的东西：他真的犯了他被起诉的罪名吗？"

"……我对其研究得越多，我就越相信这案子中对他的起诉是完全站不住脚的。审讯过程中甚至没有提到税费，而这却是诺德兰德在最初的陈述中提到的。在对洗钱问题进行调查时可能会需要像间谍一样进行，这也是一个不是问题的问题。至于他对巴罗斯的供认，我们仔细看一下这供认，就可以发现这根本不是一份真正的认罪。恩格尔先生所认的罪是他的抵押贷款经纪人的，而不是他自己的。"

"天啊，"我说，"这真的太棒了！"

"这改变了你的一切！"豪厄尔说，"我们需要立刻填写一份申诉。上帝啊，你的老头子真的做了一件惊人的事。《纽约时报》！"

我直接给我父亲打了个电话。

"爸，我无法相信！"我说，"你感觉我有机会从这里出去吗？"

"我很确定，"他说，"诺切拉让联邦政府难堪了。我无法想象这篇文章发表之后他们为什么还关着你。"

"是的，但他们不会让我出去的。"我说。

"去他们的。他们应该这样做。他们这些脑袋里装着屎的家伙应该把门打开，今天就让你出去。"

"好的，爸。小心一点你在电话里所说的话。我现在还没有出去呢。"我说，我知道这电话是被监听着的。

"我希望他们正在听，那些混蛋！"

我挂掉了电话，心中狂喜，甚至开始准备打包我的东西。

乔·诺切拉的文章引来了一些采访要求：这些记者来自许多媒体，包括《CBS 晚间新闻》《NBC 新闻电头》《PBS》《ESPN》《体育画报》及《男士》杂志，他们都要求进入贝克利与我谈话。媒体的请求由副典狱长希福斯处理，一个体形硕大、留着波浪头发的女人。对于每一个采访请求，我都被要求签署一份单独的审批表单。所以我去了她办公室很多次。我会填写书面文件，她会对我展示她练习过的官方式的笑容，然后说:"我看看我能做什么。"我向她保证只会和他们讨论我的案子,对在贝克利的生活将一字不提。

诺切拉的文章提到过我跑步穿越撒哈拉,这事在监狱里开始流传起来,大家都知道我在外面是个知名的跑者。有一天,一位名叫安东尼的囚犯来到我的牢房,问他是否能借我的《时报》副本一看,他想要读有关我的文章。我以前见过他,他是个酷爱锻炼的家伙,经常花数个小时做俯卧撑和仰卧起坐,而他的身体也因此非常壮实。我把报纸给了他。几小时之后,他把东西还给了我。

"联邦政府对你太过分了,跑男。"他说,摇了摇头。从这天起,不管何时,他只要看见我,都会说:"哟,怎么样了? 跑男。"其他的囚犯也开始这样叫我。

诺切拉的专栏也提到了我的博客《原地跑步》,这是在我去贝克利之前就开始写的。我能在监狱里对其持续更新要感谢我的朋友奇普,他把我用电子邮件发给他的文章都发布上去了。写这些东西很方便,也很有趣。在三月中旬的时候,我曾发布过一篇叫作《贝克利监狱101》的文章,目的是以比较有趣的形式介绍铁窗内的生活。我谈到了寒酸的食物,和无尽的文书工作,混淆的规则和我那混球法律顾问(尽管我没有透露他的名字)。大多数情况下,我所写的内容是介绍自己是如何决定把这段监狱经历视为我生活挑战的一部分,及如何调整我新的生活日常,还有学习"让火焰不要燃烧得过旺,这样才能烧得长久。"

突然，我的博客里出现了大量网络评论，大多数人都是读了诺切拉的文章后才来的，他们诉说着对我的支持。

在那文章发表数天之后，我离开餐厅时看见典狱长正在出口附近。我曾多次看见他，但从来没有和他交谈过。他快步走向我，这让我非常惊讶。

"恩格尔，你搞砸了。"

"我不明白你的意思，典狱长。"我说。

"你说你不会在采访中讨论监狱中的事。但你说了。希福斯今天早上给我看了。"

"先生，我不知道你看的是什么，但我并没有对媒体说过这个地方。我想要讨论我的案子，而不是贝克利。"我说。

希福斯用他的手指重重地戳了我的胸口，说："你……是……一个……骗子。"

然后把几张纸扔在了我的脸上。

"我敢向你保证，在我的监狱里不准有任何摄影机。"他咆哮说。

他转身离开了，留下目瞪口呆的我。我拿起他扔给我的纸。这是我"贝克利监狱101"的博客文章。我所能想出的一切就是他认为这是记者在采访了我之后写的文章。但这是我自己的话。在这次遭遇后不久，我听到我的名字在广播里响起，那是希福斯的声音。

我去了她的办公室，她把身后的门关了，这是我之前来访时从来没有发生过的事。她围绕着她的办公桌走着，然后坐了下来，但没有让我坐。

"你要知道你真的惹火了典狱长。他不是一个乐天的人。"希福斯说。

"这的确让我印象深刻。但他所说的是我的一篇博客文章，而不是报道。那是我自己写的。"

"是的，你不应该写那东西的。但你帮了我大忙。"她说，"这可以让我更加轻易地把那些媒体赶走。"

"这不公平！"我大声说道，"他们只是来讨论我的案子的。"

"这可能是真的，但这也不再重要了。"

"不能因为我是一个犯人，就失去了言论的权利。"我说。

"你是对的，"她说，"但如果你继续讨论贝克利，有人会用袜子里的锁对付你的头。"

"这是威胁吗？"我问。

"随你怎么想。现在你就回你的住处，享受你愉快的一天吧。"

我直接去了图书馆找豪厄尔，请求他和我一起去散步。

一到达相对隐私的跑道，我就把刚刚发生的事告诉了他。当我提到"袜子里的锁"的时候，他停了下来。

"这到底是什么意思？"我问。

他对我说这是一种对付囚犯的常用手法，即把密码锁放在一个圆筒短袜里，然后把它当成武器，通常会在目标睡觉的时候使用。这会对骨头造成伤害，还有人的精神。

豪厄尔和我每晚都在图书馆见面，为我的上诉而努力着。我们梳理了所有的文件，我回答了他的问题。我的处境非常复杂，他说，因为在我的审讯中有非常多的错误。最糟糕的是保罗·孙没有对文件做好整理，在十四天内提出直接上诉，我们本来可以这样做的。因为这一点，我们无法在审讯期间合法地对有争议问题提出任何上诉，除非我们曾经出现过审判上的错误。相反，我们必须根据最新发现的信息想出上诉策略，如果我们能发现的话。

当我和豪厄尔集中精力去找可能存在的错误时，我父亲正在全国范围内寻找不动产诈骗案和取消抵押品赎回权案例，我希望他能偶然发现些有用的信息。在一个下午我去吃晚餐前，我检查了我的收件箱，里面有一封来自我父亲的邮件。标题是"头奖"，我赶紧打开它。

"你可能不相信这事，但这是我昨晚找到的信息。吉姆·艾伯特，就是那个卖你查尔斯角房子的那个房地产开发商，他承认和赫尔曼在产权买卖上合谋做了一些有罪的事。他们曾使用稻草买家、篡改的贷款文件和一切你所能想到的非法的东西，包括伪造的和虚假的涨价估价。你的信贷员，就是那个和赫尔曼一起工作的名叫迈克尔·斯马夫的人也承认参与了这阴谋。审判他的法官曾问他'你所有的业务是否都是欺骗性的'，而他承认了这一点。科斯基知道这一切，但一直都不告诉我们。他们压住了证据。这和布拉迪条例赋予你的权利相抵触。如果赫尔曼、艾伯特和斯马夫犯了这项罪，那么你就可能是无罪的。但，查理，最重要一点是我们可以在你的审讯中把他们这些混蛋拉到法庭上。"

我被震惊了。我们一直怀疑还有其他的人牵涉到了我的案件中，因为我们发现淹没在透露材料中的一些内部备忘录上有提到"阴谋还涉及到一些其他人"。我在晚餐的时候找到了豪厄尔，告诉他我父亲发现的东西。

"这些扭曲的杂种。"他愤怒地说。

到了四月，天气变得越来越暖和，白天也变得越来越长，这也让我更加渴望重新跑步。但我的膝盖依然非常疼。等待能跑步的日子和案子的转机让我感觉有些抓狂。一天下午，我决定不管它有多疼，我都要去跑步。我会做我经常给别人的建议，当他们问我要如何开始跑步时，我会回答：直接开始跑就是了。我设置的目标是跑一圈。我走了几圈作为热身，当我在走第四圈的时候，我加快了速度。

我向前倾斜，想要顺畅地转入跑步状态。但我的姿势非常奇怪，就像新生婴儿迈出第一步一般。我感觉自己忘记如何跑步了，只是笨拙地迈着步伐。跑了十几步后，我加快了速度。我想我应该回头看看，看是否有什么东西从我身上卸下了。什么都没有。我深呼了一口气，再次开始跑。这一次我跑了一百码。疼痛程度还在可忍受的范围内，这感觉不完美，但我正在跑步。

我完成了我的一圈，然后再次在跑道上走起来。我达到了我的目标。出于谨慎，今天我必须停下来了。但，毫无疑问，我没有。我跑了一圈，又一圈，不断地跑着，直到跑完了一英里。我的膝盖非常疼痛，但没有受伤。

　　自那天之后，我每天都会去跑步。哪怕我的脚还是瘸的，但我感觉它正在变得强壮。我增加了距离与速度，而心境也被戏剧性地改善了。每个受过伤的运动员都知道这种离开一段时间后归来的感觉，这种感觉就像是复活。

　　来到卡帕凯可营地的第三个月，给人困惑的新鲜感开始消失。日复一日，我对这里的生活变得熟悉起来，我知道如何获得自己想要的东西，与可能带来麻烦的事保持距离。

　　在食堂，我学会了如何和喜欢肉食的狱友交换食物，他们喜欢把他们的蔬菜和水果换成我的汉堡与鸡肉。而我也机智地学会了每顿都带着一个大塑料袋，如果有什么好东西出现，你必须要事先准备好。当食堂提供土豆时，我就会把它们装满塑料袋，再把它们带回我的住处，取出来放在一个塑料的容器内。这容器是我从杂货店买的，然后把我从罗兰那花五枚邮票买来的红糖混入以提升甜度。有些东西我在杂货店从来没有看见过，其中包括红糖，但罗兰就是能一直供应它。

　　我也掌握了贝克利监狱厕所的一些细微规矩。在这里只有八个马桶，却有两百多个男人需要方便。当你方便时，你会期待前面的人把马桶冲了，而且是在大便之后立刻冲了，以减轻臭味。一旦你如此做了，那么你在马桶上就可以慢慢磨蹭——阅读，什么都行。但如果你没有马上冲掉，那么你可能就会被人吼叫。洗澡也有同样的问题，需要遵守一定的规矩。喷头只有十个，人们通常需要排队等待。如果你洗澡的时间多于五分钟，你也会被人吼。尽管洗澡的时间如此之短，但水温却仅比冷水暖和一点点。

我也学会了在走廊里正确的走路。不要盯着旁边的牢房看。不管你多么自然地张望，监狱不是一个让人参观的地方。我熟练地掌握了看着地板在居住区向前走的技巧。

有一件事我永远无法习惯，那就是噪音。喧嚣的闲聊、打喷嚏、大喊大叫、咳嗽、大笑、擤鼻涕、放屁、争吵、清嗓、唱歌、打嗝、不时出现的广播声、尖锐的叫声。这些声音来自四面八方，从早到晚永不间断。这真是一种酷刑，永远不能从中解脱。一些好心的朋友送来了有关冥想的书，每本书的开头都是"首先，找到一个安静的地方打坐，一个能让你放松的地方"。我苦笑着，在这里根本没有这样的地方。

在五月十四日的这个星期六，我庆祝自己来到这里已满三个月了，为此我早上在跑道上跑了十四英里。我需要把焦虑的能量都消耗掉，整个周末我有许多访客来访。我的母亲将在今天下午第一次来访，还有帕姆和凯文，他们之前已经来过一次，他们将在周日来访。我迫切地想要见到我所爱的人，同时我也有着巨大的压力。对于外面的世界我尝试着不要想太多，只有这样我才能度过这一天。访客扰乱了我的日常、我的心绪，而且当他们离开的时候，我却转身走向牢房。这让我不得不面对身处的现实。他们走了，我留下了。

我的母亲无法再开车了，所以她找了一位好友送她到贝克利。当我被叫去接受探视的时候，我几乎是冲刺着跑去的入口。在被值班的CO快速检查之后，我走进了房间，发现母亲和她的朋友金柏莉正坐在两张椅子上。当我走向她们，伸出手臂时，我的母亲跳了起来。我拥抱了她，我感受到了她的单薄。她紧紧地握着我。当我和她打电话的时候，很难猜测她在干什么。她经常闲谈，内容有些混乱。我知道此刻不管老年痴呆症从我母亲那带走了什么，她肯定是活着的。

我被允许拥抱访客两次，一次是他们到达的时候，一次是他们离开的时候。除此之外我们都不能有身体接触。在和她面对面坐着的时候，我伸手拉住母亲的手。我们谈了她的动物，她问了我这里的食物，问我是否睡得安稳，我的膝盖感觉如何。我告诉她一切都不错。

"我想了很多有关阿提卡的事，"他说，"你还记得吗？那个地方。"

"我记得你从楼下的面包店给我带肉桂。"我说。

她和金柏莉一直待到下午三点访问时间截止才离开。当她们走后，我回到了我的牢房，把头埋在了枕头里。在监狱里哭泣并不是什么值得推荐的选项，但我的眼泪却无法止住。再向眼泪屈服了几分钟后，我开始了断断续续的睡眠，直到扬声器发出尖锐的叫声宣布四点到了。

在周日的早晨，我又来了一次长跑，然后焦虑地等待着帕姆和凯文的到来。探视室里满是囚犯的朋友、家人和女友们，其中有些人已经来过贝克利很多次了。凯文看上去高了一些，他的头发和六周前来访时相比要长了一些。尽管他还是高三学生，但他已经获得了毕业证书，给他学位的学校叫作吉尔福德中学，现在他正在吉尔福德大学接受大学课程。当初他们找我去做有关穿越撒哈拉的演讲，我才知道这所学校的存在。

不幸的是布雷特的情况并不太好。自从他酒驾之后一切事都变得非常糟糕，格林斯博罗的UNC大学让他停学一年，作为初犯，这处罚重得有些让人难以置信。帕姆告诉我他正在"挣扎"。

"你的话是什么意思？"我说。

"我感觉他在服用海洛因。"她平静地说，"注射的程度。"

"不可能！"我说，"布雷特不可能做这种事。他害怕针。"

"我猜他还在吸……"她看上去有些悲伤，"可卡因。"

我感觉自己会因为悲痛而爆炸。我已经从中走出来了，我应该帮助他。我们都很敏感，当事情出错时，特别是当我们让所爱的人失望时，混乱就会随之而来。

"也许我们应该把他送到治疗中心。"我说。

帕姆哭了。毫无疑问，因为我在监狱里，根本没法为此帮她分忧。

"我很抱歉。"我说，"没有在你身边。"

"你不需要为任何事道歉。"帕姆说，"是诺德兰德害了你。"

"这不是你的错。"凯文说。

当我和凯文拥抱告别时我感觉到了他身体在颤抖。

"我爱你，爸，"他说，"对于你将经历的事我很难过。"

我多抱了他几秒。

"我也爱你。"我说。

我不认为，我曾在和他们告别的时候，没说我爱他们。也许说太多次这词会稀释它的影响力，但在此刻，它的力量巨大。

我回到了我的牢房。我依然能感觉得到凯文的拥抱，这让我领悟到，在这监狱里最让人难受的事情，也许就是肢体上的接触。被剥夺身体的接触，再加上完全没有任何积极因素，使得受伤的人躲进了不露情感的壳之中。我认识一个人，他叫德怀特，他已经被关了将近十年，从来没有访客。他是在十九岁的时候被捕的，在将近十年的时光中，他从来没有和怀着爱的人触碰过。这种事对我来说无异于死刑。

在母亲、帕姆、凯文探视我后不久，贝克利联邦监狱营里发生了令人惊讶的事。约翰尼·格里姆斯不见了，没有人知道为什么，尽管有许多流言。其中一个就是他因与已婚的女性CO乱搞被抓现行。另外一个是说因为囚犯对他的抱怨太多，对他的控诉太多，以至于无法再忽视这一问题了，监狱管理局不得不对其做出处理。最可能的情况是他晋升了，被调到了一所新监狱任职，在那里他有一群新犯人供他折磨。

我的新法律顾问佩因特先生是一位五十多岁的人，他在系统内是一位经验丰富的老手，从我们见面的那一刻起，我就告诉他，他将成为与格兰姆斯完全相反的一个极端。当我去见他要求换房间的时候，他表现得令人愉快和有礼貌。我与一名年仅二十三岁的名叫科迪的囚犯成了朋友，他每天都在院子里像疯子一样锻炼。我们是同一天到达贝克利的，尽管他之前已经在县监狱被关了将近一年。他因为贩卖大麻而被判了九年监禁，尽管他发誓他只是个消费者。他原来的室友被放出去了，他便邀请我，看我是否愿意睡那张空床铺。

佩因特当场批准了我的请求，所以我借着运气又请求他，我是否可以到娱乐部门工作。他说他那边没问题。于是第二天我就搬到了科迪那里，并开始了我的新工作，即清洁台球房，还有像"体重和肥胖""对付糖尿病"及我最爱的"克服瘾症"这样的教室。在监狱里有许多因毒品犯罪的人，我不知道我能对其造成多大影响。我希望自己能和几个家伙接触，向他们展示人生还有其他的选项，并不一定要酗酒和吸毒，清醒的生活是可能的，也是有益的。但事实是我需要先和其他人讨论有关清醒的话题，教导他们十二步法，及我自己的故事，让他们知道这些东西让我保持了清醒与心智健全。这和我去参加的ＡＡ会议非常像。

现在我已经再次开始跑步了，我渴望有一个目标，一些能激发我积极性的动力，帮助我脱离有关布雷特、母亲还有我案子的困扰，所有的这些苦闷之事都是我无法控制的。但在贝克利，娱乐安排上并没有跑步比赛，也没有锻炼小组可以加入。事实上，任何有组织的锻炼都是被禁止的。我感觉这是因为他们害怕因此出现麻烦，警卫们更愿意面对身材走形的囚犯。

随着天气越发温和，白天变得越来越长，我发现脑海中出现了有关巴德沃特白日梦。在过去的许多年的五月下旬，我都会把我的训练量最大化，为的就是参加这一比赛。虽然训练地点是格林斯博罗，但我会穿着五层衣服来模仿死谷的环境，然后跑上二十五到三十五英里。好像每一份我收到的跑步杂志都会提到巴德沃特。我躺在床铺上阅读着，渴望之情在体内沸腾，我想象着我的朋友们快乐地跑着锻炼，为比赛准备着。但当他们在巴德沃特盆地起跑线上跑步时，我却只能被关在这里，我只能断了这念头。我渴望参加这比赛，那种美丽的奋斗，那种炽热的疼痛感。

一天下午，在我读了《跑者世界》上又一篇有关巴德沃特的文章后，我来到了跑道上，对自己感到愤怒和抱歉。母亲的情况正在恶化，我的儿子脱离了正确的人生轨道，虽然豪厄尔在尽其所能，但几周过去了，我的上诉文件依然还没弄好。我拉伸了一下，开始跑步。

像平常一样，抽烟的人还在那里，篮球场也人满为患。囚犯们正在玩掷蹄铁套桩游戏和地滚球游戏，有些人坐在看台上直直看着前方。当我跑过林子的弯道时我听到风在树顶呼啸，转过弯就是一个直道，阳光照射在我脸上。我正在读杰克·伦敦的《漫游星空》，这是一个有关死囚牢房囚犯的故事，这名囚犯只是用想象力漫游了许多地方，见证了许多其他生命。我喜欢其内在表达的思想，即不管你被关在什么栅栏之内，不管你被如何限制行动，你都可以从你的内心去往任何一个地方。

阳光非常温暖，我想象这是死谷的阳光，我正在呼吸死谷的空气，而我正跑在死谷的路上。我看见了火炉溪的白色盐田，还有恶魔麦田的草丛；我看见了烟囱井百货商店前陈旧的木制马车；我看见了彩虹山谷的红色岩石裂缝还有凯勒的老旧汽油站；我看见了阿拉巴马山上奇形怪状的大卵石和惠特尼山上的灰色石头。

也许我可以申请参加这比赛，我将在七月中旬出狱。也许我可以申请特许成为最后的巴德沃特参赛者。我幻想着自己走向起跑线的时候让所有人吃了一惊，乌利齐、里德、史密斯·巴钦、金格里奇、洛佩斯、菲尔纳佐都惊讶地看着我。

我停止了跑步。该死，谁在开玩笑呢？我不可能及时参加巴德沃特比赛。我将错过今年的比赛，也许明年的也将错过。这就是现实。

我有一个主意。

如果我在这碎石跑道上跑巴德沃特会怎么样？我计算了一

下，巴德沃特的长度是一百三十五英里，而对应的圈数则是五百四十圈。这可能需要在两天之内跑二十四个小时。尽管在清点人数时会停止，但我想我能完成它。除非有雾，当贝克利被浓雾笼罩时，警卫会有些紧张，就好像我们会走进黑暗之中然后消失。雾天次数越频繁，囚犯的行动越会受到限制。但如果我运气好碰到好天气的话，告发者就可能不会向上面打小报告，如果我的膝盖情况也良好的话，今年我也将跑巴德沃特。在7月13日的时候，虽然我距离实际起跑线有二千三百英里，但我会在这里站在自己的起跑线上。

第十三章

这个计划我没告诉任何人。这是属于我自己的计划，目的是让我保持清醒。而完成这计划的方法却有些疯狂，但这方法从以前开始就一直对我有效。决定跑巴德沃特让我有了一些目标感，一种在我来到贝克利之后就再也没有过的感觉。我已经进入生存模式，但现在我知道我必须做更多事来渡过这难关。不管公平不公平，我可能还会在监狱再待一年。浪费时间并不会带来不同的结果。

我报名参加了所有的课程，包括有关血源性病原体到父母对子女的养育这样的课程。我阅读经典小说，比如《永别了，武器》《愤怒的葡萄》，然后进行阅读测试来获得分数。我考了许多公认的学历证书，有人和我说这有助于让我早日被释放（虽然最后并没有效果）。我每天用两小时的时间来写日记。我甚至加入了英语演讲会，对满屋子的人讲述我的冒险故事。我报名参加的东西越多，就变得越繁忙，同时感觉也就越好。

我和雷·扎哈布取得了联系，他是我在撒哈拉时的队友，自从我被关押之后就一直支持着我，我请求他给我发一些锻炼计划。我这里没有杠铃，因此只能做仰卧起坐和俯卧撑。现在我需要更多。很快，雷给我发来了详细的跑步计划，这一计划能帮助我提高耐力与体重，让我有更多的肌肉。

态度上的改变和我努力变得更强、更快的行为并没有被其他人所忽视。当我在院子里或在排队等吃饭时人们开始靠近我，询问有关跑步、锻炼和饮食方面的建议。

"你今天跑了多少英里？跑男。"他们会问，我会告诉他们十或二十或三十。他们的眼睛就会睁得很大。

"天啊，"他们说，"我开始要跑多少？"

他们看见我做到了，他们也想做到。几周之内，已经有六个人每天都和我一起锻炼了。有时我会和他们一起跑，有时我会给他们制定一个计划，然后等着他们过来兴奋地和我说就在刚刚，他在八分钟内跑了一英里，或是这个周末所跑的距离。我们把石头和马蹄铁拿来当杠铃用，在野餐桌上做拉伸，在看台下做引体向上。

我还回答了许多有关饮食与减肥的问题。在监狱里做一个素食主义者就好比是教堂里的妓女。每个人都会用感觉好笑的目光看着你，但他们私下里都想要问你一些问题。我并没有尝试让其他人变成素食主义者，但我却让一些人不再吃饼干和肉汁作为每天的早餐。

并不是每个人都能和我一起坚持锻炼下去。有些人只想要结果，但不想在过程中付出。有些人无法按日程表锻炼，然后慢慢退出。一些人可能认为我有些太疯狂了。但还是有少数几个人一直和我待在一起努力，他们明白一起努力的重要性。

"黄油豆"是经常与我一起锻炼的人之一。他是一个非常友好的人，喜欢篮球，有一个十几岁的儿子，我第一次见到他的时候他的体重高达三百一十磅。亚当是一个身高六英尺五英寸的红脸男，当他来找我寻求帮助的时候他的体重高达四百三十七磅，呼吸非常沉重。在一些鼓励之后他开始走路。每天，他都会走五英里，比我所期望的距离还要多，他的势头一旦开始，就没有人能阻止他。

戴夫是监狱里唯一的犹太人，我开玩笑说让他加入是因为他可以从食堂里拿到没发酵的面包，想要做出好的监狱披萨这种面包是非常重要的。他很矮，光头，有一个让人印象深刻的大肚子。戴夫每天锻炼都会迟到，每天都会抱怨锻炼太困难了。有一天我忍不住了。

"带着你糟糕的态度滚吧，"我说，"我们不需要你在这里埋怨和抱怨。"

他震惊了，但是明白了我的意思。之后，我拉着他到一边，告诉他如果他能闭嘴锻炼的话，我们是欢迎他加入锻炼小组的。让我惊讶的是第二天他依然出现了，而且自此再没有错过锻炼。

布洛克称自己为黑人代表。有一天我锻炼的时候注意到他在我旁边。因为我之前从来没有见过他，并认为他是一个刚转来的人，也许他之前是毒品项目班的。他的体形显然非常棒。

"你想要加入我们？"我问。

"当然。"他说。

就是这样，没有闲聊，没有提问，布洛克加入了。

我们这群"乌合之众"几乎每天都会聚在一起。我们互相鼓励着，变得更加强壮，而那些需要减肥的人体重也开始减少。一周又一周后，我提升了自己的里程数与速度。我还决定开始做瑜伽，这能帮助我恢复以前受过的伤。一天下午，我决定冒着被抽烟者嘲弄的风险做这事。我走到跑道内部的垒球场，脱掉了鞋子和袜子，开始我的瑜伽计划。我从站立呼吸练习开始，然后是半月的姿势，再然后是栖息鹰姿势。伸展自己的身体，保持身体的平衡让我感觉非常好。我把三角基本式都做了一遍后听到了肖蒂低沉的声音从我身后传来。

"你看起来像是一块该死的椒盐脆饼，"他笑着说，"你最好小心自己别被卡在这样的动作上。"

"你为什么不过来一起试试呢？"

"我差不多有七英尺高。你做这个看起来很愚蠢，而我做这个看起来会像个白痴。"

完成了锻炼计划后我穿上了袜子和鞋子，开始朝居住区走去，时间已经是下午四点的点名时间了。那天晚上，有三个家伙在不同的时间来问我下一次瑜伽锻炼是什么时候，他们也想试试。我根本没想到会这样，贝克利真是个充满惊奇的地方。

在六月中旬的一天，监狱里进行了一次彻底的搜查。这也意味着所有人都得待在居住区。院子里有流言说，有警卫在居住区发现了手机。手机在监狱里是被严格禁止的，任何人被抓住有手机，刑期都会被加长一年。彻底搜查之后又紧接着来了一个一级防范禁闭，我们都被关在居住区，直到进一步的通知到来。时间非常难熬，本来下午我还有一个快跑十五英里的计划，现在却无法实施。我在牢房里来回走动，做一些俯卧撑和仰卧起坐，希望院子能尽快地再次开放。

我们被允许去吃午餐，但吃完后得立刻回牢房报到。情况变严重了，我们都得到了通知，得知接下来两天院子都不会再开放。就在我回到长绿园后，我想起来贝克利不久后我曾收到一封来自我朋友贾斯廷的信。他是一个强大的跑者，同时也是个数学怪才。他曾为我计算过一个人在原地要跑多久才能相当于一英里。他将其称谓SWAG（科学的野蛮猜想），他感觉这有些太精确了。我寻找了一下旧信件，在里面发现了他的详细报告。

如果我走六百七十四步，每步都离地面六英寸，持续八分钟，他如是写道，那么我就相当于跑了一英里。我问了科迪如果我在牢房里原地跑一会儿是否会打扰到他。他笑了笑，然后说："不会。"但他会找一些比较奇怪的人聊天。接着我便在我的床铺旁跑了两小时。当我完成的时候，油布地板上已经积下了一摊水。根据贾斯廷的计算，我已经跑了十五英里以上，完全在原地的跑步。这是我做过的最艰难的锻炼之一。

我无法睡觉，原因并不是往常那种噪音或令人不舒服的床垫，而是因为早上的时候我要开始跑巴德沃特，这让我有些焦虑。我曾多少次这样躺在床上，在一场大赛前夜看着时钟？这种感觉很熟悉，我喜欢这种感觉，一种我从来没有期望在监狱里能有的感觉。

我的手表响了。跑步日。在清晨五点点名之后，我为自己准备了三个花生酱三明治，一个是早餐，还有两个我会带到跑道上。我把它们装进了一个网眼袋内，还放进了格兰诺拉燕麦卷、杏仁、全麦饼干，还有两小包佳得乐（就是我在三分球比赛中赢得的）。我往一个小的漏水的冷却袋里装满了水，这东西是我花了两个邮票从另外一名囚犯那里买来的。我没有吸汗性能的短袖，也没有压缩袜，但我有一些非常棒的经过剪切的灰色宽松长运动裤，无袖的贴身内衣和一双肮脏的白色袜子，全是棉制的。穿着老旧的耐克鞋，我看起来像是个七十年代的人。我所需要的一切就是在脑袋上再戴一个毛圈织物的防汗带。

我又额外带上了一双袜子和一顶帽子，然后给身体涂上了大量的防晒霜和凡士林，这两样东西都是我交易得来的。现在，我只要等待我所在的单元被叫去吃早饭。终于，扩音器里传来了声音。我所在单元的家伙们开始朝外走去。人群朝左边的餐厅走去，而我则朝娱乐区域走去。有几个人叫住我，说我走错方向了，但我只是笑了笑，挥了挥手。

现在天气已经很热了，气温虽然不像死谷那么高，但在中午的时候估计也会达到九十华氏度。我走到远处的跑道终点，尽可能地离建筑群远些，把我的东西放在了一个高大灯杆的底部，然后我收集了一些石头权且作为计数器。每跑四圈我都会把一块石头移到另外一堆石头上。我把我的水、食物都拿了出来，我的救助站就这样弄好了。

我研究了一下跑道。我所在的地方很平坦，之后的跑道会向下倾斜约十英尺，这段向右转弯的下坡约有四十码，然后是地滚球场和马蹄铁坑，这一段也是平地，待会儿这里会变得很繁忙，但现在它是空的。之后是篮球场与图书馆等娱乐建筑之间的弯道，在球场的末端弯道变直道，这段直道在树林的边缘，早餐后很快就会有吸烟的人来这里。

我的计划是：今天结束之前尽可能多跑几英里。每跑五英里我就会改变方向。在早上很早的时候，我必须猛冲到娱乐部门去工作，而且我还要在下午四点赶上点名。除此之外，我所要做的一切就是跑步。我看了一下表，时间是上午六点十五。在这里没有发令枪，也没有欢呼，更没有鼓励的话语。我出发了，我感觉到了自由，这可能是我在被捕后第一次有这样的感觉。

我用了九十分钟跑了十英里，比我应有的速度要快了一些，但我无法自抑。到了上午十一点的时候，我已经跑了三十英里。我感觉非常好，但有些担忧我的工作。如果我不快点完成工作的话，我怕娱乐部门的主管CO可能会出来问我到底在干什么。如果这样，那么我的巴德沃特可能会就此结束。

　　我把那些绿色的衣服套在了我湿漉漉的跑步服上，换了鞋子。我走到了娱乐区域，开始清理台球桌。经过CO办公室的时候，我看见他正通过紧闭的窗户看着我。他抬起头，向我微微点头，而这就是我所需要的一切。已经没问题了，我已经被看见和确定了。门发出声音后，我快速地回到了跑道上，脱掉外面的衣服，换了鞋子，拿起一个三明治。就像在巴德沃特时一样，我边跑边吃。

　　下午接近一点的时候，我想象着此刻在真正的巴德沃特上发生了什么事。三波起跑应该已经在上午六点、八点和十点都分别完成了。我一直都是被分配在第三波起跑的。跑的时候，我想象着参赛者们排着队跑着，我知道他们的脉搏跳动变快，嘴巴非常干燥。一点的时候，枪在我脑海里响了。因为某些原因，我开始哭了。我不知道是因为难过还是愤怒，但在几分钟之后，我感觉到了悲哀，我放慢了速度开始慢跑。是谁在跟我开玩笑呢？我正像一只动物园里的动物在监狱里跑圈。

　　我停了下来喝了一点水，想要调整自己。我取下用六美元从杂货店买来的太阳镜，擦了擦脸和眼睛。

"别像一个没种的家伙一样，"我对自己说，"不管你做或不做这事，都没有人会理你。但你会知道这是事实，而这才是最重要的。"

我走了一会儿，然后开始跑步，思想上开始进入死谷的中段。当我来到篮球场的第一个角落时，我注意到了格雷格，我的老室友，他正交叉着手臂站在跑道旁。这不是好事，我减速停了下来。

"嘿，伙计。"我说。

"嘿，"他说，"你到底在做什么？"

"和我走走。"我说，他开始在我旁边走。

"我只是要跑一整天。"我说。

"一整天？"他问，"为什么？"

"我想看我能跑多少英里。"

"你在做傻事。"

我哼了一声。

"真是傻事。"他说。

"你可能是对的，"我说，"别说出去，你不会说出去的，对吧？"

我知道格雷格喜欢说长道短。我知道他不说出去的概率非常小，他很可能会跑出去对看到的第一群人说我在做的事。我在跑道的远端平静地走着。

"你需要什么东西吗？"格雷格终于开口说。

我震惊了。在监狱里我懂得了一件事，那就是任何善举都是有附带条件的。我一直避免别人的帮忙，并努力继续避免，但命运总是无常的。

　　"是的。"我说，"事实上，我想要可乐，你能帮我弄到可乐吗？带冰的那种吗？"以前在跑步的时候我只喝苏打水，但在过去的两小时，我一直在想如果能喝冰可乐的话那得有多爽。

　　"是的，我当然能做到。没问题。"格雷格说。

　　他朝居住区走去。十五分钟之后，我看见他一只手上拿着一罐可乐，而另一只手上的塑料袋里则装满了冰块。我无法相信他真的做到了。冰凉的味道真的棒极了。

　　"啊，"我打了一个嗝，"太美妙了，谢谢。"

　　"好了，很酷，"他转身要离开，然后又转头对我说，"好运，伙计。"

　　我内心感到了强大，重新充满了能量。我意识到自己有了一些其他感觉，那就是快乐。我之前不认为这种感觉能在这里体验到，但在今天的此刻我感觉到了，完美的快乐。我正在做我所爱做的事，尽管我是在高墙之内做这件事。大约三点半的时候，我意识到我在外面的时间已经不多了。我必须要参加人数清点。又跑了三圈后，我累计跑完了五十四英里。

　　"场地已经关闭，回到你们的居住区……现在。"贝克利的公告都会有一种侵略性，但这条感觉起来更像是一种威胁。

　　我正在跑我的第五十四英里。我加快了速度，在空荡荡的娱乐区想跑完这最后一圈。然后我收拾了东西，赶到了我所在的单元。到了牢房后，我立刻穿上了绿色衣服。时间正好是四点整。我刚穿好短袖后警卫的喊声紧接着响了："清点时间。"汗水在我脸上流淌着。五点的晚餐前我无法再次离开。我讨厌等待，我试着利用这段时间，做我跑步时会做的事。我吃了一个蜂蜜面包和一个三明治，然后舒服地躺在床铺上。

五点零五分的时候，人们被叫去吃晚餐。再一次，所有人都往左走，我往右走。我准备好一切后开始再次跑步。我的身体感觉很好，我的心也正自由地跑着。我还能跑四小时，我想今天总共能跑个八十英里。我正处于一个所有跑者都知道的非常奇特的状态，在这种状态下你会感觉跑步是件非常轻松惬意的事。我已经跑了许多年，非常喜欢这种感觉，但也知道这种感觉很快就会消失。我大声地祷告，向更强大的力量感谢着，感谢它给我身体的忍耐力，并请求这种力量继续延续下去，直到我的极致。我也感谢在死谷参加巴德沃特官方赛事的跑者们，因为我知道此时此刻他们也在承受着痛苦，我索求着痛苦，因为这会让我更加了解自己。

七点的时候，又有两个跑者来到跑道上。其中一个一直跟着我的速度在我旁边跑着，我知道他的名字是斯蒂克。

"我听说你今天跑了一百英里，真的吗？"他说。

"你从哪里听来的鬼话？"我说。

他笑了："所有人都知道。"

我知道肯定是格雷格散布的这些话。斯蒂克一直陪我跑到了八点。"黄油豆"和科迪正出来在跑道上散步。每次我经过他们，他们都会戏弄我："把腿抬高点，恩格尔。""我的妈妈跑得都比你快……对，她只用一条腿！"

娱乐区的院子满是囚犯。夜晚的天气不错时，总会有许多人来到外面，坐在板凳上或打篮球，但今天看起来有些不同。经过篮球场时，我听到有人喊："加油，跑男。"经过吸烟的人群时，我震惊地听到有人说："做得不错，恩格尔。"我继续前进着。

八点半的时候我听到了一名囚犯的口哨声，这是一个信号，告诉周围的其他人危险正在靠近。这一次的危险是一个CO开着一辆约翰·迪尔牌四轮车到跑道上来，他可能是想抓几个吸烟的人或看看有什么出格的事吗。我认识这CO，他是一个正派的家伙。他开到我旁边跟随着我的速度。我尝试着表现得平淡一些，就好像我只是晚上出来慢跑。

"你今天真的跑了一百英里吗？恩格尔。"

"你从哪里听来的？没有的事，我没有跑一百英里。"

"我就感觉这是胡说，"他说，"没有人能跑那么远。"

这挑战了我的神经。我告诉他："我今天只跑了八十英里。"我应该保持沉默，但我的自我意识在显摆。

"这真是我听过最疯狂的事。"他说，然后开着摩托走了。我不知道他接下来会怎样对待这个消息。

场地在晚上九点半的时候关闭了。我已经跑了八十一英里，也就是说我在这个跑道上跑了三百二十四圈。我有些筋疲力尽和饥饿，还有些担心。我对自己的大嘴巴有些抓狂，但我对自己的满意掩盖了这种不安。晚上十点在牢房里等待人数清点和熄灯时，我笑了，如果他们不让我继续在外面跑，那么我就会在房间里用原地跑完成巴德沃特。

　　我洗了个澡，吃了所有能找到的东西，爬到了我的床上。盯着天花板，疲惫让我很快就陷入沉睡。我知道这种感觉非常棒。我被刮干净了，新生了。人们问我跑步的原因。我希望他们能体会到这种感觉，然后就会明白为什么了。我喜欢这种刺疼超过任何感觉。哪怕在监狱里，也许应该说尤其是在监狱里。

　　在早上五点的时候，我起床了，准备好再跑一天。早餐的时间到了，而我却转向了院子。我听到一些家伙说："好运，伙计。"

　　我感觉自己的身体有些生锈。我的身体受伤了，胯部下方和手臂下方出现了炎症。我需要让自己的注意力转移，所以我带了一个小收音机，它播放着一些流行的西弗吉尼亚州乡村音乐和西部音乐。我把频道调到了NPR（译注：美国国家公共电台），电台正放着"新鲜空气（译注：一个广播脱口秀节目）"。随着身体的放松，我感觉好了一些。电台的天气预报说下午会有雷暴，这对我来说可能会是一个问题。如果天气非常糟糕，场地就可能会关闭，而我也必须到里面去。但现在我还在跑着。

上午大约十一点的时候，我去了娱乐部门工作。CO并没有在办公室，所以我快速地清理了台球桌，然后又马上回到了外面。当我回到跑道的时候，发现娱乐部门的CO正站在灯柱下我的东西旁。

"你知道不应该把这些东西放在这没人管的。"当我靠近他的时候他对我说。

我点点头。长长的沉默，我害怕自己的巴德沃特就此结束了。

"我听说你正在跑一个很长的距离？"他说。

"是的。"我说。

他看着我。

"好了，继续吧。"他说。

中午的时候我必须去浴室，当我完成了浴室的工作时一群人冲进了他们的居住区。"风暴来了！"当格雷格看见我时他喊道。

我挤过人群朝外面走着。外面现在只是下着小雨，但滚滚黑云正从西边天空压过来，午后的光线也变成了奇怪的青灰色。我听到了远处的雷声。我来到跑道上时下起了雨。

时间是两点四十五分，我在一种惊恐的情绪中跑着，渴望完成目标。跑道的低洼处已经积了雨水，我踩着水花跑过这些水坑。闪电断断续续地照亮着院子、篮球场，还有跑道旁的林子。我独自一人，连吸烟的人也走了。我不记得上次我独自一人是什么时候了。

我来到灯柱下脱掉了衣服（虽然这是明确违反规定的），让雨倾泻在身上。我扔掉了短袖，开始跑起来。一圈又一圈，不停地跑着。我不是一个囚犯，也不是个数字。我只是一个来自北卡罗来纳的男孩。我是一名跑者。又跑了两圈后，广播宣布场地因为下雨要关闭了。时间也接近下午四点的清点时间了。我尽量加快速度，想让自己进入冲刺跑的状态。我的脚已经死了，但我马上就要完成了。我要完成这目标，哪怕因此错过点名而被送到小黑屋。

在三点四十七分的时候，我终于穿过了标记点。我做到了。

雷在咆哮着，雨像瀑布一般打在我身上，但我并不在乎。过去的一年我失去的已经太多了，而在贝克利跑巴德沃特却让我重新得到了一些东西。

随着夏季到来，我继续把脸书和推特的内容发给奇普，他会把这些内容发到我的账户上。希福斯曾数次把我拉到一边，建议我不要再发这些东西。一些我发给奇普的电子邮件因为电子邮件安全系统消失了，所以我转用邮寄的方式把内容发给他。从法律上来说，监狱是不能打开外送的信件的，尽管豪厄尔他们有时肯定会这样做。我并不是真的害怕希福斯女士。她没法禁止我的朋友和网站管理者在我的脸书上发布内容。我并没有告诉人们如何在监狱里走私或越狱，我只是讨论了我的跑步和我的饮食，还有和我在一起的人及我的家庭。每个人都会发这种无聊的东西到脸书上。

有时我会让奇普给我寄点书，其中一些书在NPR或《浮华世界》上被评论过。他把这请求也发到了脸书上，一些书如《菲尔丁的艺术》《至此为止》《艰难跋涉》《终结的意义》《三天的路》《自由》《炼金术士》《国王利奥波德的鬼魂》会神奇地出现，由我朋友或陌生人寄来。不久之后我就有了非常多的书，就像一个私人图书馆一样多，多到我无法把柜子门关上。我把它们分享给科迪，还有那些和我一起锻炼的人，最后不管是谁来借我都会借给他。我只有一个规则，那就是在一周内把书还给我。

与此同时，与我一起跑步的群体增长到了二十多个人。我并没有因为教导他们而收取费用，看着他们进步就是一种巨大的满足，就已经是足够的回报，但他们找到了其他方法感谢我。周三是"葡萄柚日"。每个人都知道我喜欢葡萄柚。我坐在桌子边，大家过来把他们一半的葡萄柚给我。我感觉自己就像葡萄柚教父。

到了八月，在豪厄尔的帮助下我准备好了上诉文件，案子审判中存在错误、虚假、缺乏资格或缺席是允许上诉的。豪厄尔完美地完成了这项工作，把我们发现的新证据及被原告方隐藏的内容都讲清楚了。这个上诉请求被送到了诺福克郡，即审判我的法官所在的法院。不幸的是他最近刚退休，而新法官，无论出于何种原因，都拒绝做出裁决。

我的上诉请求又被驳斥了回来，并附上说明说如果我还想继续，那么我需要将我的文件变成人身保护状。为了达到这一目的，必须证明我是因为完全错误的自首被非法关在监狱里的，即与宪法赋予我的权利相冲突。我并不懂这些法律术语，但豪厄尔懂。这个请求同样被迅速驳回，并没有被裁决，只是单纯地拒绝了这种申请方式。豪厄尔怒了，发誓他已是按法律条文提交申请了，但我们却什么都做不了。

　　我把所有的材料发给了父亲，他依然没有放弃。他说他将雇用另外一个律师。这种忽上忽下的急转突变已经让我厌倦了，但我不能让自己说不。我们每隔几天会通过电话讨论。当他对司法系统和诺德兰德发火的时候，我有些畏缩了，因为我知道我的电话都是被监听着的。当我尝试让他的情绪平静时，他的声音却更大了。他甚至告诉我他雇用了私家侦探去调查诺德兰德的过去。

　　"这家伙在加入IRS之前曾竞选过市议员。你知道他的竞选立场是什么吗？废除同志骄傲大游行！他把同性恋比作杀人犯、恋童癖者和强奸犯！"

　　我明白父亲想要有人倾听这些话。对于他来说这很困难，但对于我来说可能更困难。我曾因为谈话被希福斯警告过，我是需要承担这些话结果的人。

　　十月，一个来自NBC（译注：美国全国广播公司）的制片人联系我说新闻秀节目《摇动中心》想对我的案子做一个调查。

我告诉她典狱长不允许任何摄像机或录音设备进入监狱。当她问我原因时我笑了。

"因为安保原因，没有摄像机或录音设备会被准许……"我说，我已经把这话背下来了。我告诉她我不会再进一步解释。她说她还会再问，她还说他们非常想讲述我的故事，不管是现在还是释放后。

我给母亲打了电话，想告诉她最新的发展情况。当天和之后的几天她都没有接电话。最后我联系到了她的朋友金柏莉，才知道母亲已经因肺炎进了医院。之前，她有几次睡觉时忘记关门，她已经和死亡非常接近了。我感到了恐慌。她不应该再一个人生活了。我想要和她一起生活，安慰她，但这是不可能的。

秋去冬来。我依然努力地跑着，哪怕天气已经变得十分寒冷。事实上，天气越冷我就越高兴，因为待在外面的人就会越少。我的锻炼小组依然十分坚强，努力跑更多的英里数。我继续教导课程，清理台球桌，交换蔬菜与水果，在英语演讲会上发表演讲，尽可能休息和阅读书籍。

当然，我并不想待在这里。失去自由是一件非常糟糕的事，但也因为这种剥夺，我得到了一种奇怪的舒适感。不需要付房租，不需要做饭，也不用割草。作为惩罚我被送到了监狱，但我并没有因此倒下，在许多方面我受到了伤害，但在其他方面我也变得更强大。但许多人却因为这件事情受到了牵连。我的家人被惩罚了，纳税人为这浪费时间的惩罚埋了单。

到达西弗吉尼亚州之前，我曾以为自己可能会怕囚犯，但事实并非如此，我更加需要担心的反而是监狱的工作人员。他们中有些人是公平正派的，但也有许多人认为他们的工作就是找机会创造悲惨。

我认识一位绰号为约翰尼·卡什的CO，在一次探视的中途他让我去他的办公室。这种事之前从来没有发生过，听到他叫我，我非常地惊讶。卡什背靠在椅子上，脚跷在桌子上。他拿着一瓶药说："我在你的柜子里发现了氢可酮，我要把你关小黑屋。"

我一动不动，对于他所说的话完全没有头绪，但我知道他是认真的。

"这肯定有些问题，"我说，"你为什么动我的柜子？"

这可能不是最好的问题，但我忍不住想问他。

"只要我愿意，可以在任何时候去检查你那该死的柜子，不管你知道或不知道我都可以检查，你只是一个囚犯。现在我想要你告诉我这麻醉剂的事。"

我两手一摊，一副"我不知道你在说什么"的样子。他喊道："你想要惹我吗？"

我一言不发。另一外警卫CO哈维就在旁边，之前他一直沉默着，现在咯咯地笑起来。约翰尼·卡什把瓶子扔向了我。

"拿走，把你愚蠢的胃药拿回去，"他说，"但别忘了，我可以在任何时候陷害你。现在去享受你剩余的探视时间吧。"

他们从我柜子里拿了一瓶装有两片抗酸药的瓶子来找我麻烦。我走出去的时候他们还在笑着。

假日临近，来监狱探视的人都会减少。人们忙着过自己的生活。许多朋友会发来贺卡，但他们并不知道要说些什么，我并不责怪他们。贺卡上不会写着"在监狱里享受这个可爱的感恩节吧！"或"祝监禁中的你有一个快乐的圣诞节！"

母亲出院了，依然在恢复之中，无法长途旅行。在圣诞节前布雷特和凯文来看了我一次。凯文的表现依然非常棒，但布雷特还陷在漩涡之中。我敢说如果他知道我对他的一切都了如指掌的话，那么他坐在我面前时肯定会感觉不舒服。但我并不想用我唯一的时间对他说教，我们只是吃着自动售货机卖的垃圾食品，讨论卡罗来纳大学的篮球。我们引用了很多《王牌大贱谍》中的台词，布雷特对凯文说："我知道你疯了，现在我能看到你的疯狂。"我们笑得太厉害了，以至于值班的CO警告我们要小声一点。凯文靠向我说："他接下来会怎么做……把你踢出监狱？"

这次探视非常棒，但我想要更多。我想成为他们生活的一部分，而不仅仅是和他们玩闹说笑的人。在他们离开后我回想起，在来贝克利报道后不久与克里斯·贾斯蒂斯的一次谈话。他曾对我说，对于我的家人和朋友不要期待太多。他说他们的热情终究会消退。信和电子邮件的来往也会越来越少，探访的次数也会变少。但他也补充道，这也并非是坏事，这意味着他们在过自己的生活，而不是每天都在担心你。

"不要让你的家人把时间都花在你身上。"他说。

我对自己说是自己太贪心了。布雷特和凯文还必须在我不在的状况下生活一段时间。他们已经把他们能给我的东西都给我了。

圣诞节到了，我想在这一天跑一次马拉松作为给自己的礼物，在之后的八天我也每天都跑一次。豪厄尔、阿修、布兹、帕特里克、大卫、亚当等其他至少十多个人都加入跑了一段路程。大多数情况下我跑得又慢又稳，但在新年的时候我加快了速度，看自己是否还能在三小时内完成。最终我的成绩是两小时五十八分钟。

一月中旬的时候父亲又来看我了，他将探视时间利用到了最大化，早上九点的时候就来了，一直到下午三点结束的时候才走。这期间我们一直在讨论我的案子。父亲依然愤怒，我想我也是，但我在探索内心的时候，却发现这种愤怒已经不见了。保持愤怒会让我无法入眠，无法保持思考的连贯性。为了保持内心的平静，我必须顺其自然。清醒告诉自己，没有什么比自己给自己下毒更加痛苦的了。我必须度过我的刑期，接受不公平的判决，拳头并不是战斗的唯一方式。

在父亲的鼓励下，我根据条例提交了申请，要求重新审讯。我的申请主要基于布雷迪的材料，同时包括了许多问题。其中我们的论点就是起诉方知道但隐瞒了我无罪的信息。原告从来没有透露他们正在调查其他可能涉案的人，而这些人正是篡改并伪造我贷款申请文件的人。说得婉转些，这种行为是严重违反司法正义的。

我已经在监狱待了差不多一年，只剩下六个月就可以出狱了。让我再接受一次新的审讯就好像把我的神经重新扭转过来，这并不是我想要经历的事。当然，我想要正义，想要自己的罪名被推翻，但我已经看过司法系统是如何对付那些与之对抗的人的结果。我的刑期几乎要结束了。如果新的审讯又给我判了五年……甚至七年……甚至更多的话会怎么样呢？在很多方面，我只是想要继续我的生活。

我的锻炼小组人数经历了减少与增长，一些人出狱了，也有一些新人加入。肖蒂在三月的时候刑满释放，他甚至没有说再见。我感觉每一个在贝克利的人有一天都会离开，但贝克利，就像其他任何地方的监狱一样，永远是人满为患。不存在改正，不存在改造，只有耻辱、拥挤与冷漠等类似的东西，不断地伤害着人们。

四月中旬的时候，我被叫到了案件管理员的办公室。约翰·卡特是退役海军，是约翰尼·格里姆斯的弟子，因此我一直躲避着他。通常他叫我进来是告诉我，我需要完成某些流程或签署一些文件。但今天他却有别的事，他提到了我从贝克利联邦监狱营被释放的时间。

"六月二十日的时候，你将被提前释放，转送到一个位于格林斯博罗的重返社会教习所"，他如是说，"你将有五个小时的时间去教习所那边报道，如果刑期没有加长的话你在监狱的时间将只剩下两个月了。"我感谢了他，然后离开了他的办公室。我没有告诉他我想拒绝去重返社会教习所，在贝克利继续度过我最后的两个月。我有一个计划，我想要从西弗吉尼亚州的比弗跑两百英里回格林斯博罗，重新回到我的生活之中。

四月下旬的一个晚上，我用监狱电话给布雷特打了一个电话。我就是想听听他的声音。他拿起电话听到我的声音后就开始忏悔。他告诉我他已经吸毒六个月了，而且吸的还是海洛因。

我感觉到了心疼。我没有提问，因为害怕他还会说出其他什么东西，而且我知道监狱的耳朵在听着。电话陷入了难以忍受的沉默。

"但爸爸，"他说，"我会戒掉的。"

一个朋友在巴吞鲁日（译注：美国路易斯安那州首府）找到了一个为期九十天的戒毒疗程，而我的父亲说他会为此买单。说话的时候，他的声音变得坚强了一些。他现在正处于生活的底部，在寻找解决的方法。我意识到他感觉到了安慰与乐观。对于那些站出来帮助他的朋友和家人我是如此的感激。我知道这事并不容易，但至少我知道在接下来的三个月布雷特是安全的。

我一直知道布雷特和我有许多相似之处。我们都渴望快乐和被爱。我们都很敏感，当事情出错，特别是当我们对所爱之人失望时，混乱就会随之而来。受伤的感觉变成了消极行为的催化剂。

想要从中爬出来并不容易，特别是当你感觉受伤的时候。说"不管了！我已经做得足够好了，我应该嗨一次，让自己逃到一个更好的地方"是一件非常容易的事，但多年之后，我已经意识到这并不是解决办法，不过布雷特还年轻，他太脆弱了，他不明白这事实上是一个无底的深渊。

"我为你感到骄傲，布雷特，"我努力地不让自己的声音破裂，"我会支持你的。"

这空洞的宣言让我感觉非常糟糕。我想要在他身边支持他。如果能帮助儿子的话，我会从这门走出去，穿过院子，翻山越岭到他身边，至于结果以后再去理会。

但我必须要保持理性。布雷特决定戒毒让我清楚地知道了自己必须要做的事。我需要在离开贝克利后，去格林斯博罗的教习所。从监狱里跑回家不过是一件自我满足的事，但如果布雷特在此期间发生了什么事，或者母亲在这期间发生了什么事，那么我将永远无法原谅自己。

我告诉了豪厄尔我的计划。他理解了。他的母亲也在数月前逝世了，而他参加葬礼的外出申请被拒绝了。我看着他承受着失去生命中最重要的人的痛苦，也为无法和家人在一起而苦恼。我知道我不能冒这样的风险。

在距离开的日期已经不足八周的时候，我突然有了一堆事情想做。我告诉我的锻炼小组我马上就要离开了。在任何人难过之前，我先警告了他们不要在我离开之后就松懈了。

当我在监狱的时候我一天需要回十至十五封信，每一封来信我都保存着。这些信有许多是来自我不认识的人，那些已经清醒的人或还在追求清醒的人。其中有些人甚至在我到达监狱后已经给我写了几十封信。现在我即将离开了，我想要确保把所有没有回复的信都给回复了，并让他们知道我即将出狱，他们可以通过电子邮件与我交流。

在我准备离开的时候，我收到了一封来自金柏莉的信，上面说艾莫利大学想要存档我母亲毕生的成果，包括戏剧、文章、采访等一切。母亲能得到她应得的认可让我非常高兴，但悲伤的是她可能无法意识到荣耀是什么东西。金柏莉说他们会等待，直到母亲搬进一个护理机构，然后再整理她的作品。

也是那一周，我收到了一封巨大的信，里面回复了我最新的上诉。根据豪厄尔的评估和我父亲的信心，我乐观地认为至少可以在一个法官面前陈述我最新发现的证据。我打开信封，浏览了一些内容。结果不仅没有得到听证许可，我们还被斥责要求法院考虑这种事。法官认为我们并没有证明案子有问题，认为我们是在浪费法院的时间。

是时候让这些都过去了，将注意力集中在未来的生活上。非常幸运，我的一位老朋友史蒂夫·拉基斯给我提供了一份工作，他在北卡罗来纳州德奈姆市办了一个《耐力杂志》。他雇佣我当写手，并帮助他实施对一些事件的想法。我还有了一个可以住的地方，我的朋友奇普·皮特同意我搬回去住他家的客房，他知道我不确定自己会何时才能搬出去。

五月一日，我被允许离开贝克利去镇上看医生。我已经连续几周忍受着腹股沟的疼痛，而医生认为我得了疝气。我申请看医生的要求得到了同意。我坐着一辆卡车去了当地的一家医院，驾驶员和我之间有一层金属隔板。我透过窗户向外望，对自己已经有十四个月没有看见的世界感到惊奇。我瞥见一个女人从后座拿出一条毛巾，去参加日光浴沙龙；孩子们在运动场荡着秋千；一个非常漂亮的女人坐在一辆敞篷的汽车内，戴着太阳眼镜，长发飞舞。街上还有旅馆、杂货店、餐厅、加油站和穿着正常衣服、做着普通事情的人，他们来来往往，按自己的意志自由地行走着。

我被允许不戴手铐坐在候诊室。我穿着监狱绿套装，但似乎没有人注意我。这是一个监狱城镇，西弗吉尼亚州是一个监狱州，这里的人对这种制服已经比较习惯了。一位护士甚至给我递了一杯咖啡，在监狱陪同人员点头批准后我急切地接受了。这咖啡有些淡，但依然非常棒，这是我十四个月以来喝的第一杯非即溶咖啡。我在考虑是否能请求去医院餐厅弄点吃的，但我想他们应该不会接受邮票付款。

医生确认我得了疝气。他看了看他的日程安排表，说可以在十月份给我动手术。我道了谢，告诉他我马上就出狱回家了，但对他的诊断依然感激。他祝福我好运，从他的声音中我能听出关爱与担心。

六月一日，《纽约时报》的乔·诺切拉又在他的专栏写了有关我案子的文章。再一次讲述了我的故事，他怀疑那些几乎把金融系统摧毁的公司的高管中没有一个人被关进监狱哪怕一天。"因为某些难以理解的原因，原告极度想要把查理·恩格尔送进监狱。而且他们做到了。"诺切拉写道。对于他再次承认我的境况我是感激的，但他的第一篇文章给了我希望，而这第二篇文章却让我感到焦虑。一些证据显示，我的罪名已经没有希望被推翻了。

同一天，我和父亲通了话，他对我说NBC的节目《摇动中心》的摄制组计划在我出狱的时候等在监狱门口。我匆忙地结束了这电话，我不想让贝克利的监听者知道任何有关这采访的事。父亲和我继续通过电子邮件讨论，而且还使用了一些秘密代码。我告诉他要小心，别让我陷入麻烦，或让自己被逮捕了。

我在贝克利的最后几周过得飞快。我匆忙地阅读，上戒瘾课程，和我的小组一起锻炼，和我的朋友们说再见。我从来没有期待过在监狱里能交到真正的朋友。不像生命里其他篇章（比如毕业和迁居）的结尾，这次的告别感觉是永远的。我不能再次和他们联系，哪怕他们被释放后。我想这规则是为了防止前犯罪人员聚集在一起共谋坏事，但结果就是许多人在出狱时没和别人说一句话。和他人握最后一次手真的是一件非常伤感的事。除了对他们说："好运，要有一个好生活"之外我还能做些什么？

随着即将出狱而出现的焦虑感，我意识到内心里有些不舍监狱里的简单生活。在这里只有好、坏和更坏，不存在幻想。我很少需要决定什么事。当我第一次来到贝克利的时候，我曾听人们讨论监狱里的生活相比外面要简单许多。现在我明白了他们的意思。尽管如此，我并不渴望再次回去。我已经准备好面对外面复杂的世界。

出狱的临近让我有了一种渴望，渴望一切东西都回来。我渴望爱，渴望冒险，渴望自由。我想要暴食新鲜的番茄和甜蜜的玉米，欣赏艺术和电影，我还想跑步穿越森林。

在监狱里的时候我的内心是被挖空的，自我意识的淤泥也被冲走了。

在离开这个地方的时候我会变成什么样的人？我相信自己的内核会变成自己所设想的那种人，那种内核充满了爱、真实、谦卑、朴素与热情的人。我知道我的自我意识最终会追上来，爬回到船上，但我并不计划让它掌舵。

第十四章

　　当走出监狱大门的时候，我一眼就看见了父亲。他热情地迎接了我，还给了我一大杯加了奶油的星巴克穆哈咖啡。我无法确定这两者之间哪一个更让我兴奋。我大概有五小时的时间开车去格林斯博罗的重返社会教习所，整个车程大约需要四小时。我想停下来吃点东西，但直到我们开车进入北卡罗来纳州后我才去吃了些东西。对于西弗吉尼亚州我已经受够了。我的衣物都放在奇普的家中，我曾请求他帮我打包好给我父亲。在车里换上了自己的衣服之后，那种无法言说的感觉真好。

　　《摇动中心》的摄制组曾在监狱外守着，等待着拍摄我离开贝克利，但官方听到了风声把他们赶走了。其中一个工作人员给我的父亲打了电话，请求在一个休息站对我进行采访。现实上来说，我只是处于"休假"状态，禁止与任何媒体交谈，而且我曾签署过相关文件保证过。因为我曾在贝克利违反过一些规定，因此我认为现在并不是一个好的时机。我拒绝了。一旦我在教习所的时间结束，我便能按照自己的意愿接受外界的采访。

开车的时候，父亲说了提交最后一次上诉的事。

"不，"我说，"别再请律师了，你不能再这样花钱了。此外，没有法庭愿意站在我们这边。我们最好的赌注就是讲述这故事，然后让舆论对其进行讨论。也许我能得到总统的特赦。"

父亲笑了，但我知道他有些失望，因为我不想再战斗了。

教习所的房子并不显眼，只是一个两层楼的红砖建筑，之前我曾无数次从它面前开过，但我并不知道它是用来干什么的。我带着一个粗呢包和一个背包进了前门。在一个玻璃隔层后面，一个肤色较浅的梳着长辫的黑人带着笑容问候了我。他说，他叫迈克尔。

我问他我是否能出去和父亲告别，但他说一旦我进来了就不能再出去。他给我们安排了一个有电视的房间。父亲和我一起坐了几分钟。我再次感谢了他能来送我，以及他为我所做的一切。

尽管我的生活被撕裂过，但我和父亲也因此而变得亲密，这种结果我认为是值得的。我很好奇如果这事继续下去会怎么样。但我知道他对不义之事无法熟视无睹，因为他是一个爱国的美国老兵，他感觉到了背叛。

迈克尔透过一个锁着的门叫我，我同他一起去了一个办公室登记入住。一个女人进来对我说了一些这里的规定：除了在进餐区域，其他地方都不能吃东西，并且这地方不能使用电话。运营社会教习所的人是承包商，而不是BOP（译注：联邦监狱部门）。这里的人是一群非常友好的人，不会制造让人不快的体验。但同住的人并不能保证是友好的，这些人可能是杀人犯，甚至可能是强奸犯等各种违法乱纪的人。这就是联邦监禁的后系统，所有不同安全等级的犯人进入同一个重返社会教习所。这是一个真正意义上的熔炉。

在二十四小时的等待时期，我可以离开教习所去健身房，还能沿街去一家公共图书馆，在那使用电脑和借书。更重要的是我能去AA会议了。沿街一直走下去就能到达俱乐部，我已经在这里参加了很多年的AA会议。晚上的时候，我把包裹里属于我的不多的东西取了出来，整理了一下，然后看了会儿书。我和几个同住的人简短地打了招呼，但我并不需要这些"恶棍"朋友。我希望自己不会在这里待太久。因为我已经有了一份工作和居住的地方，所以我是有资格直接在家服刑的。

我所在的房间里住有二十多个人，整个晚上都非常吵闹，甚至其中有些人还在用手机打电话——这是被禁止的，我的睡眠也因此受到了严重地干扰。最终我放弃了睡眠，直接到楼下去吃早餐。在这里你不需要塑料袋，也不用做任何交易，因为这里的食物非常美味而丰富。我吃了些薄煎饼、鸡蛋、粗燕麦粉、谷类食品、小松糕和水果。

吃完饭之后，登记外出，沿着街朝峰会俱乐部走去，我感觉自己就像一个要去游乐园的孩子一样有些晕眩。早间会议在八点的时候就会开始，当我步入其中看见了一些认识的人。其中一些还同我打了招呼。当会议开始的时候我闭目聆听着。这是我去贝克利之后第一次听到其他人大声地念《静心祷文》。在会议上有人讨论了感恩与宽容，而这也是我所需要的。我感觉到过去十八个月一直压在自己身上的重负正在褪去。

周六的时候来了许多朋友。我怀着感恩之心接待了他们。在此之前他们给了我非常多的帮助。当天晚些时候帕姆和凯文也来看我了。凯文看起来很轻松自信，他的成熟让我惊讶。和他们坐在一起有说有笑，我非常享受那一时刻。他们和我说了很多有关布雷特的事，后者正在接受治疗。帕姆说他的表现不错，走的时候她给了我一个联系电话。

当晚，经过几次尝试之后我联系到了布雷特。那明显是一个房间里的电话，我无法听清他的声音，因为实在太吵了。他喊了一下，然后噪音消失了。

"抱歉，一些家伙明天就要结业了，这个地方有些疯狂。"布雷特说。

"别担心，伙计。我只有五分钟的时间和你交谈。"

"真有意思，"他说，"我也是。"

"我想我们都在某种途中。"我说。

"什么途中？这听起来像是我想要知道的。"他笑了。

"充满希望通往更加美好的生活的途中。"

"好吧，我想这取决于我们自己。"布雷特说。

"你是谁？你对我儿子做了什么？"我说。

电话陷入了沉默，然后我们都笑了。

每隔几天我都会和布雷特通一次电话。他听起来非常不错，每天都会举重，他感觉自己在变得更加健康。他谈起了他的一位辅导员，他非常钦佩那人。他说希望自己有一天也能成为一名戒毒辅导员，而我对他所说的大都是些专注于恢复的话。我已经习惯于把他当作一名瘾君子，就好像他一直都是。作为一名父亲，我对他的爱让我想鼓励他健康地活下去。但通过这些对话，我明白了他所需要的并不仅是活着。他非常有趣、善良、有同情心，体育也很棒。我一直都以他为骄傲。他的积极向上让我感觉到了巨大的安慰。

不久后我开始在《耐力杂志》工作。办公室在德奈姆市，从教习所开车过去大概要一个小时。史蒂夫·拉基斯和我是多年的朋友，他曾来贝克利看过我几次。事实上他的杂志并不是真的需要我，但因为一份工作可能有助于我离开教习所，所以他依然以最低的工资雇用了我。

我们在德奈姆市见了几次面，讨论了我可以写的故事。我喜欢每天开车上下班和晚上去参加AA会议的感觉。

在离开贝克利两周之后，我被要求戴上了一个脚踝监视器，然后就可以在奇普家完成最后六周的刑期。奇普家的电视有许多频道，在接下来的一年时间里我可以把错过的节目都补上。我特别喜欢《德克斯特》这个节目，这是一个关于一位脾气很好的连环杀手的故事。

奇普在七月四日的时候策划了一个盛大的派对，并准备了专业的烟火表演。数十名朋友参加了派对。我喜欢这派对，因为拥有这么多朋友可以让我的感觉压力减少。当晚唯一尴尬的时刻是轮到烟火表演的时候。奇普一直都在街道的尾端放烟火，那是一条死路。当我开始和其他人一起沿着车道去看烟花时，我意识到如果我继续走下去，那么我可能会走出脚踝监视器的范围。

我找了一个借口回到了房子，和他们说我会马上赶过去。当所有人都走后，我来到了前门廊，在那里看着烟火。我喜欢这种孤独感，听着远处人们的欢声与笑语。在七月四日的最后，所发生的最棒的事是我得到了一小杯巧克力风味的牛奶冰激凌和一把木匙。是的，只要有这东西我就能活下去。

从贝克利释放数周之后，我便把注意力集中到了最重要的事上，即我的家人和朋友。我禁止自己思考失去了什么，但这就像是不停地告诉自己不要呼吸。当消极的思想出现时，我会尝试让它们转向。去想自己未来的不确定性，我相信这是一件好事，只要我坚持做正确的事，那么属于我的路就会出现。我希望自己变得更有耐心，让心结自己解开，虽然这违背我的天性。

　　我申请了一个假期去弗吉尼亚州看望我的母亲。申请被批准了，但不允许在那里过夜，所以我不得不一天之内往返于两地，来回要花六个小时。中午刚过不久的时候我就到达了查尔斯角。我姨妈劳拉已经和她一起住了数月，姨妈家正在装修，对此我非常感谢。母亲用拥抱和亲吻欢迎了我。对于能看到我，她感到非常惊讶，之前我已经告诉了她好多次我会过来看她。劳拉说我母亲已经忘记了我进监狱的事，所以我不需要提起这事。也许这是老年痴呆症积极的一面。

　　布雷特在七月二十一日离开了巴吞鲁日，来到奇普家看我。当他走在车道上时，我几乎没有认出他。在贝克利来探视我时，我感觉他像是一个破旧的小孩，而现在他明显就是眼神清澈的年轻男人，散发着能量和自信。在过去几年他就像是一个残骸，而现在这个走来的美妙又友善的人让我惊奇。

　　八月中旬，我又收到了《摇动中心》的采访请求，我遵从规定，告诉他们必须要先联系监狱管理局获得许可。就在NBC询问的时候，我被命令回教习所，以一级防范禁闭对我进行关押询问。在过去一年半，我已经了解到监狱官员非常讨厌媒体，会用任何方法阻止这样的事情发生。八月二十三日，我在最终释放文件上签了字，从门里面出来和我的孩子们抱在了一起。不再有脚踝监视器，也不再有宵禁。我依然有五年的缓刑时间，需要偿还二十六万二千五百美元。但我会稍后再担心这些事。

我有我的孩子，对于现在的我来说这已经足够了。

我们去了特克斯和雪莉吃早餐，这是孩子们最喜欢的地方，在这里他们可以吃到喜爱的薄煎饼。我们讨论了许多事情，从监狱到女孩再到清醒。我告诉男孩们我想马上带他们去一些地方，也许是沙滩。凯文提醒我在不久前他已经是高三学生了，但我们也许可以在劳工节周末去。我被这种轻松而自然的感觉惊呆了，世界上所有的事看起来都是正确的。

早餐之后，我回到了奇普家。我意识到自己没有要做的事，没有人要去见。这时间是属于我自己的，这也意味着跑步时间。

我已经有将近两年没有越野跑了。当我穿上跑鞋朝外面走去的时候，我感觉自己有些紧张。跑了半英里后，我看见了我正在寻找的东西，一条狭窄的小道，它通向围绕着勃兰特湖的九英里的圈。我的呼吸沉稳了下来，在低悬的树枝下面我尽情地跑着，跳跃过石头，绕过泥坑。我专注于每一件事，但又什么都没有专注。

一场突如其来的雨下了起来，我把头巾拉紧了一些，我听到自己的呼吸声变得更大了。小道变得湿滑，每一步我都需要小心。在一个长长的上坡路上我感觉有些喘不过气来，但随着地形变平坦我的呼吸变得顺畅了起来。阳光穿过云层和树叶，给了我一条光华满溢的跑道，真的太完美了。

那天晚上，我接到了一个来自朋友麦克·普斯托克维奇的电话。他问我是否有兴趣，在九月的时候去北加利福尼亚州，在一个为期多日的名为"做演讲"的活动上发表演讲。我告诉他我付不起飞机票。他说所有的费用都会报销，而我所要做的一切就是出场并讲一个好故事。我答应了他。

到达加利福尼亚州霍普兰市的第二天我五十岁了。为了庆祝，我围绕着坎普韦达农场那郁郁葱葱的丘陵葡萄园来了一次非常棒的跑步，这个农场就是举办会议的地方。之后的三天里我被其他演讲者激励着，吃着菜园里面的有机食品，吸收着参加者所带来的积极的能量。我是最后一天倒数第二个演讲者。像其他人一样，我有二十五分钟的时间用于讲述任何我想讲的故事。

我并没有准备演讲稿，但轮到我时，我很自然而然地说了出来。我讲了我的童年、我的母亲和我的孩子。我描述了我沉溺于毒瘾时的状态，我告诉了他们我对冒险与跑步的热爱，以及我穿越沙漠和丛林的故事。我解释了我为什么认为痛苦是最好的老师，我鼓励他们去发现自己的痛苦。讲到二十二分钟的时候，我告诉他们我刚出狱，大家陷入了沉默。然后我告诉他们我并不推荐把入狱作为一种启示自己的方式，他们都笑了。最后我告诉他们适应是幸福的关键，然后结束了演讲。只要有正确的态度，所有的困难都能被克服。我的演讲一共用了二十四分三十六秒，我甚至没有看过表。我没有为我的过往找借口，也没有责怪任何人。我知道那样我将会被愤怒所淹没，作为一个受害人结束一切。

最后的演讲者是谢丽尔·斯特雷德，她是畅销书《野性：在太平洋山脊上的迷失与寻获》的作者，这是一本有关她母亲死亡与她在太平洋山脊上长达一千一百英里的旅途中寻找自我的书。在她结束演讲后，我和她一起在台上接受了提问。我提到在贝克利的时候，我曾在NPR上听过她的名字，在一些杂志上也看过一些她的文章。在我所有借出去的书中，她的书是最受欢迎的，也是少数几本被我带回家的。我无法相信自己能和她站在一起。

在我回到加利福尼亚后，哈里·史密斯和《摇动中心》摄制组来采访了我。在我们开始之前，我和哈里开车去了当初我被诺德兰德逮捕的公寓。他想看看我的垃圾被翻出来的大垃圾桶。当我们回到奇普家的时候工作人员已经把一切准备好了，整个采访持续了四小时。问题都很尖锐但也很公平，我回答了所有问题。当采访结束时，哈里说，对于诺德兰德想要抓捕我的动机，我们肯定有什么不知道的地方。

"或者这家伙就是个怪人，"哈里说，"谁知道呢？"

十月，我的朋友兼极限跑者克里斯·罗马邀请我和他及他的一个朋友托尼·波特拉（另一位极限跑者）一起沿着巴西的信仰之道跑步。我们计划去参加一个名为"巴西135"的比赛，这是一个类似巴德沃特的赛事。克里斯告诉我比赛的主管马里奥·拉赛尔达会提供所有的费用，因为他想要看到我重回比赛。

这是一个非常慷慨的邀请，但我还需要治疗我的疝气。此外，我不太确定自己是否还能跑这么远。而且我还需要从我的缓刑犯监督官那里获得离开这个国家的许可。谨慎的做法是礼貌拒绝他的邀请，但我从来不是一个谨慎的人，我接受了他的邀请，这正是我想要做的事。我挂了电话，感觉自己有些不舒服，但很兴奋。

　　我的缓刑犯监督官居然同意了我去巴西，这让我非常震惊。我的疝气手术非常成功，恢复也非常快。医生对我说举重物时要小心，也不要锻炼过度。我问对方，我是否能用跑二十五英里的训练距离代替四十英里的训练。

　　十二月，我带着布雷特和凯文去弗吉尼亚州看母亲。看到两个孩子和他们的奶奶在一起是一件非常棒的事，尽管她对于这两人是谁有些困惑。金柏莉在上周来看过母亲，告诉我是时候考虑把母亲送到什么地方去了。母亲一个人待着的时间太多了，这可能会有些不安全。我有些不情愿地承认这是不得不做的事。金柏莉说我们应该在一月的时候送。我有些尴尬地告诉她我那时要去巴西参加一个比赛。她很友好地说理解我，还说母亲也会理解我的。

　　"巴西135"的超长距离马拉松将在二〇一三年一月十七日开始。克里斯、托尼和我在十五日早上开始朝起点跑去，我依然处于疝气手术恢复之中。但我无视了这一点，我想在远离这项运动三年之后测试自己。许多信仰之道的朝圣者想要加深与灵魂的联系而来到这里。而我来到这里则是为了净化某些邪念。

第一天我们跑了六十七英里，第二天是六十六英里。我坚持着，但也仅仅如此。第三天我们到达了起点，在这里已经聚集了数百位参赛者——独自参赛或是某些参赛团队。我们没有任何赛前运动，因为我们已经感觉自己像坏掉的机器一样。我的脚非常疼，还有胃病问题、睡眠不足、晒伤。比赛开始后我们三个人跟着大部队开跑。其他经验丰富的巴西跑者冲在最前面，几分钟后就从视野里消失。以往，我会至少尝试追他们。但现在我根据经验判断自己应该认清自己的情况。

接近终点的时候，我感到了人类能体验到的最好感觉。我们在四天里沿着信仰之道跑了二百六十八英里。对于我来说这不仅是又一场冒险，还是我接下来的人生的开端。

二月份的时候，我开车去了查尔斯角，帮助金柏莉把母亲移出她的房间。但当开车送她到海瑞特会馆（一家老年痴呆症护理机构）的时候，我却无法上车。我感觉自己正在背叛她。在她短暂的清醒时刻，她曾说过并不想要这样的结果，她不想被病人包围着，被陌生人照顾。我看着金柏莉开车带着母亲离开，知道她永远不会再次生活在这房子里了。

那天晚些时候，一个来自艾莫利大学的男人来到这房子。我看着他给装着母亲戏剧、日记、信件和照片的几十个箱子贴上标签。我又在查尔斯角多待了三天，整理了她的东西。在这期间，我收到一封来自克里斯·克斯曼的电子邮件，他是巴德沃特超长马拉松比赛主管，他祝贺我被二〇一三年巴德沃特接受了。当时我正一边打包着母亲的东西，一边哭泣，而克里斯的友好语调再次打开了闸门。

出镇的时候，我去见了母亲，与她告别。刚去的时候我看见她与一个非常年老的懒洋洋地窝在轮椅里的男人交谈着。她只有六十九岁，比房间里的其他人要年轻。这情景让我心碎。

"你在这里干什么？"当我靠近时她好奇地看着我。

我拥抱了她。我们讨论了外面棒极了的天气，以及山茱萸花还会盛开多久。我告诉她有关巴德沃特的事，及我对于能重新加入这赛事有多么高兴。她拉着我的手说："这很好。我爱你。"

她的眼睛告诉我她还有许多话要说，但却无法用语言表达。我怀着感激之情离开了海瑞特会馆，这里的员工会照顾好她，保证她安全。我希望她喜欢这里的人，我希望她不会被吓到，我希望她不会感到心痛，但同时也在某种程度上希望她不会这样活太久。

三月中旬，我开始担忧我的财务问题。我在杂志社的工作并不是长期的，我感激史蒂夫让我有机会自食其力，至少帮我从教习所出来，但现在我需要一份真正的工作。我想过重新去做冰雹凹陷修复生意，但我已经很久没有修过凹陷了，我不确定自己现在还能不能胜任这个工作。

我开始给一些曾经为我工作过的人打电话。让自己变得谦恭，让他们成为老板并不是问题。问题是，现在是三月，离冰雹期到来还太早。然后我给斯科特·布兰打了电话，他是我的一个老朋友，是世界上最好的凹陷修复技师。他很高兴听到我去找他，而且将其视为一种幸运，因为他在亚特兰大的店在本周早些时候刚遭受了冰雹的袭击。他问我是否能在第二天去那。我告诉他，我必须要先申请许可，我希望他能把这工作为我留着。

我给我的监督官打了电话，向他解释了情况。她提醒我一个常规的旅行申请流程需要一周的时间。我请求她给我特例。三十分钟后对方便给我回了电话，告诉我，我的旅行可以在某些特定的条件下被批准。首先，她要打电话给斯科特确认我有这份工作。第二，她要我给她发一张我工作时的照片，照片上还要有汽车经销商的签名。没问题，我告诉她。

我把我过时的工具装上道奇杜郎戈（译注：一种SUV车型），这车是我朋友用一千五百美元帮我买的。我在午夜上了路，想要在工作日开始前到达目的地。尽管车况很差，但我还是开了一个晚上，早上五点的时候到达了亚特兰大，我在车内睡了一小时，当我醒来的时候，一个我以前的老员工隔着驾驶员一侧的玻璃看着我。我被吓了一跳，他笑了，带着我去见这个地方的经理，并帮我开始工作。

在最好的环境下修理被冰雹砸伤的车是一件沉闷的工作。自从我上次拿起工具已经过了好多年了。我曾是这方面最好的技师，但现在是最糟糕的。我甚至因为无法修好一些凹陷，而不得不救助于他人。开始几天，我从头到脚都疼得难受，但我渐渐好了起来，而且工作表现也越来越好。我遵从了所有的缓刑规则，一直在工作的地方待着，直到两周之后。尽管对这工作我有些生疏了，但我还是从中赚到了一万五千美元，足够让我缓解一下了。我感谢了斯科特和那些帮助过我的人，开车回了北卡罗来纳州。

在健身房里，她就坐在我旁边的自行车上，戴着耳塞，听着音乐。这是一个非常通用的信号，即"别和我说话，我来这里是为了锻炼的"。不管如何，我还是开始和她建立了一个对话。之前我从没有见过她在这个健身房出现。她说她最近刚从厄瓜多尔搬回来的，为的是离她的家人更近一点。这就是我的突破口了。

"厄瓜多尔！我去过厄瓜多尔。"我说。

她没有取下耳塞，但她看了我第一眼，虽然眼中充满了怀疑和惊奇。

"真的吗？"她说，"大多数人根本不知道厄瓜多尔在哪里。他们以为在非洲。"

我笑了，点头表示理解。她继续在旁边的自行车上机械地运动着。显然她是个自行车运动者，她的速度和力量给我留下了深刻的印象。暂停时，我问了她有关骑车的事，还问她是否跑步，她玩什么运动。她对我谈到，她曾在安第斯山脉攀岩。此时，她的眼中出现了光。她喜欢这事，并怀念着。

"你是否完成过任何登山？攀登冰坡？"我问。

"好吧，我讨厌冷，所以大多数情况只是攀爬在岩石上，但我登顶过科多帕希火山。"

我高兴地笑了起来。

"我也登顶过科多帕希！"

这次她的目光没有马上转走，而是盯着我。她拿掉了一边的耳塞，然后是另一边的，很快又把iPod关掉了，坐在她健身车的前架上。我们都笑了，分享了二十分钟的冒险故事。她曾在亚马逊的中心地带工作过。我曾探索过利兹城（译注：拉丁美洲国家）的外岛，而她则在那些岛屿潜过水。

对于她的家庭，她姓史黛丝，她的密友叫她阿萨斯安娜。我告诉她我的家人和朋友都叫我查理。看起来她认为我非常有趣。她对运动的热爱让我敬畏，她的活力和眼中的仁慈让我兴奋。我无法停止脑中的想法："我的天啊，她是如此的美丽！今天来健身房实在太好了。"

她笑了，说这次聊天真不错，然后朝跑步机走去。我告诉她我会在离开前过去和她说再见。她看起来非常惊讶，但说："好的。"

我不知道这门是否开着，但我将用任何可能的方法穿过它。我打断了她的跑步，和她说了再见。然后从口袋中拿出了手机，问她是否愿意有时间一起跑步。她快速地回答说："不。"这让我差点失去平衡。

"我不和其他人一起跑，"她说，"这是属于我自己的时间。"

我呆呆地站在原地，此刻拿着手机的我像个白痴。她就让我这样傻站着，直到她笑着说："但不管怎么，我会告诉你我的手机号码！"

我的心跳如此快速，以至于我感觉她能听见它的声音。在我驾车回去的时候，她的号码已经存在了我的手机中，我告诉自己要冷静对待，等一两天之后再联系她。我坚持了约四小时。

两周之后，我们在市区的咖啡店第一次约会。我带着我的iPad和她在谷歌地图上进行了浪漫的旅行。她是个鸟类学者，向我展示了许多曾工作过的地方。到我说的时候，我向她展示了我最喜欢的几个跑步比赛。

第二次约会的时候，我们坐在一家小咖啡馆的外面，吃着鹰嘴豆泥和皮塔三角饼还有沙拉。我回到了车上，拿了一件绒毛夹克给她，因为天气变得有些冷，我们却没想要离开。我的头正在晕眩。我真的很喜欢她，但她却不知道真实的我。她曾在国外生活过许多年，不了解作为一个跑者的我，也不知道我曾在监狱里待过一年。

当我带着夹克回来时，我深呼了一口气，有些事我必须要告诉她。她感觉到了我的犹豫，越过桌向我伸出手来，抓着我的手并握着。这简单的动作让我知道这是安全的。我把一切都告诉了她，毫无保留。被逮捕、审讯、认罪、监狱。她听完后说："就这样？你没有杀过人，对吧？"我甚至建议她用谷歌搜索一下我的名字，如果之后她想知道更多的话。她摇了摇头，说她想更了解我，通过我本人，而不是电脑。

然后轮到她深呼吸了。没有保留的，她开始告诉我她的"故事"，一些她视为隐私的故事，甚至一些终生挚友都不知道的事。她曾遭遇过数次灾难，但都活了下来，包括多次淋巴瘤。她还曾做过侵入性治疗，从七岁开始，在青年时期她还接受过一系列的住院治疗。化疗和辐射蹂躏了她的身体，她忍受了一个坏掉的膀胱近三十年。从童年开始，她的生命就不曾从痛苦中解脱过。她曾经历过数十场手术，而且还可能会有更多。她并不是在抱怨，只是因为足够信任我所以才和我分享了这些。非凡的一点是，没有人能从她良好的形体中看出这些事，她的形体是通过运动塑造的。她玩过专业的沙滩排球，但因为伤病结束了职业生涯，她回到了大学，成为一名优秀的自行车运动员。她的丈夫离开了病床上的她，找另外一个人代替了她。但她并没有死。她还在这里，就坐在我面前。她是完美的。我们依然握着手，只是现在到我紧握了。我感觉自己的心脏随时可能爆炸。我从来没有见过像她这样的人，我想要这种感觉持续下去。

就餐之后我送她到车旁，问她是否能吻她。她摇了摇头说："不，"但她又笑了，说："好吧。"第一次接吻之后，我确定了这事会朝严肃而甜蜜的方向发展，如果我不把这一切搞砸的话。

第二天，我去了加利福尼亚，阿萨斯安娜则向东开了数小时去了尤海里斯，一个在北卡罗来纳州阿什伯勒附近的茂密森林。去那里是为了参加一场八十五英里的比赛，而她则是为鸟戴环（译注：用来研究候鸟迁徙动态及其规律的一种重要手段），做实地调查。我们俩的手机信号都不太好，所以会有好几天的时间无法交流。比赛在加利福尼亚州南部，赛事名叫巴德沃特索尔顿湖竞赛，我需要在比赛开始时致开幕辞。比赛以小组方式进行，每个小组有三人。我的队伍名叫那不勒斯人，队友是梅雷迪思（一位红头发的前大学网球运动员）和莫西·史密斯（一个来自马林的黑人）。我们穿着类似的短袖，上面印着冰激凌三明治，三明治上有草莓、巧克力和香草。不同地方是文字，分别写着"生姜、锅盖头、囚犯"。在具有挑战性的路线上跑步是一件非常棒的事。但我们遇上了不幸的事，我的魂飘到了北卡罗来纳州，因此我错过了一个转弯，这让我们损失了好几个小时。但我们依然以第四名的成绩完成了比赛。

史蒂夫·希尔特是后勤队的成员，在比赛开始之前，我曾对他说，如果阿萨斯安娜发消息来就告诉我。我感觉自己像是一个害了相思病的青年。仅仅一次吻后，就无法停止想她。

我准时回到了格林斯博罗参加凯文的高中毕业典礼。父亲和莫莉也来了，我还看到了我的继父可卡，看到他真是一件非常开心的事。在过去几年里我们一直有联系，他也一直支持着我。毫无疑问，帕姆也来了，还有布雷特，他正在镇上的一家大型健身俱乐部做私人教练，锻炼出了几块不错的肌肉，这要感谢艰苦的训练和清醒的生活。作为一个家庭，我们经历了很多事，参加凯文的毕业典礼是一件非常棒的事。凯文不仅刚毕业，还获得了将近九十的学分，这让他可以在秋天的时候进入北卡罗来纳大学教堂山分校。在毕业典礼之后他上前紧紧地拥抱了我，并说："我希望奶奶也能来，我想她。"

我花了好几秒才平静下来说话："我也是，伙计，她会为你骄傲的。"

阿萨斯安娜和我开始尽可能多地待在一起。她依然每周要为她的实地调查出去数天。她可以仅凭声音分辨出数千种鸟类。我开始叫她鸟语者。我为她的天才而惊讶，沉沦于对她的爱。

在特索尔顿湖比赛之后我的体形就已经非常棒了，但现在是时候将精力集中在巴德沃特上了。我将训练量提到了最大程度，在每个跑者都知道的分界线间游走，在太多与太少之间游走。我讨厌"三十英里跑"，但我很乐意跑六个小时。我喜欢精确地知道何时将会结束。

有一天，我问阿萨斯安娜是否想和我一起跑步。我告诉她，如果不愿意我也能理解，但这对我来说真的意味着很多。换句话说，我的请求可能会让她感觉内疚。我知道她喜欢一个人跑，但我希望我能说服她这是在帮我。她不情愿地答应了。

我们第一次跑步跑了大约一个小时，我们一直聊着天，这过程非常让人享受。她说："这感觉也不太坏，你一直跑得这样慢吗？现在我知道你是怎么做到一次跑六个小时了。"

我突然停止了，准备反击。

"好吧，如果你真想看我是如何跑的，那么为什么不成为我巴德沃特后勤队的成员呢？"

"你是认真的吗？"她说，"我怕会成为一个累赘。"

"说实话，在这点上，如果你不在那里，反而会让我极度的心烦意乱。如果你能和我一起去，我会非常高兴。对于我来说这是一次艰难的比赛，但对你来说也可以称得上是艰苦的事。我们所处环境的温度是一样的。"

她说她会考虑一下。

我非常渴望她能和我一起去死谷，甚至渴望到让我觉得有些奇怪的程度。我想要她看到我是怎样一个人，看到我的绝对核心部分。我知道在巴德沃特没有什么是可以被隐藏的。我想，从某种程度上来说，我是想要加快我们的进程，我感觉她对我的爱太棒了，以至于让我有些不敢相信。我知道她会在巴德沃特看见真正的我，坏的我，丑陋的我，当然也希望她能看到我好的一面。我想她会知道，我是否是那种她想要的、一起经历这一百三十五英里的男人。我已经知道我想要她，深爱着她，这种深爱在我人生中前所未有。第二天，她同意了。

"你真的太美了。"

这是我母亲第一次看见我新女友时说的第一句话。我认为她甚至没有注意到我。我母亲在看待女性方面一直非常棒。在去巴德沃特之前，我决定先去看望她，阿萨斯安娜同意和我一起去。我看着她走向我母亲，然后自我介绍。母亲用手抚摸着阿萨斯安娜的脸庞。当她摸到头发时，歪着头说："看这头发，怎么会那么漂亮？"阿萨斯安娜的头发不可思议地卷曲着，使她无法抒直。

我们拉来了两张椅子，这样就可以坐在她旁边了。她今天看起来有些凌乱，我想她可能没睡好。

我离开了房间，去护士站找人询问一些我母亲的护理和衣服的事。当我回来的时候母亲正坐在椅子上，阿萨斯安娜正在帮她梳理头发。母亲看起来昏昏欲睡，显得很平和。阿萨斯安娜抬头看向我，笑着。她并不是在做家务，她喜欢我的母亲，触碰着她，和她交流，感知着她剩余的精神。

在那段时间，母亲完全清醒着，所以无论何时她发现自己能说些什么的时候，她就会说出来，虽然她无法完全地说出想说的话，但她却能完美地表明她的想法。

"你让我感觉平静，"她对阿萨斯安娜说，"我相信你。"

七月十四日，在我们驱车从维加斯去火炉溪报名参加比赛时，我无法抑制自己的兴奋。我在车内的座位上调整着姿势，一边指着我熟悉的地方：这是但丁的想法（译注：景点），这是扎布里斯基的观点（译注：景点），这是广阔的盐地。在我们接近死谷的时候，我渴望无情的太阳再次炙烤我。在过去几周，国内的新闻一直有报道死谷国家公园正处于前所未有的炎热状态，已经连续五日达到华氏一百二十九至一百三十度。晚间新闻和NPR都发出了高温警告。但这却让我更加兴奋。最高温纪录已经有一百年的历史，那是在一九一三年七月份，当时温度达到了一百三十四华氏度。我告诉每一个人我希望温度能到达一百三十五华氏度，越热越好。坐在我旁边的阿萨斯安娜困惑地看着我，就好像在想"这家伙是谁？他是一个疯子！"但我想她喜欢这个样子。她不仅一次告诉我："正常实在太无聊了"。

"在这种情况下，"我说，"你永远不会对我感到厌倦！"

我去报名的时候并不确定别人会有怎样的反应。克里斯·克斯曼在巴德沃特索尔顿湖竞赛时就已经用难以置信的方式欢迎了我，我知道他会支持我。但在那里有数十名我认识的已经与我竞争多年的跑者。当我从停车位出来的时候我就得到了答案。帕姆·里德，一位曾两次赢得巴德沃特的人跑过来拥抱了我。

"欢迎回来。"他说。

这就是那天发生的事，一个接一个的热情欢迎。而我也很高兴我的巴德沃特朋友能有机会见到阿萨斯安娜，让他们知道我现在不仅是过得还行。

在过去三年我一直想着这项赛事。现在，终于，我再次站在了这里，站在了起跑线上。我的左右两边都是世界上最好的跑者：帕姆、迪安·卡纳泽斯、迪恩·洛佩兹、大卫·戈金斯。

他们中的大多数人可能认为我来这里只是为了参与。在倒计时开始前，我无意中听到一位女跑者问为什么我可以在第二排起跑。我的计划是把实力展示给她看。

我依然相信生命的一切在于调整。我们所处的环境无法定义我们。事实上我们的成果取决于我们的反应、处理和调整，现在我有了一个新的祷文，它很简单，却又极具力量。

阿萨斯安娜在比赛开始前和我分享了它，告诉我如果我感觉这比赛太困难以至于无法继续的话，就使用它。她告诉我每个人都会有属于自己的痛苦，没有人的痛比我们的多或少。在她的眼里，我们已经准备好挑战人生过去与未来的痛苦。为了达到这个目的，当面对难以逾越的困难时，她会放松呼吸，每次呼气时都会重复这三个词，每次一个词。没什么大不了的（NO，BIG，DEAL.）。

在克里斯·克斯曼用他的扩音器播放了国歌之后，我们开始从十倒数到零，然后从起跑线出发。我强迫自己按照，过去几年参加赛事时所学到的经验：慢慢跑。

我知道我极度兴奋，但我需要把这能量保留到后面。

比赛

成就

1989年，大苏尔马拉松完成者（非清醒者）。

1990年，纳帕谷马拉松、波士顿马拉松、大苏尔马拉松完成者（非清醒者）。

1992-1995年，参加三十个马拉松和数十个三项全能比赛，冬季两项比赛及一万米比赛。

1996年，参加澳大利亚纳南戈森林跑步（五万二千米）比赛；

波士顿马拉松完成者。

1998年，莱德加洛伊斯赛（厄瓜多尔）完成者。

1999年，莱德加洛伊斯赛（西藏、尼泊尔）完成者。

2000年，第一个在同一年完成夏威夷铁人三项赛的人；

艾科挑战赛（婆罗洲）完成者；

莱德加洛伊斯赛（越南）完成者。

2001年，新西兰南部穿越冒险赛跑第一名；

艾科挑战赛（斐济）完成者。

2002年，参加探索频道冒险赛跑世界锦标赛（瑞士）；

英属维尔京群岛探险冒险赛跑完成者。

2003年，中国戈壁行军（二十五万米）比赛第一名；

巴德沃特超级马拉松（一百三十五千米）第八名。

2004年，RAAM（穿越美国跑）团体赛第一名；

大峡谷边缘到边缘赛跑第一名；

智利穿越阿塔卡马赛跑（二十五万米）第二名。

2005年，巴西丛林马拉松（二十二万米）第一名；

巴德沃特超级马拉松第三名；

哥斯达黎加海岸挑战赛（二十五万米）第三名；

毛里塔尼亚的挑战赛第三名。

2006年，中国戈壁行军（二十五万米）团体赛第一名；

巴德沃特超级马拉松第三名。

2006-2007年，和两名队友跑步穿越整个撒哈拉沙漠（创纪录）。

2007年，巴德沃特超级马拉松第五名；

火炉溪508自行车比赛第十三名；

死谷杯第三名。

2008年，穿越美国，尝试创造新纪录失败。

2009年，巴德沃特超级马拉松第四名；

火炉溪508自行车比赛第四名；

死谷杯第一名（创纪录）。

2013年，"巴西135"马拉松完成者；

巴德沃特超级马拉松——创造五十岁以上参赛者新纪录。